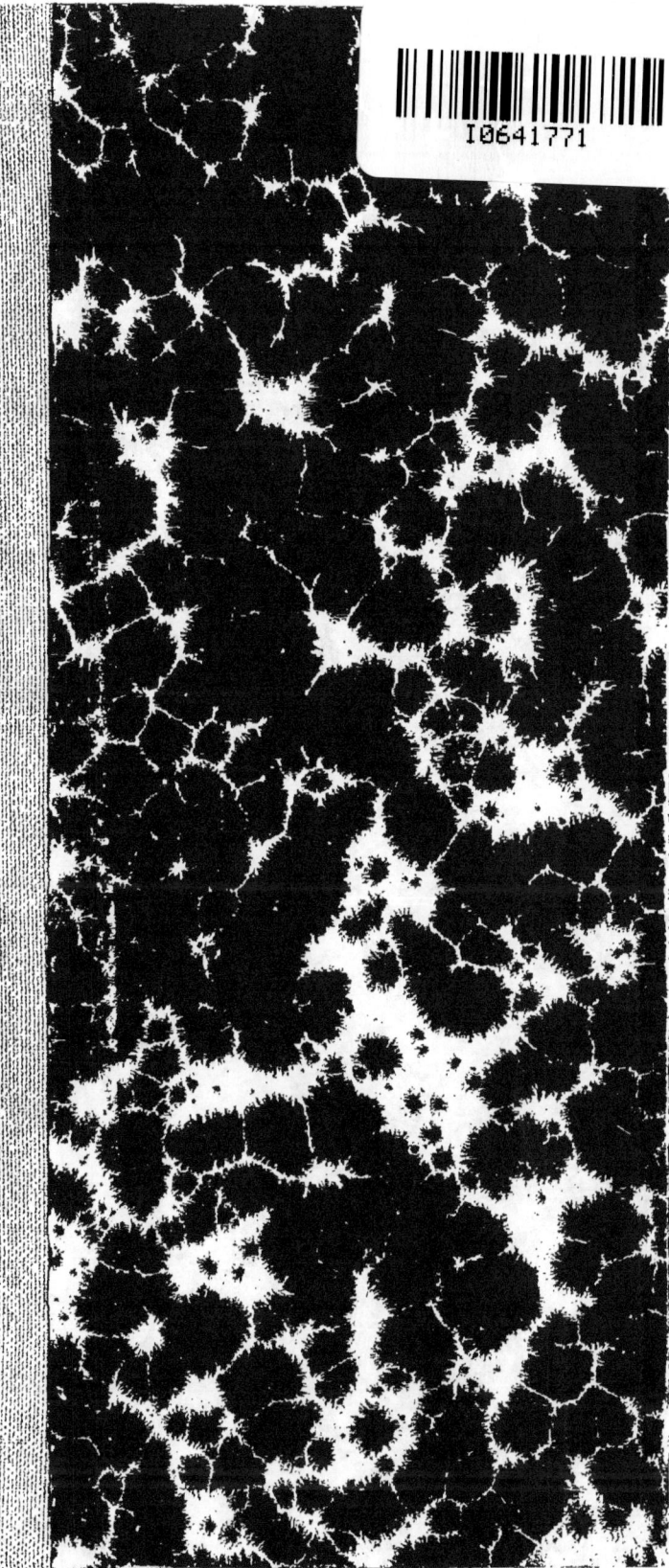

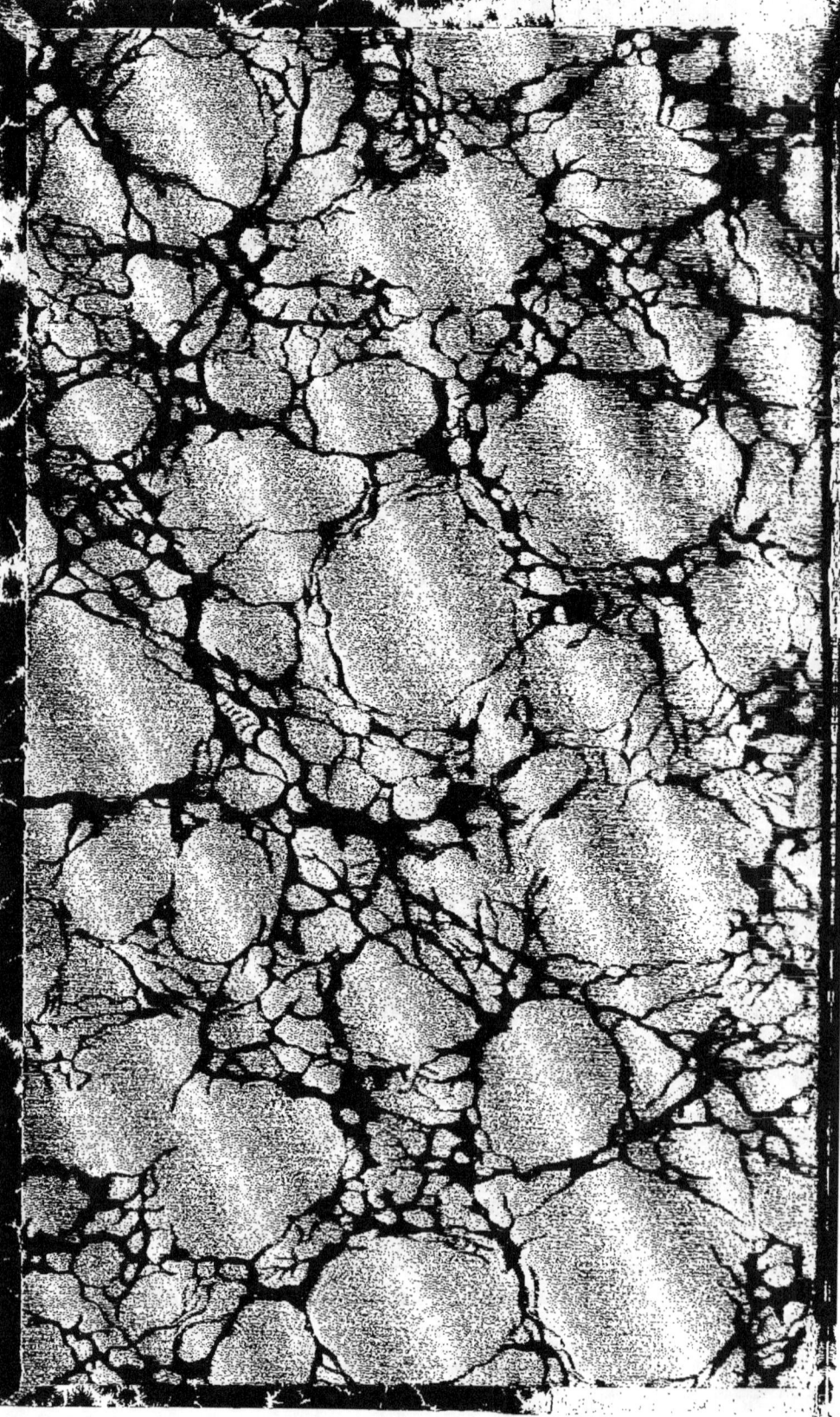

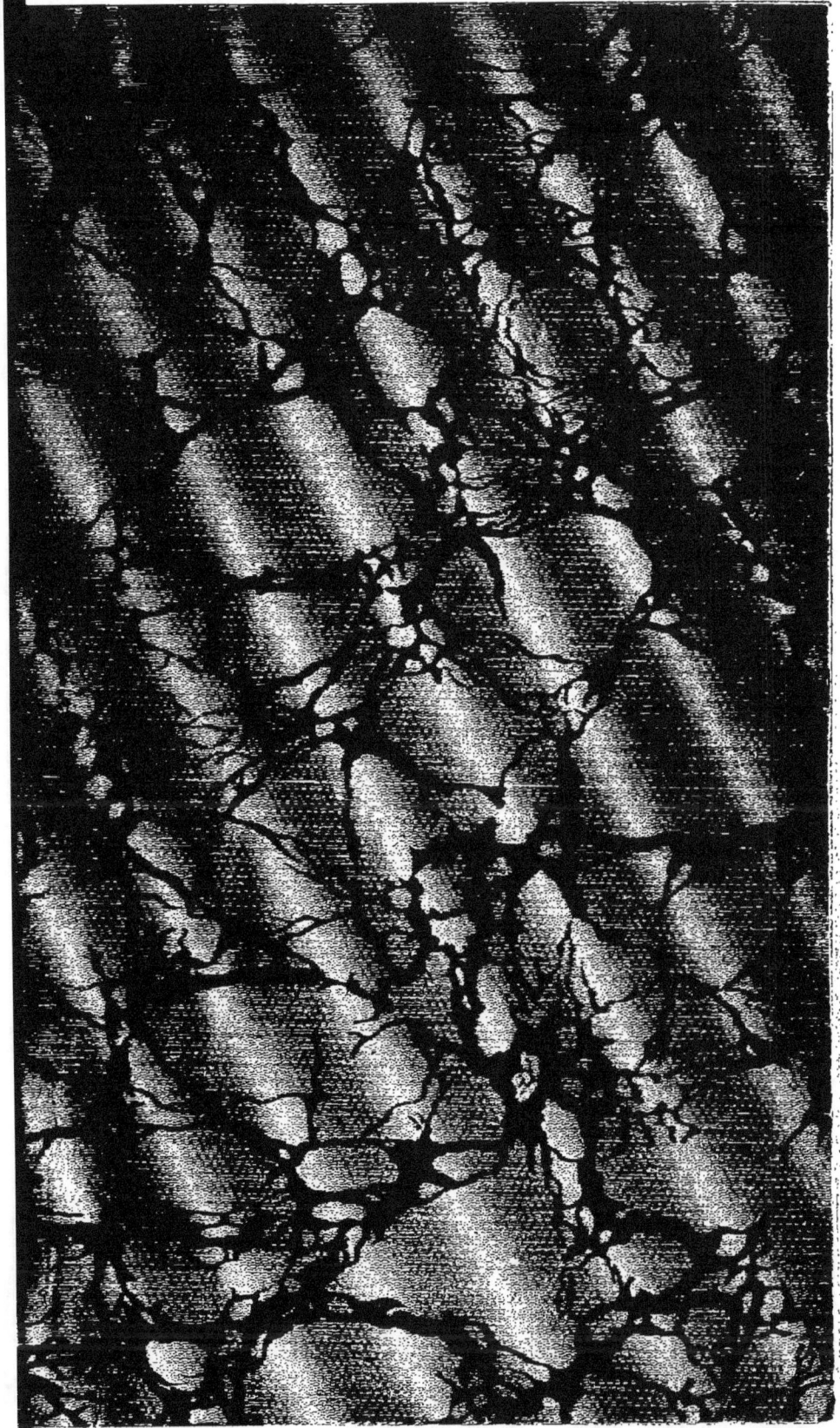

23.
1879

ADIEU,

LES AMOUREUX!

IMPRIMERIE GÉNÉRALE DE CHATILLON-SUR-SEINE. — JEANNE ROBERT.

ADIEU
LES AMOUREUX!

PAR

MISS RHODA BROUGHTON

TRADUCTION DE

Mme C. DU PARQUET

PRÉCÉDÉE D'UNE LETTRE

DE M. LE COMTE D'HAUSSONVILLE

de l'Académie française

PARIS
CALMANN LÉVY, ÉDITEUR
ANCIENNE MAISON MICHEL LÉVY FRÈRES

RUE AUBER, 3, ET BOULEVARD DES ITALIENS, 15

A LA LIBRAIRIE NOUVELLE

—

1879

Vous me demandez, madame, si vous feriez bien de traduire quelques-uns des romans de miss Rhoda Broughton. J'ai peur que vous ne vous soyez mal adressée, je veux dire, à un juge trop prévenu. J'ai un faible pour les romans, et les romans anglais, en particulier, ont toujours eu le don de me charmer.

Je me souviens qu'en 1842 et 1846, en pleine campagne électorale, quand je parcourais les hameaux de la Brie en quête de mes six cents électeurs un peu troublés par le bruit qui se faisait alors au sujet du droit de visite et de l'indemnité Pritchard (brûlantes questions du moment, aujourd'hui si parfaitement oubliées), j'avais soin de mettre dans mes poches un volume de Walter Scott, et les faits et gestes du plus insignifiant de ses héros suffisaient parfaitement à me distraire de mes propres aventures. Plus tard, quand la vogue s'est retirée des romans historiques (genre assez faux s'il n'est traité par un esprit supérieur), je me suis épris des œuvres de Dickens. Je trouvais quelque consolation après 1848, alors que nous étalions aux yeux de l'Europe les misères de notre démocratie égalitaire, à entendre ce hardi moraliste dévoiler les plaies secrètes de la société anglaise, si différente de la nôtre, demeurée si aristocratique, et si régulièrement hiérarchisée. Il ne me déplaisait pas de constater qu'avec sa plume acérée, à l'aide de simples fictions où la haine envieuse et la rhétorique déclamatoire n'avaient nulle part, ce réformateur d'espèce nouvelle avait mieux réussi que les plus fougueux tribuns, soit à rendre plus tolérable le sort des abandonnés de toutes sortes, soit à provoquer l'abolition des abus dénoncés avec sa verve intarissable.

Tout le monde sait, en effet, comment la sympathie du public anglais pour les orphelins et les petits vagabonds, s'est un beau matin éveillée, ou, si l'on veut, brusquement réchauffée à la suite du récit des infortunes d'Oliver Twist, et de tant d'autres pauvres enfants dont les pâles figures apparaissent à presque toutes les pages de Dickens. *Hard times*, *Pickwick club*, *Nicholas Nickleby*, *Bleak house*, *Little Dorrit* ont fait introduire plus d'une réforme, non-seulement dans la législation politique de l'Angleterre et dans ses mœurs électorales, mais aussi dans son système administratif et judiciaire, dans le régime de ses prisons, de ses hôpitaux, et jusque dans l'organisation des nombreux établissements fondés, de l'autre côté du détroit, par l'initiative privée. N'est-ce pas là un beau triomphe pour un romancier !

Cependant, tout en admirant les œuvres de Dickens, je ne pouvais m'empêcher de remarquer qu'on y rencontrait plus d'esprit d'observation que de puissance d'imagination, et, si j'ose le dire, assez peu de talent dramatique. En fermant le volume je me suis parfois demandé si, après tout, les romans ne perdaient pas un peu de leur agrément quand, au lieu de nous donner le spectacle toujours émouvant du jeu des passions humaines, ils se proposaient un but d'utilité immédiat. Redresser les travers de ses contemporains, dénoncer les lacunes des lois de son pays ou les imperfections des règlements de la police, préparer la voie aux améliorations sociales les plus utiles, c'est à merveille; mais voilà bien des affaires ! Tant de desseins poursuivis à la fois, tant de préoccupations politiques et morales accumulées dans des fictions d'où l'intrigue est trop souvent absente, où l'auteur traite si bien de toutes choses et si peu de l'amour, laissent nécessairement le lecteur un peu froid. Pour nous, Français, le désappointement est

assez grand, et force m'a été de convenir avec beaucoup de nos compatriotes que, décidément : *cela
manquait de femmes.*

Volontiers j'appliquerais aux romans ce qu'un
maître de la scène, mon spirituel confrère,
M. Alexandre Dumas fils, a dit des pièces de théâtre : « Ce sont les femmes qui en font l'intérêt. »
M. Thackeray l'a bien senti lorsque, dans *Arthur
Pendennis*, et surtout dans *Vanity fair*, romans non
moins satiriques que ceux de Dickens, dirigés,
comme les siens, contre l'organisation de la société
anglaise, il a glissé parmi ses nombreux portraits
d'hommes, la plupart assez déplaisants, quelques
esquisses féminines finement étudiées et dont
quelques-unes ne sont pas sans charme.

Un autre romancier anglais, M. Anthony Trollope, est entré plus largement dans cette voie. On
s'aperçoit vite que cet auteur, habile à présenter
ses personnages au public, a particulièrement soi-
gné les figures des femmes qu'il met en scène, et
on sent qu'il les a peintes avec amour. Ce sont
elles qui ont toujours le beau rôle dans ses récits.
Elles ne cessent jamais d'être gracieuses jusque
dans la plus extrême originalité, réservées et di-
gnes au milieu de leurs plus grandes hardiesses de
conduite. Tantôt il les représente dans *Belton es-
tate*, les *Clavering* et dans *Can you forgive her*,

comme des créatures tout à la fois enjouées et courageuses, alliant avec grâce la fantaisie à la raison, possédant au cours de la vie le sens pratique des choses, puis, quand l'occasion s'en présente, le don des nobles élans et des sublimes dévouements. Auprès d'elles, parents, frères amis, amoureux surtout, n'apparaissent jamais qu'à l'état d'êtres indignes de dénouer seulement les cordons de leurs souliers. Cela va si loin, qu'ayant à mettre en scène dans *Orley farm* une intrigante qui, près du lit d'un mourant, a fabriqué de toute pièce un faux testament, M. Trollope ne peut se défendre d'en faire une personne agréable, touchante même, et d'incliner les cœurs vers cette étrange figure qu'il a parée de toutes les séductions. Mais où M. Trollope excelle, c'est à esquisser le caractère des jeunes filles qui fourmillent dans ses romans. Le plus souvent il lui suffit pour cela d'un détail insignifiant noté comme en passant, d'un geste qui leur a échappé, d'une parole qu'elles n'ont qu'à moitié murmurée. Personne n'a mieux réussi à faire passer sous les yeux, dans des tableaux habilement variés, tout le manège de coquetterie, ou naïve ou savante, que déploie, de l'autre côté de la Manche, la foule innombrable de celles qui sont en quête d'un mari. Les conversations des héroïnes de M. Trollope avec les hommes

qu'elles aiment ou qui leur font la cour, sont ordinairement des chefs-d'œuvre. Nul ne possède à
fond, comme lui, la langue de ses compatriotes
féminines dont les libres allures ne laissent pas
que de nous étonner un peu sur le continent, toutes tempérées qu'elles soient par un grand respect
d'elle-mêmes, ou par des complications de retenue
qui nous semblent également quelque peu exces-
sives. Ces révélations inattendues m'ont charmé;
mais en sachant gré à M. Trollope de ce que, par
divination, il a pu nous révéler sur le cœur des
femmes (cet objet toujours décevant de notre
éternelle curiosité), je me disais que nous en ap-
prenons bien davantage encore quand il leur plaît
de composer elles-mêmes des romans.

Vous savez, madame, avec quel entrain vos pareilles d'Angleterre, marchant sur les traces de leurs
heureuses devancières, ont exaucé mon vœu, et vous
devinez si je me suis, de plus belle, pris de passion pour les romans anglais écrits de nos jours
par des Anglaises. À mon avis, elles demeurent souveraines maîtresses sur ce terrain. Douées
du même esprit d'observation que leurs rivaux
masculins, non moins frappées des injustices ou
des lacunes de l'organisation sociale, plus sensi-
bles peut-être aux défaillances morales et aux ridicules personnels, mais ne les touchant jamais que

d'une main légère, ces nouvelles venues ont su, conformément aux règles de l'art et par un talent supérieur, donner à la plupart de leurs fictions l'intérêt d'un drame émouvant qu'elles font naturellement surgir des circonstances les plus ordinaires de la vie, qu'elles conduisent à travers mille incidents soigneusement étudiés, pittoresquement rendus, mais ramenés à ne servir que de cadre à l'action principale qui est toujours, comme il convient, une aventure d'amour.

Telles sont les qualités saillantes de miss Brontë (Currer Bell,) de mistress Gaskell, de mistress Craik (miss Muloch) de mistress Oliphant, de miss Yonge, de miss Thackeray, de l'inconnue qui écrit sous le nom de Georges Eliot, et de tant d'autres qui se partagent l'attention du monde littéraire anglais. Ce n'est pas qu'elles se soient interdit de pénétrer à leur tour dans le vif des controverses soulevées par les romanciers que nous citions tout à l'heure. Mistress Gaskell nous en apprend autant dans *Mary Barton* et dans *North and South* sur les rapports entre les maîtres et les ouvriers, sur les mœurs et les habitudes d'esprit des uns et des autres, et sur les terribles conflits qui s'engagent parfois si ardemment au sein des villes manufacturières de l'Angleterre que Dickens dans *Hard times*. La physionomie des individus qui personnifient

l'entêtement orgueilleux des deux partis et leurs
préjugés réciproques, est tracée d'une main sûre,
avec un cachet de réalité saisissante qui ne le cède
en rien aux personnages créés par l'auteur de
David Copperfield. Ils sont même plus naturels,
parce que leurs qualités ou leurs défauts ne
sont pas poussés à outrance. Rien de heurté
dans la manière de mistress Gaskell, rien qui dé-
borde, rien qui sente l'exaltation ou qui approche
de la caricature. L'intérêt ne s'éparpille pas non
plus, comme chez Dickens, sur trop de figures se-
condaires qui encombrent l'action au point de troubler un peu le lecteur incertain de savoir où porter son attention entre tant de personnages qui la
sollicitent presque également.

Nombre des pages de mistress Gaskell resteront
comme la peinture inimitable des rapports exis-
tant de nos jours entre les fabricants de l'Angleterre et les ouvriers qu'ils emploient. Cet avantage elle le devra sans doute à son talent; j'ajouterai
toutefois, afin de demeurer parfaitement vrai, qu'il
faut aussi en reporter quelque chose aux qualités
qui sont le privilège ordinaire de son sexe. Les
femmes, en effet, quelle que soit leur condition
sociale, parviennent presque toujours à faire aisément accepter leur douce intervention aux cœurs
les plus rebelles, aux esprits les plus prévenus.

Elles reçoivent ainsi les confidences de beaucoup d'âmes souffrantes ou ulcérées, qui, fermées à d'autres, s'ouvrent pour elles seules parce que seules elles savent comment s'y prendre pour les guérir. Leur sympathie généreuse les rend aisément impartiales. Elles ont l'art supérieur, disons mieux, le don divin d'être tendres pour les opprimés sans devenir dures envers les oppresseurs. C'est pourquoi *Mary Barton*, *North and south* ne sont pas seulement des romans aussi remplis d'intérêt que ceux de Dickens sur le même sujet ; ils sont plus curieux, plus touchants, plus instructifs, parce que ses portraits sont plus vrais, parce qu'ils ont été conçus d'une façon plus large, et tracés avec plus d'équité. Aussi bien faites pour prendre utilement place sur le bureau du manufacturier opulent que sur le métier du pauvre tisserand, ces deux œuvres d'une grâce exquise sont de nature à exercer sur les maîtres et sur les ouvriers une influence également bienfaisante, car elles leur apprennent à se connaître un peu mieux et à se comprendre mutuellement, ce qui est la première condition pour vivre en paix.

A l'exemple de l'auteur d'*Adam Bede*, mistress Gaskell se garde bien de poser les ouvriers et les ouvrières qui figurent dans ses romans en esprits supérieurs et de leur prêter des idées au-dessus de leur portée. Ce n'est pas elle qui mettrait dans leur bouche des tirades ambitieuses sur le bien public et d'amères diatribes contre les inégalités sociales. Par amour du vrai, par un respect selon moi bien entendu pour le peuple dont ils font partie, elle ne les montre point trop différents de leurs pareils; elle se contente de les doter d'une grande pureté d'âme et d'une noble élévation de sentiment, qualités, qui ne sont, grâce à Dieu, l'apanage exclusif d'aucune classe de la société.

Ces questions ardues ne sont guère abordées que de biais et fort incidemment dans les romans dont nous parlons. — Le foyer conjugal, voilà le domaine incontesté des femmes anglaises. Là, elles règnent et gouvernent. Tout ce qui relève ou ennoblit la vie de famille, tout ce qui contribue à rendre plus attrayant le *home* (un mot dont notre langue n'a point l'équivalent) augmente d'autant leur empire. Aucune d'elles ne l'ignore ; et toutes celles qui douées de talent et d'imagination ont pris la plume pour composer des romans n'ont pas eu besoin de s'entendre pour entamer une croisade générale en faveur du mariage.

On ne se marie pas toujours et nécessairement dans les romans français; on s'y démarie plutôt, et la plupart de nos fameux romanciers, hommes ou femmes, cherchent volontiers le succès et le trouvent dans la peinture émouvante de sentiments qui n'ont pas tout à fait le mariage pour but ou qui ont commencé par s'en affranchir. Rien de semblable n'est possible de l'autre côté de la Manche. Cela répugnerait à la prudhomie anglaise. Elle ne souffre pas qu'on s'étende avec complaisance, à plus forte raison, qu'on appelle la sympathie, sur ces liaisons équivoques qui défraient et piquent si bien la curiosité un peu malsaine des lecteurs du continent. C'est un sujet scabreux que, chez nos voisins, les auteurs les plus hardis n'effleurent qu'en passant. Le temps des Lovelace est passé. Richardson, s'il écrivait de nos jours, serait fort mal venu de ses compatriotes, particulièrement de ses compatriotes féminins, pour avoir doté de trop de grâces ce séducteur de profession. Les hommes à bonnes fortunes deviennent des personnages sacrifiés, déplaisants, et presque ridicules quand ils passent par les honnêtes mains des dames qui signent les honnêtes romans anglais, et rien n'égale la sévérité dont elles sont armées à l'égard de ces trouble-ménages.

Par contre, il faut voir combien d'éloquence persuasive elles déploient pour célébrer la félicité suprême des unions bien assorties et les infinies douceurs de la vie domestique. Leur imagination n'est pas épuisée quand elles ont raconté (Dieu sait avec quelle finesse d'analyse, avec quelle délicatesse de touche), les douces agitations de deux cœurs épris l'un de l'autre. Le plus souvent elles prennent plaisir à les suivre au delà des marches de l'autel où elles ont commencé par les pieusement conduire. Leurs couleurs les plus fraîches, leurs coups de pinceau les plus délicats sont réservés pour ces jolis tableaux d'intérieur, et c'est là que beaucoup d'entre elles font commencer le véritable intérêt du roman. Un souffle profondément moral et religieux court à travers toutes ces pages. Comme la plupart de celles qui les ont écrites sont des femmes, des sœurs ou des filles de pasteurs, l'inspiration en est naturellement chrétienne. On sent qu'elles possèdent à merveille l'ancien et le nouveau Testament. Elles font volontiers, à la manière anglaise, des emprunts à la langue de la Bible ou de l'Évangile, mais elles la parlent avec art et agrément; point de pédantisme dans leurs conseils, ni de rudesse dans leurs leçons; la grâce surnage et domine tout. C'est par la grâce qu'elles s'insinuent. A l'opposé des filles des Amalécites qui mettaient à mal les enfants d'Israël, elle se font aimables pour amener les hommes à leur culte qui est celui du foyer domestique dont elles se constituent les attrayantes prêtresses.

Une fin si avouable autorise tous les genres de séduction, et comme les Anglais sont fort amoureux du confortable, ces dames ne se font pas défaut d'insister sur tous les agréments d'une maison bien tenue. Si grande que puisse être sa beauté, si distingué que soit son mérite, l'héroïne que de préférence elles offrent à l'admiration de leurs lecteurs n'est jamais une personne inactive, uniquement occupée de sa toilette; c'est plutôt une habile ménagère; elles se plaisent à nous montrer les plus charmantes et les mieux douées s'ingéniant de mille manières pour embellir et rendre plus agréable au mari de leur choix la demeure grande ou petite qui doit servir de nid aux félicités de l'amour conjugal. De là mille scènes familières appropriées au goût anglais, rappelant par le fini des détails les plus jolis tableaux flamands. Dans un roman français, la femme idéale ne saurait guère toucher qu'à des fleurs, non pour les cultiver, ce serait trop prosaïque, mais pour en orner ses cheveux ou son corsage. De l'autre côté du détroit, elle ne perd rien de son prestige quand elle est représentée découpant, comme la Charlotte de Werther, des tartines de beurre pour les enfants, se mêlant, au besoin, de la cuisine afin que le rôti soit servi à point, pour que le *plum pudding* ne soit pas manqué, apprêtant surtout avec un art savant et des recherches infinies la tasse de thé destinée à son seigneur et maître, car le thé joue un grand rôle dans les romans anglais, et la façon de le préparer et de le servir suivant le goût de celui auquel elles veulent plaire, fait partie essentielle des séductions permises aux demoiselles anglaises.

Les œuvres de ces auteurs féminins sont véritablement charmantes. Le lecteur sent bien à la vérité qu'on se propose de le sermonner un peu et de l'édifier le plus qu'on pourra. S'il est Anglais il en prendra bravement son parti, et le Français se laissera faire sans trop regimber, à cause du talent des aimables prêcheuses. Il y a d'ailleurs de si jolies diversions ! Le malheur veut qu'elles ne soient pas à l'usage de tout le monde. C'est très bien de vouloir édifier, mais l'ennui peut naître de l'édification. Cela s'est vu. Tant de romans ont paru en Angleterre qu'ils y ont presque remplacé les *tracts* pour la conversion des incrédules : romans destinés à la jeunesse (*series for the young*) — quelques-uns sont très agréables — romans à l'usage des petites filles ; romans à l'usage des petits garçons ; romans pour les pervertis ; je ne doute pas qu'il n'y en ait sous presse pour les condamnés à mort. Le tout semé de beaucoup trop de phrases de sermon et agrémenté d'une incommensurable quantité de tasses de thé. Il y avait débordement de religion et de morale dans des œuvres où l'imagination doit avoir la première part; une réaction était inévitable, et ce sont encore les femmes qui ont pris la tête de cet heureux mouvement.

Ne vous moquez point, madame, si mes impressions ont l'air d'être tant soit peu changeantes, car volontiers je conviens qu'en fait de toilettes et de romans, je trouve toujours, de bonne foi, que la dernière mode est la plus jolie. Sérieusement parlant, j'ai tant de goût pour les œuvres d'imagination, que je n'impose pas aux auteurs la stricte obligation de se proposer avant tout un but moral. Ce but peut être atteint, surtout par des femmes, sans qu'elles y aient directement visé. Plaire et émouvoir, n'est-ce pas leur don particulier, et celles-là ne rendent-elles pas un signalé service qui savent nous arracher, fût-ce pour un moment, aux vulgaires préoccupations de l'existence? Tel me paraît être en particulier le mérite de Ouida et de miss Rhoda Broughton.

Avec Ouida la réaction contre les conventions un peu factices du monde anglais est complète. Elle a décidément passé le détroit, et, comme beaucoup de ses compatriotes, quand elles voyagent sur le continent, elle a laissé derrière elle ce qui la gênait dans les habitudes formalistes de son pays. Quoique l'inspiration personnelle reste très originale, Ouida ne laisse pas que de faire des emprunts évidents aux procédés des romanciers français. Il y a des imitations voulues, et comme une lutte engagée sans trop de désavantage sur leur propre terrain avec nos auteurs contemporains les plus en renom. Ouida a écrit des nouvelles d'un tour concis et d'une expression touchante qui feraient honneur aux plumes françaises, et ses romans de longue haleine sont abondants en idées, pleins de jugements hardis sur toute chose, d'épisodes étranges, et de dissertations philosophiques qui forcent l'admiration en rappelant toutefois un peu trop la manière de madame Sand.

Miss Rhoda Broughton a rompu, comme Ouida, mais un peu moins qu'elle, avec les traditions de ses devancières. Si elle continue de donner le premier rôle aux femmes dans ses romans, ce n'est pas à elle qu'on pourrait reprocher des desseins d'édification préméditée. Ses héroïnes ne sont point des modèles. Dans *Cometh up as a flower*, *Red as a rose it she*, *Good bye, sweet heart* (*Adieu les amoureux!*) ce sont simplement de jolies et gracieuses personnes un peu étourdies, parfaitement coquettes, d'une coquetterie toute française, mais qui, jetées en plein milieu anglais, demeurent pour tout le reste, étourderie et coquetterie à part, de véritables filles de l'Angleterre. Le contraste est des plus pi-

quants. Il se retrouve au fond même de toutes les
œuvres de miss Broughton. C'est à la fois un esprit libre et un écrivain fantaisiste qu'on dirait né
sur les bords de la Seine. Non-seulement elle a,
pour son compte, presque adopté les allures de
notre littérature contemporaine, mais les femmes
de ses fictions semblent avoir, en même temps
qu'elle, mis un peu le pied en France. Miss
Broughton en fait des créatures charmantes. Ce
sont des fleurs de jeunesse et de beauté pas trop
dissemblables, par leur grâce naturelle, de celles
qui poussent en abondance sur notre terroir et
dont nos auteurs n'ont pas manqué de semer
leurs romans, mais sur la fragilité desquelles il est
difficile de ne pas concevoir quelque inquiétude.

Voici où naissent les différences. Telles que
miss Broughton les représente avec tant de séductions extérieures, tant d'indépendance de caractère,
des goûts si frivoles et des habitudes de conduite
si peu réservées, ces jeunes filles, si elles étaient
Françaises, seraient vite entraînées à des chutes
à peu près inévitables. En leur qualité d'Anglaises,
elles sont autrement armées pour la défense. Où
puisent-elles leur force de résistance ? Ce ne sont
pas leurs sentiments religieux, ni des principes de
morale bien élevés qui préservent les deux héroïnes de *Good bye, Sweet heart*, et de *Red as a rose is*

she. Non. Elles en ont tout juste ce qu'il faut pour
ne pas être trop compromises aux yeux du public.
Serait-ce la crainte seule de cette redoutable com-
promission ? Un peu sans doute ; mais il y a plus,
et mieux. Si abandonnée qu'elle soit à ses caprices,
si fantasques ou même extravagantes que puissent
être ses déterminations, l'héroïne d'un roman anglais n'en vient presque jamais à perdre absolument le respect d'elle-même et le sentiment de sa
dignité de femme. L'orgueil, un orgueil profitable,
la garantit de la faute irrémédiable, car la faute c'est
l'humiliation. Il l'empêche aussi de se marier sans
bien connaître celui qu'elle va épouser, et sans
l'avoir, pour ainsi dire, un peu éprouvé à l'a-
vance. Précisément parce qu'elle portera sérieusement le joug du mariage elle bataille avant
de l'accepter. Quelle que soit sa position sociale, la jeune fille courtisée par l'homme
qu'elle préfère s'estime elle-même à trop haut prix
pour se rendre à première sommation. Elle tient
à honneur que le siège soit long, et la place, quand
elle est prête à capituler, fait encore des sorties. En
France, le commerce entre amoureux est une sorte
de duo qu'on se plaît, de part et d'autre, à chanter
toujours à l'unisson. En Angleterre, il tient parfois un peu du duel, et les armes en sont souvent

assez acérées pour blesser cruellement les mains
qui les manient.

C'est ainsi que l'héroïne dont les enfantillages
ont impatienté si souvent le lecteur de *Good
bye, Sweet heart* (*Adieu, les amoureux!*), n'arrive
point, malgré sa légèreté, à se consoler d'avoir par
son humeur inconstante éloigné d'elle le seul
homme qu'elle ait jamais aimé. Je ne connais pas
de scène de roman plus dramatique que celle où
la jeune fille rencontre pour la dernière fois, au
fond d'une petite vallée des Alpes, son ancien
fiancé. Peu de paroles sont échangées entre ces
deux êtres qui se sont tant fait souffrir. Ils ont,
comme il convient à des caractères anglais, assez
d'énergie pour se cacher leur émotion mutuelle.
C'est le lecteur qui a peine à contenir la sienne,
quand il les entend s'avouer tristement l'un à l'autre, qu'après tout, les heures passées ensemble
ont encore été les plus belles de leur vie.

J'ai entendu dire que le style de miss Broughton
n'était pas excellent, — je n'en suis pas juge — et
qu'elle ne faisait point parler à ses personnages la
langue de la haute société anglaise. C'est possible;
peu m'importe. Cela expliquerait pourquoi ses romans n'auraient pas encore obtenu chez nos voisins tout le succès auquel ils ont droit. Je ne doute
pas qu'ils ne l'obtiennent un jour. Déjà *Joan*, le

plus récemment publié, paraît avoir attiré à son auteur les suffrages des connaisseurs, qui ne lui marchandent plus leur admiration.

Si vous aviez un choix à faire, je vous conseillerais, madame, de commencer par *Adieu, les amoureux!* (*Good bye, Sweet heart.*) Les premières scènes se passent sur les côtes de notre Bretagne, c'est le roman qui a peut-être le plus de chance d'être goûté par le public français. Reste la difficulté de traduire ces dialogues si vifs, si naturels, si familiers où excelle miss Broughton. Mais l'anglais est votre langue maternelle, et vous saurez nous en rendre le tour spirituel et si parfaitement original. Si cet essai ne vous décourage pas, j'espère que vous poursuivrez cette tâche en traduisant *Nancy, Joan* et tous les autres. C'est moi qui vous devrai alors de la reconnaissance pour m'avoir donné le plaisir de lire une seconde fois des romans que j'ai déjà beaucoup goûtés.

COMTE D'HAUSSONVILLE

ADIEU,

LES AMOUREUX!

PREMIÈRE PARTIE

LE MATIN

I

JOURNAL DE JÉMIMA

Une journée de juin splendide. Dans toutes les parties
du monde chrétien, l'odeur du foin coupé domine toutes les autres odeurs. Combattant même jusqu'à l'étonnante variété des miasmes empestés qu'exhale cette jolie
petite ville bretonne, jamais balayée, elle permet d'aspirer à pleins poumons des senteurs bien plus embau-
mées.

Nous sommes dans le petit salon d'une petite pension
bourgeoise. C'est une pièce longue, avec une fenêtre à
chaque bout. Nous y sommes deux sœurs, les misses
Herrick.

Il y a cinq minutes que la maîtresse de l'établissement

est entrée pour fermer les persiennes d'une de nos fenêtres, afin, dit-elle, d'empêcher le soleil d'*abîmer* les
rideaux de cretonne. Elle allait en faire autant à la seconde fenêtre, malgré nos vives réclamations, et n'a
cédé que quand nous avons pu lui persuader que même
le soleil de Bretagne ne luit pas, à la fois, de tous les
points de l'horizon. Lénore, les coudes appuyés sur le
balcon de la seule ouverture qui nous soit laissée,
Lénore, notre plus jeune sœur, l'*astre* de la famille,
contemple paresseusement la petite place gazonnée sur
laquelle est située la pension de mademoiselle Leroux.
Jémima, (c'est-à-dire *moi*) fait des yeux l'inventaire de
ce qui garnit le salon : les petites gravures accrochées
au mur, telles que *la Religieuse*, le *Guerrier blessé*,
Napoléon Ier, empereur des Français. Sur la cheminée
une grande fougère verte et une unique digitale dans
un verre à boire. Sous nos pieds, un froid carreau.
Point de tapis.

Jémima a vingt-huit ans et un bon caractère; du
moins, tout le monde le dit. J'ai souvent remarqué que
dans beaucoup de familles l'aînée est, physiquement
parlant, la plus disgraciée de la nature. Donc, Jémima,
au point de vue physique, n'est pas favorisée.

— Comme on aurait besoin de son thé de l'après-midi,
dit Lénore, en se retournant à demi. Depuis le déjeuner, à dix heures du matin, jusqu'au dîner, à six heures, quel vide affreux! Comment supposes-tu, Jémima,
que les indigènes apaisent les horreurs de la faim? Que
mâchent-ils? Du tabac? de la craie? Quoi?

Je réponds laconiquement : des biscuits ?

— Est-ce que ton âme ne soupire pas après ces bonnes tartes aux fraises que nous avons vues hier chez le pâtissier de la rue Saint-Malo ? Je regrette de n'avoir pas demandé à Frédéric de m'en apporter.

— Et tu espères, dis-je ironiquement, avoir réduit ce pauvre garçon à un tel degré d'imbécillité, qu'il te rapporterait des tartes aux fruits dans sa poche ?

Lénore sourit. Elle a ce malin sourire qui est, dit-on, particulier aux natures un peu perverses.

— Je crois, me répond-elle, qu'il est tout près de ressembler à l'amant de miss Armstrong qui se laissait habiller en mouton et conduire par un ruban bleu dans un salon rempli de monde.

Le visage de Lénore est plutôt rond qu'ovale. Sans en avoir la couleur, il a toute la fraîcheur d'une rose cueillie à l'aurore. Son nez, quoique n'étant pas *retroussé*, est plutôt de cette famille que de celle des nez romains. Ses yeux sont d'un gris bleu, comme ceux des neuf dixièmes de la race anglo-saxonne. Ils sont grands, mais non comme ces grands yeux de chouette que l'on donne aux figures des *Livres de beauté* où l'œil est le double de la grandeur de la bouche pincée. Dans chacune de ses joues est une fossette que l'on soupçonne à peine quand elle reste sérieuse, mais qui, lorsqu'elle rit ou sourit seulement, forme comme un piège charmant où se laisse prendre le cœur de l'homme qui ose la regarder.

— Si Frédéric n'était personne, passe encore, dis-je,

en m'enfonçant dans un fauteuil et abandonnant mon tricot, — car, comme toutes les *disgraciées*, j'aime beaucoup l'ouvrage, — mais Frédéric est quelqu'un et on pourrait trouver assez risqué de notre part de voyager, innocentes que nous sommes, sur tout le continent, avec un jeune homme, même quand ce jeune homme est un ministre protestant.

— Frédéric, reprend dédaigneusement Lénore, se trouverait entraîné dans la plus scabreuse des positions, qu'il en sortirait triomphalement. Comprenez-vous l'idée d'immoralité associée à celle des lunettes? Bon, quand on parle du loup... le voilà à la Porte Saint-Louis, et... O Jémima! Jémima, vite, viens vite! Il y a quelqu'un avec lui!

Je m'élance, à son appel — car j'obéis toujours à Lénore, bien que j'aie l'avantage, ou plutôt le désavantage, d'être son aînée de dix ans — et je regarde au dehors : — A la barbe, c'est un Anglais, évidemment, dis-je avec sagacité.

— Va-t-il l'amener ici? dit Lénore en se penchant pour regarder jusqu'au balcon du café voisin, où, comme de coutume, deux gros hommes prennent leur demi-tasse en fumant : — Non! je vois qu'il le quitte en lui disant adieu. Que c'est ennuyeux! ajoute-t-elle d'un ton de désappointement.

Frédéric entre seul, paraissant avoir très chaud dans le rigoureux costume ecclésiastique dont la grande redingote lui bat les talons, tandis que le gilet noir monte jusqu'à son menton.

— Oh! le beau kakatoës! s'écrie ma sœur avec un rire impertinent, *soulignant* l'insulte en montrant du doigt la *huppe* de cheveux bouclés qui surmonte le front et les lunettes du jeune homme. Oh! le beau kakatoës!

— Vous pourriez vous abstenir d'observations personnelles, miss Léonora, dit Frédéric en rougissant.

— Mon nom n'est pas *Léonora*, répond-elle avec une moue dédaigneuse. N'allongez pas mes deux charmantes syllabes françaises dans ce grand vilain nom anglais dont on a plein la bouche : LEONORA.

Mais Frédéric est occupé à plonger dans les profondeurs des poches de son ample vêtement d'où il tire avec difficulté une petite boîte.

— Je vous ai apporté un peu de chocolat, miss Lénore. C'est... c'est... pourquoi je suis venu aujourd'hui. Je crois... il me semble vous avoir entendu dire que vous aimiez le chocolat.

— Mon cher kakatoës, je ne peux pas seulement le regarder, reprend-elle gravement avec toute l'ingratitude d'un enfant gâté La semaine dernière, j'en ai mangé tous les jours et de chez tous les confiseurs de Rouen. Encore si ça avait été une tarte aux fraises! une bonne, vraie tarte aux fraises! Mais non! Donnez-le à Jémima.

— Ne l'écoutez pas, M. West, dis-je, — mon agréable tâche étant de réparer les sottises de Lénore envers ses adorateurs. Je n'ai jamais eu, hélas! rien à réparer pour mon propre compte — ne l'écoutez pas! mais dites-nous donc qui est votre nouvel ami? Nous sommes sur le *qui vive* depuis que nous vous avons vu de loin lui dire adieu si amicalement, là-bas, sous la voûte.

— Est-ce que vous voulez parler de ce monsieur qui m'a accompagné jusqu'à la Porte? demande Frédéric, assis sur le tabouret du piano afin de pouvoir se tourner doucement, à droite et à gauche, pour suivre des yeux les pas que fait son idole dans la chambre. Ce n'est pas précisément un de mes amis, ajoute-t-il d'un air contraint; c'est une simple connaissance; un camarade de collège.

— Quel est son nom? dis-je en croquant une des pastilles de chocolat dédaignées par Lénore, et faisant cette question plutôt pour dire quelque chose que pour l'intérêt que j'y prends.

— Le Mesurier.

— Ah! c'est un joli nom. Et que vient-il faire ici?

— Il fait un tour en Bretagne avec un ami. L'ami est allé passer deux ou trois jours au château du marquis de Roubillon, près de Dol, et Le Mesurier l'attend ici.

— Où loge-t-il?

— A l'hôtel de la Poste.

— Pourquoi ne l'avez-vous pas amené avec vous, je vous prie? demande Lénore se joignant à la conversation, et, tout en parlant, s'étendant à son aise sur notre dur petit sofa de crin noir.

— Parce qu'il s'y est refusé, répond Frédéric, et, à ce qu'il me semble, avec un léger accent de triomphe.

Lénore rougit.

— Je parierais, dit-elle, que vous ne le lui avez pas
proposé.

— Au contraire. Je lui ai dit : « Je vais faire une
visite à des dames qui sont dans la pension de mademoiselle Leroux. Voulez-vous venir avec moi? Je ne
doute pas qu'elles ne soient charmées de faire votre connaissance. » Et il m'a répondu — attendez un peu; laissez-moi me rappeler ce qu'il m'a répondu d'une manière
très acccentuée : — « Grand Dieu! Non! on a assez des
anglaises en Angleterre! »

— Quel intéressant mysogène! dit Lénore ironiquement. Quelle douce, quelle charmante tâche ce serait de
le ramener à des idées plus saines!

— Je ne pense pas que ce gentleman puisse vous
plaire, miss Lénore, reprend Frédéric nerveusement, en
faisant gémir le tabouret sur lequel il s'agite. Il a une
manière de dire à des dames, froidement, des impertinences et de les leur débiter avec un calme que je n'ai
jamais rencontré ailleurs.

Lénore, d'un bond, se rassied brusquement, et, dans
l'éclat de ses yeux bleus, je vois passer une expression
malicieuse.

— Mon cher Frédéric! comme vous m'excitez. Après
n'avoir jamais, de vous et de vos pareils, entendu autre
chose que vanter mes charmes, ce serait une nouveauté
piquante que de m'entendre dire des vérités purement
impertinentes, et froidement encore! J'aime les manières
froides; elles ont des réticences et des arrière-pensées.

Et tout cela, par un bel ennemi des femmes, — je suis
sûre qu'il est beau — avec une barbe rousse.

— Ce n'est pas un homme d'un caractère respectable,
reprend Frédéric en baissant la voix comme si le sujet
qu'il traite n'était pas fait pour des oreilles féminines.
Du moins, il ne passait pas pour tel à Oxford.

Lénore est debout à l'instant.

— Frédéric, s'écrie-t-elle, vous me décidez. Je veux le
voir !

— Je ne sais pas comment tu pourrais t'y prendre,
Lénore, dis-je. Malgré le dédain superbe que tu affectes
pour toutes les conventions sociales, tu ne peux pas,
vraiment, t'imposer à un pauvre homme qui a refusé
positivement de faire ta connaissance.

Lénore est toujours droite devant nous, les deux
mains jointes derrière le dos ; elle en tend une tout à coup
à Frédéric : — Ça m'est égal, dit-elle, en frappant du
pied, je vous parie une demi-couronne qu'avant la
nuit, je l'aurai vu.

— Vous savez que je ne parie jamais, miss Lénore.

— Oh ! oui, c'est connu, répond-elle en se redressant
avec gravité et faisant semblant de boutonner un grand
gilet croisé : « Les devoirs de mon état, — le mauvais
exemple pour mon troupeau, etc., etc. »

— Ne l'écoutez pas, dis-je à mon tour, recourant à
ma formule ordinaire de conciliation. Ne savez-vous pas
que depuis cette terrible attaque de croup qu'elle a eue
dans son enfance, alors que le docteur a déclaré qu'il ne

fallait pas la contrarier, nous avons toujours fait sa volonté et elle n'a jamais mesuré ses paroles.

— Si vous voyez Le Mesurier, continue Frédéric sans
écouter mes excuses, et devenant rouge de colère, ce
sera contre sa volonté.

— Très probablement, mais je le verrai.

— Il s'ennuie dans la société des honnêtes femmes; il
n'en fait pas un secret.

— Quelles charitables insinuations de la part d'un ministre! Chaque aimable trait que vous me mentionnez
augmente encore l'envie que j'ai de le voir. Oui! je le
verrai!

— Adieu, miss Herrick, dit Frédéric quittant brusquement son tabouret, qui salue son départ d'un cri
des plus aigres, et remettant son chapeau mou. Adieu,
miss Lénore!

— Adieu! mon amoureux! Adieu! répond Lénore,
par ce titre d'une chanson bien connue. Si vous allez à
l'hôtel de la Poste — mais, je vous en prie, ne vous dérangez pas pour faire ma commission — si vous devez
y aller, dis-je, vous avertirez notre ami commun de m'attendre vers quatre heures.

Deux minutes après, la porte se refermait sur M. West,
et j'entendais ma sœur descendre en courant l'escalier,
en appelant Stéphanie! Stéphanie! de toutes ses forces
et d'une voix fraîche et joyeuse. Stéphanie, c'est la
femme de chambre bretonne.

NARRATION

Devant une petite glace terne, accrochée de manière que l'on peut seulement y entrevoir un soupçon de sa figure, se tiennent deux femmes, Lénore et Stéphanie. La première se regarde et la seconde regarde la première. Lénore n'est pas plus longtemps une jeune Anglaise. Elle est devenue une paysanne bretonne. A son corsage est attachée une lourde jupe de laine noire, tellement plissée derrière et sur les hanches qu'elle paraît aussi large que la paysanne hâlée qui est à côté d'elle. Un petit châle violet et un fichu bien tendu couvrent sa poitrine. La taille de Lénore est belle et ne ressemble en rien à celle des chétives petites filles à poitrine de poulet. Sur sa tête sans chignon, elle essaie maladroitement d'arranger une coiffe comme celle de la femme qui la sert.

— Oh! que mademoiselle est adroite! s'écrie celle-ci avec l'art de mentir pratiqué par toute Française qui se trouve partagée entre la politesse et la vérité; et elle la regarde les mains sur les hanches données par la nature ou par son jupon.

— Mademoiselle n'est pas *adroite* du tout, s'écrie Lénore impatientée; elle est très maladroite. Coiffez-moi, Stéphanie, je vous prie, dit-elle en s'asseyant et laissant ses belles mains reposer paresseusement sur ses genoux.

Hors de la tête, un bonnet breton n'est autre chose qu'un grand carré long de mousseline ou de toile très empesé; mis sur la tête, c'est autre chose. Stéphanie l'ayant, en moins de deux minutes, chiffonné, épinglé attaché, éclate d'un rire joyeux et perçant.

— Mon Dieu! comme mademoiselle a un drôle d'air.

Lénore se lève et s'approche du miroir aux singuliers reflets pour bien examiner et avec un grand sérieux, son travestissement. Sous le bandeau de mousseline raide s'échappe une petite bordure de cheveux bruns et frisés. Les grandes barbes empesées, relevées sur le sommet de la tête forment deux vides comme des anneaux de chaque côté; mais, à quoi bon décrire ce que tout le monde connaît, cette jolie coiffure que les paysannes bretonnes n'ont pas abandonnée pour les fausses dentelles et les fleurs voyantes que portent nos femmes des classes inférieures?

— J'ai les mains trop blanches, dit Lénore. Pourriez-vous me prêter seulement pour une demi-heure vos beaux doigts rouges? Je pense que je suis méconnaissable, n'est-ce pas, Stéphanie? Je ne me reconnaîtrais pas moi-même si je me regardais dans les carreaux d'une boutique.

En passant devant la porte du salon, elle se montre à demi: « Me reconnais-tu, Jémima? » Jémima fait un soubresaut et son tricot roule à terre, tout emmêlé.

— Comme te voilà arrangée, Lénore! tu es affreuse. Où vas-tu comme cela?

— A l'hôtel de la Poste, répond Lénore en fermant brusquement la porte et descendant l'escalier rapidement pour fuir les questions ou les remontrances.

Il n'y a pas cinq minutes de chez mademoiselle Leroux à l'hôtel de la Poste, mais il n'en faut pas plus pour que le cœur vous manque. Les pieds de Lénore qui d'abord la portaient si légèrement malgré le poids de ses gros souliers, commencent à s'alourdir, et son courage se refroidit singulièrement dans le trajet. Une vieille diligence vermoulue stationne dans la rue; devant l'hôtel trois hommes en blouses bleues, assis sur un banc, boivent du cidre, et près de la porte se tient un des garçons, inoccupé, sa serviette sous le bras.

— Est-ce ici l'hôtel de la Poste? demande Lénore presque timidement; question oiseuse d'ailleurs, car le nom de l'hôtel est peint sur la façade en lettres hautes d'un mètre.

— Oui, Madame. Madame est anglaise? demande-t-il en regardant son costume avec quelque surprise.

— Oui! madame est anglaise. Y a-t-il beaucoup de monde là-dedans?

— Ça commence, madame.

— Est-ce que vous logez quelques-uns de mes compatriotes ?

— Oui, madame. Plusieurs, même.

— En est-il arrivé aujourd'hui ?

— Deux messieurs anglais sont arrivés par la voiture de Caulnes. Madame peut voir leurs malles qu'on va monter.

Le garçon indique, à l'intérieur, une pile de porte-manteaux et de boîtes à chapeaux.

— Où est ce monsieur ? demande-t-elle en montrant du doigt un petit porte-manteau, assez usé, sur lequel est inscrit le nom de *Paul Le Mesurier*, *esquire* en grandes lettres blanches.

— Ce monsieur est dans la salle. Il vient de commander du cognac et un siphon.

Tandis qu'il parle, un autre garçon émerge du corridor, portant un petit plateau avec lesdits rafraîchissements. Par une impulsion soudaine Lénore s'élance à sa rencontre.

— Me serait-il permis, dit-elle, de porter cela dans la salle ?

— Mais oui, madame, si ça vous convient.

Ils s'arrêtent à la regarder ; l'un des deux rit. Si elle avait été seule, nul doute qu'elle eût laissé là son plateau et se fût enfuie, mais la retraite lui est coupée par le premier garçon qui lui ouvre poliment la porte de la salle. Miss Lénore y entre. Ses genoux tremblent et son cœur galope.

C'est une longue pièce dans laquelle une longue table est dressée pour un grand nombre de voyageurs.

Dans l'embrasure d'une fenêtre un petit *ministre*, avec des épaules tombantes comme une femme ou une bouteille de vin de Champagne, est assis étudiant l'*Indicateur;* près de la table, un autre monsieur, dont les cheveux et ce qu'on peut apercevoir de la barbe, ont là couleur d'une crinière léonine, est plongé dans la lecture du *Galignani*.

Avec aussi peu de bruit que le lui permettent ses gros souliers de paysanne, miss Herrick s'approche de ce dernier et dépose le cognac près de son coude, mais, dans ce mouvement, sa main tremble si fort, qu'elle pousse un couteau et une fourchette qui tombent avec un bruit éclatant sur le carreau ; elle se baisse pour les ramasser, le voyageur impatienté lève les yeux et alors leurs regards se rencontrent. Ceux de Lénore ont une expression mêlée de honte et de désappointement, car, à vrai dire, ce *roué*, si ennemi des femmes, est loin d'être beau : Dans les yeux de l'étranger, au contraire, se peint la surprise, mais pas l'ombre de désappointement. Satisfaite, après tout, d'en être quitte à si bon marché, Lénore se dispose à battre en retraite au plus vite, quand elle est arrêtée par la voix de Le Mesurier.

— Dites donc, Marie ! Julie ! Manon ! Psitt ! Rappelez-la, West. J'ai essayé tous les noms que je sais. Elles s'appellent toutes Marie, mais elle ne veut pas répondre.

— Vous voulez quelque chose ? lui demande Fré-

déric, avec ce regard bienveillant et miroitant que donnent toujours les lunettes, mais son ami, sans l'attendre,
à la chasse d'un joli visage, s'est déjà précipité hors de
la porte restée entr'ouverte et, la franchissant, se trouve
face à face avec l'objet de sa poursuite qui, n'ayant pas
la présence d'esprit de recourir à la fuite, est là immobile, le plateau à la main, l'air coupable, rouge, et charmante.

— West ! West ! comment dit-on en français « quel est
votre nom ? » — Sont-elles toutes aussi belles ici ? S'il en
est ainsi, nous ferions bien d'en importer chez nous quelques-unes. Comment vous appelez-vous, ma chère ?
dit-il enfin, en essayant de lui prendre la main.

— Que me voulez-vous ? s'écrie la jeune fille en très
bon anglais, le repoussant avec un complet abandon de
son rôle, et lançant des regards furieux à l'insolent qui a
osé l'appeler *ma chère*.

— Vous êtes anglaise ? s'écrie Le Mesurier étonné, reculant de deux pas et restant la bouche ouverte d'effroi,
en pensant à la familiarité impertinente avec laquelle il
a osé exprimer son admiration.

Au son, dont il doute encore, d'une voix trop bien
connue, M. West laisse son *Indicateur* et accourt sur le
lieu de l'action.

— Miss Lénore !

Elle le regarde, ses yeux brillent d'une audace diabolique. Maintenant que le dénouement approche, elle est
résolue à tout braver.

— Monsieur a appelé ?

— Miss Lénore, avez-vous perdu la tête?

Alors elle tend la main : — Qui l'a emporté de vous ou de moi? dit-elle. J'ai gagné mon pari. Donnez-moi ma demi-couronne.

Le Mesurier se tourne de l'un à l'autre sans y rien comprendre.

— Dites-moi donc, West, ce que signifie cette plaisanterie?

— Vous feriez mieux de le demander à mademoiselle.

— Ce n'est pas une plaisanterie, répond-elle en le regardant hardiment, mais en devenant cramoisie. Je suis venue ici pour vous voir; j'ai pris ce costume pour n'être pas reconnue ; j'ai manqué mon coup. Voilà tout.

— *Pour me voir !* Je ne puis qu'en être excessivement flatté, dit-il en manifestant une grande surprise et mordant ses lèvres afin de réprimer un sourire irrésistible. Êtes-vous bien sûre de ne pas me prendre pour un autre ?

— Ce n'est pas que je me soucie de vous le moins du monde... ajoute-t-elle en fronçant les sourcils tandis que des larmes de honte montent à ses yeux.

— Je n'en doute pas, je n'en doute nullement, répond-il en s'inclinant.

— Mais, quand j'ai dit que je ferai une chose, quelque bête qu'elle soit, je la fais toujours.

— Règle excellente dans la conduite de la vie, reprend-il gravement et en s'efforçant toujours de ne pas rire, mais qui peut, parfois, être difficile à mettre en pratique.

— Miss Lénore! miss Lénore! dit Frédéric, les veines du front gonflées et ses petits traits contractés par son trouble et sa vexation, voulez-vous me permettre de vous ramener chez vous? En marchant très vite, comme à cette heure-ci il y a pas de monde dehors, peut-être ne serez-vous pas reconnue.

— Je ne m'inquiète pas d'être reconnue, répond Lénore fièrement. Je n'ai rien fait dont j'aie honte.

Elle passe droite devant Le Mesurier qui tient la porte ouverte et la salue avec un grand respect; mais, tout en traversant la Place Duguesclin et le fossé, miss Herrick revoit en imagination un visage brun et plutôt laid, sur lequel il lui semble, ce qui n'est pas, démêler l'expression du mépris. Elle emporte aussi l'agréable sentiment d'avoir fait une chose ridicule et inconvenante, sans garder même la pauvre consolation d'y avoir pris plaisir.

— O filles d'Ève! se dit Paul, tandis que les mains dans ses poches il la regarde passer, à travers les jalousies baissées. De leurs pareilles, délivrez-nous, Seigneur!

III

A notre pension, on dîne à six heures. L'établissement est petit, mais la société y est respectable. En ce moment, elle ne compte que deux familles, la famille *Lange* et la famille *Erreeck*. Nous sommes la famille *Erreeck*. La famille Lange est française, comme son nom l'indique. Elle se compose d'une mère, d'un fils, M. César, et d'une fille, mademoiselle Péroline. La mère est une belle veuve aux cheveux encore noirs, qui porte gaillardement le deuil de M. Lange, décédé il y a seulement quatre mois. Mademoiselle Péroline pleure son papa, en mousseline blanche avec des rubans lilas. M. César est un jeune homme, aussi marqué qu'un léopard de taches de rousseur, et dont le lorgnon se détache constamment de son œil droit.

Nous dînons tous ensemble avec autant de sociabilité que nous le permet notre ignorance de la langue les uns des autres et le peu de temps que nous devons nous trouver réunis. N'arrivant pas à me faire comprendre, je retombe dans le silence, me sentant très amoindrie, et décidée à ne plus jamais me départir de ma langue maternelle. Lénore rit malicieusement, mais ne vient pas à mon secours.

Tout à coup elle rougit et ses yeux brillent.

— N'est-ce pas la sonnette de la porte? s'écrie-t-elle.

Elle court voir à la fenêtre.

— C'est sans doute Frédéric, dis-je en mangeant une dernière cerise.

— Oui.

— Il n'y a personne avec lui?

— *Personne avec lui?* certainement non. Qui donc pourrait venir avec lui? répond ma sœur. D'où je conclus, étant une personne supérieurement intelligente, que Lénore attendait quelqu'un. Nous remontons au salon pour recevoir notre hôte et Lénore, contrairement à ses habitudes, accourt vers lui en lui tendant la main et sans faire la moindre remarque désobligeante sur ses cheveux, sa démarche ou une partie quelconque de sa personne.

— Eh bien! Frédéric? s'écrie-t-elle vivement, et, à ce qu'il me semble comme si elle s'attendait à quelque nouvelle.

— Eh bien! miss Lénore? répond Frédéric rougissant, comme toujours, jusqu'aux oreilles, quand son idole lui adresse la phrase la plus insignifiante.

— Ne dites donc pas « Eh bien! miss Lénore? » répli-

que ma sœur en colère; rien ne m'agace davantage
N'avez-vous rien à me dire? Rien à m'apprendre?

— Rien à vous apprendre? répète Frédéric tout effaré
et retombant dans la même faute. Comment! Il n'y a pas
assez longtemps que nous nous sommes vus pour que
j'aie tant à vous raconter.

Lénore le quitte en faisant, de la tête et des épaules,
un geste d'humeur et se dirige vers la fenêtre.

— Je suppose, dit M. West en s'adressant à moi, mais
les yeux timidement tournés du côté de la croisée, que
vous savez... *l'aventure*... de miss Lénore ? J'espère bien
que nous pourrons la tenir secrète, tout à fait *secrète*. Le
Mesurier, heureusement, ne connaît personne ici et nous
avons eu la chance de ne rencontrer absolument que
M. Stevens sur notre chemin; encore, je crois qu'il ne
nous a pas vus.

— S'il nous a vus, dit ma sœur en se retournant et
avec un sourire cruel, je ne voudrais pas répondre de
votre réputation demain, dans tout Dinan, Frédéric.
Par toute la ville on dira que vous vous êtes affiché
en paradant, bras dessus bras dessous, avec une
bonne. Voilà pourquoi je vous ai demandé de me reconduire. Tu ne sais pas, Mima, continue-t-elle en
riant, nous sommes revenus en causant amicalement
comme de bons bourgeois qui vont se promener le
dimanche.

— Tu oublies que je t'ai vue revenir du côté de la
Grande Porte, dis-je sévèrement, et, en vérité, Lénore,
quand il te prendra envie de faire de pareilles escapades,

j'espère qu'elles seront plus amusantes et plus conve-
nables.

— Pourquoi m'avez-vous dit que votre ami était beau?
demande brusquement Lénore sans prêter la plus légère attention à mes paroles.

— Je ne vous l'ai pas dit, miss Lénore; vous l'avez dit
vous-même.

— Je *l'ai dit moi-même!* Comment l'aurais-je dit,
puisque je n'avais vu que son dos?

— Vous avez dit qu'il *devait* être beau.

— Eh bien, le plus juste s'abuse, répond ma sœur,
appuyant ses deux bras croisés sur le dos de ma chaise
et regardant tranquillement M. West par-dessus ma
tête. Dans ce cas, je me suis terriblement abusée. Il
est hideux! *Laid à faire peur,* ainsi que mademoiselle
Péroline le disait de vous l'autre jour.

— En ce cas, miss Lénore, répond Frédéric, mis hors
de lui par sa rudesse et lui répondant vertement, ce qui
me fait plaisir, je crois qu'entre vous deux il n'y a pas
beaucoup d'amour perdu

Lénore rougit de dépit.

— Vous a-t-il donc mal parlé de moi? dit-elle vivement. C'est une nouvelle mode que de dire aux gens du
mal de leurs plus intimes amis.

Je cherche à changer le cours de la conversation; je
tousse; j'agite le drapeau pour signaler le danger
à M. West, mais vainement. Il ne semble ni me voir,
ni même soupçonner ma présence.

— Peut-être ne savait-il pas que je vous étais si...

attaché... que j'étais lié si intimement avec vous, réplique West. Il faut au moins lui rendre cette justice.

— Qui parle de lui rendre justice ou non ? dit Lénore
avec impatience. Qu'a-t-il dit ? je veux le savoir.

— Réellement, — en pétrissant son chapeau mou, —
miss Lénore, je crois que cela ne vous ferait aucun
plaisir. Vous vous mettriez en colère.

— Vous feriez beaucoup mieux de me le dire une bonne
fois, reprend ma sœur d'un ton plus calme, s'asseyant
et croisant ses mains, parce que, si vous ne le faites pas,
vous ne sortirez pas d'ici vivant.

— Eh bien, puisque vous l'exigez... je vous en supplie,
miss Jémima, dit-il en se tournant piteusement de mon
côté, je vous en conjure, soyez témoin que c'est miss Lénore
qui l'a voulu. Eh bien, il a dit... — j'affirmerais qu'il
ne le pensait pas — que... que... jamais il n'aurait cru
qu'une demoiselle anglaise s'abaisserait à un rôle semblable.

La rougeur de Lénore augmente et gagne même jusqu'à son cou si blanc.

— Oh ! vraiment ! Est-ce tout ?

— Il a ajouté, continue Frédéric, trompé par le
calme apparent avec lequel Lénore écoute ces commentaires peu flatteurs, il a ajouté que si sa sœur avait
joué une semblable comédie, il ne lui aurait jamais
parlé de sa vie.

— Ah ! vraiment ! c'eût été bien malheureux pour elle !
Continuez.

— Il dit qu'il ne doute pas que vous ne soyez très

habile à ces sortes de jeux, mais que ce n'est pas *son genre.*

— Ce n'est pas *son genre!* s'écrie Lénore en se levant brusquement et tremblant de colère de la tête aux pieds. Et quel est *son genre,* je vous prie? Dieu merci! je me félicite de ne pas lui plaire. Frédéric, je m'étonne que vous osiez m'insulter jusqu'à me répéter de telles sottises. Jémima! — se tournant vers moi — tu n'as pas d'idée de sa laideur! Je voudrais que tu le visses. Des petits yeux, un nez énorme; la plus mauvaise expression! Que je suis folle de m'inquiéter de ce qu'il peut dire! Aussi, je ne m'en inquiète pas. Cela m'amuse même, excessivement. Ah! ah! le misérable! je voudrais le voir mort !

Et pour prouver combien peu elle y est sensible, elle fond en larmes et sort en courant de la chambre et en fermant avec violence la porte qui n'en peut mais.

— Voilà! M. West, dis-je, non sans une sorte de lugubre triomphe. Une autre fois, peut-être, vous voudrez bien faire attention à mes avertissements. Puis je me lève avec dignité en étalant les plis de ma robe de coutil, afin d'aller retrouver ma pauvre affligée.

IV

— Jusqu'à la fin de mes jours, j'en voudrai à Stéphanie! dit Lénore d'une voix lamentable. Si je ne l'avais pas vue parcourir la maison avec cette jupe de laine et cette affreuse coiffe — indiquant d'un geste les vêtements épars sur le lit — il ne me serait jamais entré dans la tête de jouer ce rôle de saltimbanque.

— Si j'étais toi, repris-je sévèrement, en réponse à ses jérémiades, je lui achèterais le costume complet pour l'avoir à moi et le regarder toutes les fois qu'il me prendrait envie de faire quelque folie.

— Ce ne serait pas trop laid pour un déguisement de bal, dit Lénore changeant de ton subitement, passant du triste au gai et se dirigeant vivement vers le lit. Ce serait plus piquant que ces éternels l'*Eau* et le *Feu*, la *Nuit* et le *Jour*, les *Louis quatorze* et les *Marie Stuart*, dont je suis si fatiguée. Ce sont toujours les femmes les plus laides qui s'habillent en reine d'Écosse.

Je garde un austère silence.

— J'ai bien envie d'essayer, reprend-elle avec un accent joyeux.

Je reste toujours silencieuse.

— Une chose certaine, c'est qu'on serait la seule. On ne risquerait pas de rencontrer sa pareille.

— Je n'aurais jamais pensé, dis-je sèchement, regrettant que la leçon salutaire que ma sœur a reçue soit si vite oubliée, je n'aurais jamais pensé que vous garderiez de ce costume un souvenir assez agréable pour être si pressée de le remettre.

Elle couvre son visage de ses mains : — Que tu es cruelle de me le rappeler quand je commençais à n'y plus penser !

Je ne réponds rien.

— Tu comprends bien, Jémima, que je ne cherchais qu'à faire une amusante plaisanterie, et elle a si mal tourné, si bêtement ! C'est une chose à laquelle on ne saurait penser sans rougir, même seule et les volets fermés.

— Je suis de ton avis.

— Je n'oublierai jamais, reprend-elle en découvrant son visage empourpré et frappant ses mains l'une contre l'autre, je n'oublierai jamais comment, Frédéric et moi, nous sommes partis la tête basse, la queue entre les jambes, et comme *il* nous a ouvert la porte cérémonieusement. S'il avait eu la moindre bonté, n'est-ce pas, Mima, il aurait éclaté de rire à ce moment-là ? S'il n'avait pas été un vrai monstre, il aurait considéré la

chose comme une plaisanterie, mais non ! Il était aussi
sérieux que je le suis moi-même en y pensant.

— Frédéric t'a avertie qu'il détestait les femmes respectables, dis-je gravement ; ainsi, son manque de bienveillance était, tout au moins, un compliment indirect
pour toi.

Elle reste silencieuse et les yeux tristement baissés.

— Évidemment, il te tient pour une personne respectable. C'est une consolation. Comment le sait-il ? par
intuition apparemment.

Elle ne bouge pas. Je recommence : — Frédéric
dit...

— Frédéric ! s'écrie-t-elle avec impétuosité et comme
heureuse d'avoir enfin un objet contre qui exercer sa rage,
le petit misérable ! S'il n'avait jamais été de ce monde,
ou s'il n'avait pas paru ici, ou s'il avait eu assez de bon
sens pour se taire, tout aurait bien été. J'aurais vu M. Le
Mesurier. Ce n'est pas, Dieu sait, ajoute-t-elle d'un ton
méprisant, qu'il soit bien agréable à voir — et *lui*... elle
s'arrête.

— Eh bien, quoi ? et *lui* ?

Ses yeux jettent des flammes. Si, dit-elle, il avait suffi
d'un désir pour le tuer, quand il était là, raillant, disant qu'il devait y avoir quelque erreur, — il savait
aussi bien que moi qu'il n'y avait pas d'erreur, — il serait mort, à l'heure qu'il est.

Je l'entends qui murmure tout bas, je le suppose,
des lambeaux de phrases qu'elle se rappelle, et sa rougeur augmente encore.

—Console-toi, lui dis-je d'un ton sentencieux. Je crois bien qu'il n'a pas su ton nom ; tu étais si bien déguisée sous ce costume qu'il ne te reconnaîtrait pas s'il venait à te rencontrer, et le monde est grand ! Très probablement, nous n'aurons pas la mauvaise chance de le retrouver ailleurs.

— Tu crois ? répond Lénore avec moins de satisfaction que je ne m'y attendais. Je n'en sais trop rien. La Bretagne n'est pas très grande et tout le monde va aux mêmes endroits. Il suivra, sans doute, la même route que nous, Morlaix, Quimper, Auray.

— Notre plus grande difficulté, dis je gaiement, sera de l'éviter tant qu'il restera ici, mais nous saurons de Frédéric, chaque jour, où il doit aller, et nous aurons soin de nous promener d'un côté opposé.

— Je n'en ferai rien, s'écrie vivement Lénore. Va où il te plaît, mais ce ne serait pas la peine de vivre s'il fallait passer son temps à éviter quelqu'un dans un tout petit endroit comme celui-ci. Quant à le rencontrer, il faut en courir la chance, et, pour ma part, je crois que cela m'amusera.

— En ce cas, dis-je ironiquement, à ta place, je voudrais retourner à l'hôtel de la Poste. Cette fois, j'irais déguisée en homme. Ce serait plus drôle.

— Il n'en serait pas plus scandalisé qu'il ne l'a été déjà, reprend Lénore avec un rire de dépit. Après tout, ajoute-t-elle plus gaiement, quand je pense à ce que j'aurais pu faire et que je n'ai pas fait, l'énormité de la chose que j'ai faite diminue beaucoup.

Je secoue la tête négativement.

— Je voudrais, continue-t-elle, trouver l'occasion de lui faire savoir combien j'ai été désappointée en le voyant; je me demande si je le pourrai jamais.

— J'espère que non.

— A coup sûr, si cela arrive, il n'aura pas perdu pour attendre, dit-elle avec un redoublement de colère. Je ne sais rien qui me fît un plus vif plaisir.

Ceci se passait le lendemain de l'escapade de Lénore. La vieille mademoiselle Leroux nous donne ce qu'elle appelle une petite soirée. Quand nous entrons dans le salon, à sept heures et demie, nous trouvons déjà presque toute la société réunie. Le piano, généralement fermé à clef, est ouvert, et mademoiselle Péroline bien refrisée, bien empesée, exécute une étonnante fantaisie dont le thème se perd dans des variations infinies qui semblent n'avoir rien à dire et reparaît tout à coup, quand on ne s'y attend pas, comme un train qui ressort d'un tunnel. Lénore, que j'ai eu la plus grande difficulté à faire apparaître, Lénore qui, si elle est dans une société qui ne lui plaît pas, ou si elle n'a rien à dire, se renferme dans ce silence absolu, si mal jugé dans le monde, se jette sur le sofa, après les premières révérences et se tient obstinément la tête baissée sur son ouvrage. La fantaisie se termine enfin.

Stéphanie entre avec un plateau, censé à l'*anglaise,* sur lequel il y a du thé faible et du gâteau de Savoie. En m'offrant ces rafraîchissements, elle se penche pour me dire confidentiellement :

— Il y a en bas deux messieurs qui viennent faire une visite à mademoiselle.

— Deux messieurs ? m'écriai-je, tandis que les demoiselles Brown prêtent l'oreille, car, plus rares que les petits pois en janvier, sont les *messieurs* à Dinan. Qui sont ces messieurs, Stéphanie ?

— L'un d'eux, mademoiselle, est ce petit monsieur qui vient ici presque tous les jours, le *ministre anglais* avec des lunettes. L'autre, je ne l'ai pas encore vu. C'est un très grand monsieur avec une grande barbe rousse.

Je regarde machinalement du côté de ma sœur. Elle a levé la tête, quitté son ouvrage et elle écoute.

— Très bien, dis-je avec un soupir d'impatience. Si mademoiselle Leroux veut bien le permettre, priez-les de monter.

Je vais à Lénore : — Stéphanie me dit...

— Je le sais; j'ai entendu, répond-elle brièvement.

— Ne penses-tu pas, lui dis-je d'un ton insinuant, que tu ferais bien de t'en aller pendant qu'ils seront ici ? Ils ne resteront pas longtemps, probablement, et il ne te serait pas agréable de te rencontrer avec cet homme.

— Agréable ou non, je ne bouge pas, répond-elle avec humeur. Pour rien au monde, je ne voudrais lui donner la satisfaction de croire que je n'ose pas le regarder en face.

Deux minutes après, ils entrent, Frédéric le premier, souriant timidement, avec un maintien *clérical*, et derrière lui ce grand étranger fort sérieux et pas du

tout clérical. Dès qu'il met le pied dans ce salon éclairé, qu'il
sent l'odeur du thé chaud et des gâteaux et qu'il entend
le bavardage de tant de femmes, françaises et anglaises,
il semble avoir une terrible envie de nous tourner le
dos et de s'enfuir au plus vite; mais, résistant à cette
tentation, il s'avance, d'un air de martyr, vers le coin où
nous sommes assises. Je l'examine, heureuse de trouver
enfin, quand Frédéric me le présente en tremblant et en
s'excusant, l'occasion de satisfaire ma curiosité. Voilà donc
Le Mesurier ! Assurément, je ne l'aurais jamais reconnu
d'après la description que ma sœur en colère m'a faite de
lui. Ses yeux ne sont pas grands, il est vrai, mais j'en ai vu
souvent de beaucoup plus petits. Son nez, au contraire,
n'est pas petit, mais j'en ai vu souvent de beaucoup plus
grands. Quant à la mauvaise expression dont elle m'a
parlé, je ne la trouve nulle part, à moins qu'elle ne soit
trop bien cachée par la barbe touffue qui lui couvre le
bas du visage. Il me regarde, lui, de ce regard rapide
et indifférent que l'on me jette en passant, et pas du tout
parce que j'en vaux la peine, et je ne le sais que trop
bien ! Lénore salue aussi, mais, n'était son apparente
froideur et son extrême rougeur, cette présentation
n'aurait rien que d'ordinaire.

— Dans quel pays est-il d'usage de faire des visites du
matin le soir? Je saisis cette phrase qu'elle adresse brusquement et à demi-voix à M. West, assis sur le sofa
près d'elle.

— Vraiment, miss Lénore, répond-il appuyé sur la
pomme de son grand parapluie vert, et regardant atten-

tivement ma sœur à travers le voile azuré de ses lunettes bleues, vraiment, nous ne pensions pas monter ici. J'avais seulement fait prier votre sœur d'avoir la bonté de descendre me parler une minute, mais vous savez que je ne parle pas un bien bon français, et je pense que la femme de chambre aura mal fait ma commission.

— Vous pouviez facilement réparer l'erreur en restant où vous étiez, reprend Lénore d'un ton assez peu gracieux.

— Croyez-vous? dit humblement Frédéric. Peut-être bien... mais c'eût été assez difficile.

— Et *lui?*... elle regarde avec colère dans la direction de M. Le Mesurier, qui l'amène ici? C'est d'un goût détestable et j'ai bonne envie de le lui dire.

— Non! je vous en supplie! s'écrie vivement Frédéric. Si quelqu'un est à blâmer, c'est moi seul. Je lui ai demandé s'il voulait faire un tour avec moi, du côté de la porte Saint-Louis, et comme il lui était indifférent d'aller là où ailleurs, il a été chercher un cigare, à la condition qu'il n'entrerait pas ici.

Lénore, qui travaille toujours, embrouille son fil, fait un nœud et le casse.

— Ainsi, il ne voulait pas nous honorer de sa visite? s'écrie-t-elle.

— Pas le moins du monde, réplique vivement Frédéric. Vous pouvez être tranquille à cet égard. Rien n'était plus loin de sa pensée.

— Ainsi, pour la *seconde fois,* il se trouve dans notre société *malgré lui?*

— Il n'aime pas le monde, répond Frédéric d'une manière évasive. Il avoue n'être pas fait pour le monde.

— Au moins, sur ce point-là, je suis parfaitement de son avis, dit-elle sèchement.

— Avez-vous fait votre commission, West? demande brusquement Le Mesurier. Si vous avez fini, je crois qu'il vaudrait mieux ne pas retenir ces dames plus longtemps.

Rappelé à lui-même, Frédéric se rapproche de moi pour me faire connaître l'objet de sa visite, et Le Mesurier ayant, à l'aide de nombreux saluts, décliné toutes les invitations de mademoiselle Leroux pour prendre une chaise, des gâteaux, de l'eau sucrée, reste debout et silencieux près de Lénore.

— Qu'est-il venu dire? demande Lénore sans ôter les yeux de son ouvrage et paraissant faire cette question à un être absent plutôt qu'à son voisin.

— Quelque chose au sujet d'un bateau, répond-il froidement, mais toujours impatient.

— Quel bateau?

— Un bateau que lui prête, je crois, un nommé Panache, si je ne me trompe, et il venait vous inviter, vous et votre sœur, à faire demain une promenade sur l'eau, jusqu'à Le Hon peut-être.

— Oh! je pensais qu'il en aurait jusqu'à demain avant de s'expliquer.

— Moi aussi, répondit-il froidement.

Suit un moment de silence.

— Vous invite-t-il aussi? reprend-elle, comme poussée par une impulsion soudaine, levant les yeux vers lui avec un reste de confusion sur le visage.

— Moi? Pas que je sache, dit-il d'un air surpris.

— Ah!... et elle baisse les yeux de nouveau.

— Pourquoi cette question?

— Pour rien. Je n'ai jamais une raison quelconque pour faire une chose.

— Oui! c'est bien... dis-je, désireuse de rompre un entretien qui doit être si pénible pour ma sœur; c'est cela; une bouilloire... on fera du feu sous les grands châtaigniers... on trouvera beaucoup de bois sec... on fera du thé... Qu'en dis-tu, ma sœur?

— C'est charmant, répond Lénore ironiquement. Le feu qu'on allume soi-même ne prend jamais; la bouilloire se renverse toujours; l'eau de la Rance sent le vieux fer, mais ce sont des détails insignifiants. Allons-y.

V

Un chemin escarpé, et des marches taillées dans le roc, depuis la route dont l'éclat nous aveuglait, jusqu'au bord de la rivière. C'est une jolie petite rivière sombre, baignant le pied du massif sur lequel Dinan est assise comme une reine. Les murs de Dinan, ses tours, ses clochers se mirent dans cette aimable Rance qui, un peu plus bas, coule sous les arches usées d'un vieux pont et, un peu plus haut, passe sous le grand viaduc dont les dix arches géantes semblent enjamber la vallée. A l'endroit où stationne un petit bateau à quatre rames, à la pointe allongée, quatre personnes sont en train de discuter.

— Enfin, puisque tu le veux, Lénore, nous irons, dis-je avec résignation, mais aussi avec humeur, mais, si nous entrons là dedans, nous enfoncerons infailliblement.

— Ce bateau n'est, en effet, que pour trois, deux aux

rames et un au gouvernail, dit Frédéric en y déposant un grand panier sous le poids duquel il a fléchi depuis la maison de mademoiselle Leroux ; mais je pensais que si miss Jémima n'y avait pas d'objection, l'un de nous, le plus léger, miss Jémima peut-être, pourrait encore s'asseoir au fond, sur le paquet des manteaux et des châles.

— La vue de ce bateau me rappelle tout à fait un des cartons de Raphaël, *la Pêche miraculeuse*, n'est-ce pas ? dit Le Mesurier, — car il fait le quatrième. — C'est exactement la même proportion entre la taille des Apôtres et celle de leur petite barque. Il dit cela en sautant dans le bateau pour y déposer une grande bouteille contenant le *claret-cup*.

— Frédéric, s'écrie Lénore, de la dernière marche où elle est assise, levant vers lui son joli visage qui porte l'expression calme du commandement, je pense que vous pourriez trancher la difficulté ! Si vous alliez à pied ? C'est charmant le long du chemin de halage ; pas de vent ; pas de mouches.

— Si vous l'exigez, miss Lénore, répond-il d'un air consterné, et se ressentant encore du poids du panier. Mais...

— Vous pourrez ajouter quelques papillons à votre collection, continue ma sœur d'un ton insinuant. Je suis sûre que vous avez votre filet double de gaze verte dans votre poche. Croiriez-vous, dit-elle, en dirigeant la batterie de ses sourires à fossettes sur Le Mesurier, croiriez-vous qu'il attrape des papillons dans un filet

double de gaze verte et qu'il enfonce des épingles au travers de leurs pauvres petits corps ? J'ignore comment il
rassure sa conscience et son évêque, mais je suppose
que, comme la pêche, c'est un genre de cruauté permis
par l'Église.

.   — N'est-ce pas un peu dur d'expulser le pauvre West
de son propre bateau ? réplique Le Mesurier, regardant
très attentivement ma sœur, mais sans que je puisse
découvrir la moindre nuance d'admiration ni d'appro-
bation dans ses yeux bleus, si froids. Il la regarde,
comme il me regarderait : — Dites donc, West, vous pesez,
je regrette d'en convenir, cinquante livres de moins que
moi ; si vous preniez ma place ? Je n'y tiens pas le moins
du monde.

Cette dernière phrase sur laquelle il appuie, est dite
à dessein, et moi, qui ai l'heureuse faculté d'entendre les
choses sans en avoir l'air, je la saisis au passage. Ce
que Frédéric m'a dit de son ami : « La société des honnêtes
femmes l'ennuie, il ne s'en cache pas, » me revient à l'esprit.

A ce moment, il fait son possible pour esqui-
ver la société de deux femmes parfaitement respectables.

— Lénore ! m'écriai-je rougissant sous mon ombrelle
écrue, nous allons ramer nous-mêmes. Nous avons,
du reste, ce qui vaut le mieux, la bouilloire et le claret-cup.

Mais Lénore se détourne d'un air mécontent.

— Péut-être, après tout, que je ferais mieux de marcher,

dit avec hésitation Frédéric, après avoir regardé ma sœur, je crois que c'est un meilleur arrangement.

— Comme vous voudrez, réplique Le Mesurier assez désappointé, et je vois encore sur ses lèvres, que ne recouvre pas complétement la barbe, un sourire un peu méprisant.

Lénore se lève :

— Quand cette aimable dispute à qui évitera notre société aura cessé, dit-elle avec une certaine hauteur, j'espère que quelqu'un voudra bien m'aider.

Le Mesurier lui offre la main, sans se précipiter, comme tant d'autres à sa place et sans se jeter par terre, dans son empressement, comme le pauvre Frédéric. Il lui vient en aide par l'unique raison qu'il est le plus près d'elle.

— Mettez votre pied au milieu ; allez doucement ; placez-vous à l'arrière ; vous feriez mieux de gouverner, lui dit-il brièvement et simplement.

Une demi-heure après, Frédéric, accompagné de son parapluie vert, marche tristement le long du chemin de halage et nous remontons le courant avec un personnage forcé de nous accompagner contre sa volonté et qui voudrait bien être débarrassé de nous. Le soleil frappe de ses rayons brûlants la petite rivière dont l'éclat nous éblouit. A travers les grandes arches du viaduc, se découpant sur ce beau ciel de juin, nous voyons luire comme des yeux de saphir. L'air est tout frémissant de ces myriades de familles ailées, qui ne vivent qu'un jour, mais pour qui

3

ce seul jour est une longue ivresse. Le sombre bois de châtaigniers enveloppe le flanc escarpé de la montagne et semble descendre à la rivière pour s'y désaltérer. De grandes libellules planent lentement et majestueusement au-dessus des glaïeuls et des joncs qui croissent près de la rive et qui semblent croître aussi la tête en bas en se réfléchissant dans l'eau transparente. Nous sommes tous silencieux, d'abord parce que nous avons trop chaud, et ensuite parce que personne de nous n'est de très bonne humeur. Lénore, appuyée sur un des côtés du bateau, trempe dans l'eau sa main droite, ce qui le fait pencher d'une manière désagréable.

— Vous feriez mieux de vous tenir plus droite, miss Herrick. Il faut peu de chose pour faire perdre l'équilibre à cette sorte de bateau, dit, assez sèchement, M. Le Mesurier.

Lénore ne semble pas entendre, et se penche un peu plus en admirant ses beaux doigts minces qui, à travers la limpidité de l'eau, paraissent d'une blancheur singulière.

— Pour l'amour de Dieu ! relevez-vous, s'écrie-t-il une seconde fois, énergiquement, comme le rebord de la barque est presque au niveau de la rivière.

Lénore se relève lentement.

— Vous me parliez ? lui demande-t-elle avec une tranquillité agaçante. Comment pouvais-je le deviner ? Vous avez dit : « Tenez-vous droite, miss Herrick. » C'est ma sœur aînée qui est miss Herrick.

— Eh bien, alors, miss Lénore, comme il vous plaira ; mais, au nom du ciel ! tenez-vous droite.

— Je me demande pourquoi vous allez en bateau, puisque vous êtes si nerveux.

— Je ne suis pas *nerveux,* ainsi que vous le dites, quand je suis avec des personnes qui s'y conduisent raisonnablement, reprend-il d'un ton froid, mais je sais que la moindre chose fait chavirer cette sorte de bateau, et je sais que, s'il chavire une de vous deux sera infailliblement noyée, car je ne pourrais en sauver qu'une.

— *Une de nous ?* Laquelle ? dit ma sœur en riant et en faisant balancer la barque, et je vois, quand elle fait cette question, un éclair d'une malice diabolique briller dans ses yeux. Je vais savoir laquelle.

— Lénore ! Lénore ! m'écriai-je pleine d'effroi en m'accrochant au bateau. Je t'en conjure, pour l'amour de Dieu ! ne bouge pas !

Mes supplications sont vaines. Lénore rit et continue. M. Le Mesurier ne dit rien et je ne puis voir l'expression de son visage, car je suis derrière lui ; il tourne seulement l'avant du bateau vers la rive, et, en une demi-douzaine de vigoureux coups de rames, nous fait aborder au milieu d'une abondance de roseaux. Il saute à terre.

— Miss Herrick, me dit-il gravement, j'aurais été charmé de vous reconduire ce soir chez vous, mais, comme je ne pourrais répondre encore cinq minutes de votre vie tant que votre sœur sera dans le bateau, je vous prie de vouloir bien en descendre.

— Peut-être ai-je été trop peureuse, dis-je en reprenant mon ombrelle et grimpant difficilement sur le bord
parmi les plantes aquatiques, mais j'aurais une telle
horreur de me noyer!

VI

NARRATION

— Maintenant, miss Lénore, je suis tout à fait à votre service, dit Le Mesurier se rasseyant, reprenant les rames et poussant le bateau au milieu du courant. Lénore baisse la tête, essuie ses doigts avec son mouchoir et ne répond rien : — C'était, ajoute-t-il ironiquement, tout à fait charmant de votre part d'essayer de nous faire chavirer quand votre sœur vous priait de ne pas le faire, mais comme elle ne paraissait pas prendre la chose si gaiement, j'ai pensé qu'il valait mieux la ramener à terre.

— Jémima est une poltronne, dit Lénore en faisant une petite moue. La seule espèce de bateau qu'elle aime, c'est une grande bête de barque bien pontée où l'on puisse faire toutes les folies possibles sans danger.

— Je ne doute pas que ce ne fût fort agréable d'essayer de ces tours d'adresse en naviguant avec vous, reprend-il, non sans un sourire railleur, et maintenant, je vous le répète, je me mets à votre disposition. Faites-nous chavirer, si le cœur vous en dit.

— Vous me donnez *carte blanche?*

— Absolument.

— Mais si je faisais tourner le bateau, reprend-elle, moitié riant, moitié fâchée, — je ne dis pas que je le ferai — mais si je le faisais, votre premier devoir ne serait-il pas de me sauver ?

— Le devrais-je ?

— Ne le devriez-vous pas ?

— J'ignore *si je le devrais*, répond Paul en se laissant aller négligemment à la dérive, mais je sais bien ce qui arriverait.

— Quoi?

— C'est que je commencerais par me sauver moi-même.

— Ainsi vous me laisseriez noyer? reprend Lénore.

— Sans doute.

— Eh bien, vous êtes le seul homme au monde qui oserait me dire tranquillement pareille chose! s'écrie-t-elle, ses beaux yeux dardant des éclairs de colère et la rougeur montant à ses joues, comme il lui arrive si souvent.

— Si vous faisiez chavirer le bateau, reprend Paul froidement et d'un air désapprobateur, je verrais que vous avez, de propos délibéré, l'intention de vous suicider, et je suis trop bien élevé pour m'opposer aux desseins d'une dame, si franchement exprimés.

— J'ai bien envie d'essayer, dit Lénore, plongeant ses regards dans l'eau profonde qui réfléchit son image tremblante et le visage impassible de Le Mesurier.

— Quand vous voudrez. Seulement laissez-moi m'avancer cent mètres plus loin. L'eau est de cinq ou six pieds plus profonde là-bas, sous ces peupliers.

— Après tout, je crois que je n'en ai pas envie, reprend naïvement Lénore, — son excitation s'est calmée quand elle a vu que non-seulement elle ne produit chez lui ni crainte ni admiration, mais que même il ne paraît pas s'amuser beaucoup, — je ne sais pas ce qu'il en est pour les autres, mais, quant à moi, le simple fait d'avoir la permission de faire une chose m'en ôte à l'instant le désir.

— D'après le peu que je connais de votre caractère, je m'imagine que vous n'attendez pas souvent cette permission.

— Pas très souvent, en effet — répond sérieusement la jeune fille, en regardant au loin, derrière lui, vers la rive droite de la Rance, où l'abbaye de Le Hon élève vers le ciel ses grandes murailles ruinées et ses arceaux découpés. — Une fois, il y a bien longtemps, quand j'étais petite, j'ai été très, *très* malade... je ne suis pas encore bien forte aujourd'hui, sans qu'il y paraisse... et le docteur dit qu'il fallait me donner tout ce que je demanderais, de crainte, en criant, que je n'eusse un accès de toux, et, par conséquent, toutes les fois que je voulais une chose, on me l'accordait aussitôt, de crainte que je ne me rompisse un vaisseau dans la poitrine.

— Je crois qu'il n'y a plus rien à craindre, dit Paul en

examinant d'un air d'incrédulité cette belle personne bien développée, son cou arrondi et sa main fine et forte qui pend au bord du bateau.

— Non, dit-elle, mais j'ai gardé le prestige d'une santé délicate, quoique *le fait* n'existe plus, et j'ai bien soin d'entretenir une tradition toute dans mon intérêt, parce qu'elle me donne le droit de faire ce qui me plaît.

— C'est bien malheureux pour vous, dit brusquement Le Mesurier. A la place de votre sœur, je voudrais aussi rivaliser avec la rupture d'un vaisseau.

— Ce ne serait pas possible, répond en riant Lénore. Jémima est une de ces personnes qui ont une santé imperturbable et doivent vivre, sans une maladie, jusqu'à cent ans, et alors il faut qu'elles tombent d'un escalier ou sous un omnibus, ne pouvant finir de mort naturelle.

Ils glissaient alors lentement en passant devant Le Hon, puis sous le pont couvert de lierre, puis devant ces marches en pierre sur lesquelles les moines de l'abbaye allaient, durant l'été, baigner dans l'eau limpide leurs saintes personnes.

— C'eût été bien différent si papa eût vécu, dit Lénore recommençant à causer, cette fois sans être contredite. Il nous faisait lever à cinq heures du matin, l'hiver, pour nous mener promener avant l'aube; il nous faisait mettre en cercle devant lui, les mains derrière le dos, pour réciter le catéchisme, et, si nous hésitions, nous recevions un coup de règle sur les doigts.

— Il est bien fâcheux qu'il soit mort! dit Paul, presque

involontairement, se reposant sur ses rames et fixant de dessous l'ombre de son chapeau ses yeux profonds sur le joli visage en face de lui, sans paraître ébloui de ses charmants détails et de son ensemble harmonieux.

— Pourquoi? reprend Lénore.

— Parce que toute femme a besoin de quelqu'un qui la gouverne, répond-il sérieusement et comme s'il affirmait un axiome irréfutable. Jusqu'à ce qu'elle ait un mari, son maître naturel et légitime, il lui faut un père.

— Son maître naturel et légitime! répète Lénore dédaigneusement. Ai-je bien entendu? Cela serait la domination de la matière sur l'esprit, au lieu de celle de l'esprit sur la matière.

— Je ne puis être de votre avis, dit-il très sèchement.

— Pas un homme vivant ne me gouvernerait! je briserais plutôt son cœur, son âme, tout ce que je pourrais briser en lui.

— Je ne doute pas de votre intention.

— J'y réussirais! j'ai le caractère de papa. Tout le monde me le dit, réplique-t-elle d'un air de triomphe.

— Vous en paraissez bien fière. C'est étonnant de quoi on tire vanité, parfois!

— Je plains le pauvre homme qui entreprendrait de me gouverner, dit Lénore, croisant ses deux mains sur son genou, tandis qu'une fine expression de malice se joue autour de ses lèvres à la pensée des souffrances qui attendent son futur possesseur.

— Par conséquent, vous ne songez pas à vous marier?

— Par conséquent, j'y songe au contraire, répond-

3.

elle en rougissant de dépit. Croyez-vous donc que je
veuille rester vieille fille?

— Je crois, répond un peu rudement Paul, que, considérant la parfaite docilité que vous pensez montrer à
votre mari, vous risquez fort de le devenir.

Nouveau silence. On n'entend que le battement des
rames et le frais clapotement de l'eau contre les flancs de
la barque. Bientôt, Lénore, décidée comme une vraie
femme à avoir le dernier mot, reprend la parole.

— Convenez, dit-elle, en se penchant un peu vers lui,
convenez qu'il n'y a pas sur la terre un objet plus ridicule, plus méprisable, qu'une femme qui s'abaisse jusqu'à une soumission abjecte à son mari.

— Convenez, dit Paul avec un peu d'emphase et se
penchant aussi vers elle, qu'il n'y a pas, sur la terre,
un objet plus méprisable qu'un mari qui se dégrade
par une soumission abjecte à sa femme.

— Vous voulez plaisanter, s'écrie Lénore avec hauteur
et en le regardant un peu de travers; mais je soutiens,
moi, qu'il n'y a pas au monde une créature plus basse
que la patiente Grisélidis.

Dans la vivacité de la discussion, ils ont élevé la voix.
Trois Anglaises, montées sur des ânes, avec leurs manteaux qui couvrent la croupe de leurs montures, tour-
nent la tête en passant. M. Dunois, le fils du barbier,
faisant sa promenade de l'après-midi sur un grand
cheval bai, se retourne aussi au bruit.

— Les indigènes sont étonnés de notre véhémence,
dit Paul retrouvant son sang-froid et, véritablement,

ajoute-t-il avec un rire insouciant, comme nous n'avons, ni l'un ni l'autre, jusqu'à présent, une victime sur qui appliquer nos théories dans toute leur rigueur, il est bien inutile de nous échauffer à ce sujet; n'est-ce pas?

La seule réponse de Lénore est une rougeur subite dont elle ne saurait expliquer la cause.

— Que peut-il bien arriver à cette fille? se dit Le Mesurier en la regardant avec étonnement. Tantôt elle fait des remarques absurdes et tantôt elle rougit jusqu'aux oreilles.

— Combien de temps comptez-vous rester à Dinan? demande miss Lénore, changeant tout à coup de sujet.

Paul fait un mouvement des épaules.

— Dieu sait! dit-il.

— Longtemps? répète-t-elle avec insistance.

— Jusqu'à ce que *mon ami* soit fatigué de *son ami* M. de Roubillon et de son château avec ses ridicules petites tourelles et girouettes, répond Paul qui n'est pas exempt des préjugés de nos insulaires pour tout ce qui est gaulois.

— Comment s'appelle votre ami?

— Scrope.

— Comment est-il?

— Oh! je n'en sais rien. Je ne suis pas fort pour les descriptions. Je pense qu'il est comme tout le monde.

— Comme vous, par exemple?

— Grand Dieu! non, et il se met à rire. Il serait peu flatté de la comparaison.

— Cela veut dire qu'il est agréable?

— Assurément! très agréable, répond-il avec une sorte d'impatience.

— Et quand pensez-vous qu'il revienne ici?

— Dans deux ou trois jours, je l'espère.

— Vous l'espérez, dit-elle un peu piquée. Vous n'aimez pas Dinan, alors?

— Ce n'est pas mal pour la France, répond Paul généreusement.

Lénore baisse sa tête mignonne, lourdement chargée de grosses nattes, de boucles, de torsades de cheveux bruns. Elle cesse ses questions. C'est maintenant au tour de Le Mesurier.

— Aimez-vous tant Dinan, miss Herrick?

— Nous aimons tous les endroits où la vie est à bon marché, répond brièvement Lénore. Les endroits où le mouton est à quatorze sous la livre nous paraissent plus jolis et plus agréables que ceux où il est à vingt sous.

— Oh! vraiment? dit-il d'un air un peu embarrassé, ne sachant comment prendre cette déclaration d'une franchise si inutile.

— Nous sommes de vraies bohémiennes, Jémima et moi, poursuit-elle, son doux visage appuyé sur sa main, ce visage velouté de cette fleur de beauté qui n'est qu'au matin de la vie — fleur aussi délicate et d'une aussi frêle durée que cette fine poussière qui couvre le grain mûr de la grappe — nous sommes de vraies bohémiennes avec cette seule différence que nous payons nos dettes. Nous n'allons à chaque endroit que hors de saison. — Nous parcourons Londres en omnibus et la Tamise en

bateaux à vapeur, et nous faisons encore une foule de
choses aussi peu élégantes. Nous avons passé un été à
Boulogne. Je m'y plaisais, mais Jémima détestait ce sé-
jour.

— Je le crois bien !

— Oh ! l'*établissement!* frappant des mains avec une
joie enfantine à ce souvenir et parlant tout en riant. Que
c'était amusant! Comme tous ces déclassés avaient l'air
heureux, chacun avec sa chacune!

— Je ne m'étonne pas que cela vous ait tant amusée,
dit Paul d'un ton moqueur et moins choqué du fait en
lui-même qu'il ne l'est de le lui entendre dire.

—Regardez! voilà Jémima qui gesticule au bord de la
rivière, s'écrie Lénore heureusement inconsciente de
l'effet qu'elle a produit. Comme un parapluie peut être
éloquent, manié par une main habile! Que de choses
nous dit Jémima!

— Elle nous dit « terre, » je suppose. Abordons, répond Paul avec un certain empressement, son cœur plus
disposé à goûter le claret-cup que les charmes d'un tête-
à-tête prolongé avec Lénore.

— Abordons, répète la jeune fille, avec un faible et
involontaire soupir.

VII

JOURNAL DE JÉMIMA

Les iris et les épais roseaux verts s'écartent devant le petit bateau qui glisse au milieu de leurs touffes épaisses, doucement et lentement, et touche enfin la rive.

— Qu'as-tu fait de mon kakatoës? me dit Lénore en posant sur la proue son petit soulier à haut talon, et, de là, sautant à terre légèrement. L'as-tu égaré sur la route, ou quelque gros canard l'aurait-il avalé?

— Ni l'un ni l'autre, répliquai-je, assez mécontente d'avoir manqué ma partie sur l'eau. Il est là, dans le bois, ramassant du bois mort. Il a cueilli pour toi, en venant, un énorme bouquet.

— Je voudrais bien lui faire perdre cette habitude, s'écrie Lénore avec impatience. C'est trop ennuyeux d'avoir à le porter, et plus ennuyeux encore d'avoir à « dire merci » pour une grosse botte de dandelions et de boutons d'or.

— Pauvre West! dit Le Mesurier avec un rire de pitié. Il me le donnera. J'aime les dandelions, moi!

— Et moi aussi, reprend vivement Lénore; je suis folle de fleurs. C'est la seule chose qui ne nous trompe pas, comme le disait devant moi, un jour, une jeune fille à son danseur.

Nous avons quitté le chemin de halage, et nous sommes dans le bois de châtaigniers. Il n'y a pas de broussailles et les arbres sont assez écartés pour laisser la place de se promener sous leur ombre. A quelque distance, nous voyons un peu de fumée grise et quelques étincelles qui jaillissent dans l'air tranquille. Frédéric à genoux, les joues gonflées comme un joueur de trompette ou un dieu des vents, souffle sur la flamme.

— Voilà une preuve de dévouement! s'écrie Le Mesurier en riant. Pauvre West! il se fait soufflet.

— Comme il est laid! dit Lénore en riant.

— Quelle basse ingratitude! reprend tragiquement Le Mesurier. Un homme salit les genoux de son pantalon dans l'herbe humide, se met dans une attitude ridicule et s'expose à une congestion des poumons pour vous seule, et vous dites de lui « qu'il est laid! »

— Je crois que ça va aller, nous dit Frédéric avec un triomphe modeste. Ses joues sont rouges de la tension qu'il leur a infligée, ses yeux pleurent à cause de la fumée. — Le bois était un peu vert.

— Vous ressembliez tout à fait à Zéphyre, lui dit Lénore d'un ton moqueur. C'est ce que nous disions en venant, n'est-ce pas, monsieur Le Mesurier?

— Oui, nous le disions, répond-il avec distraction, réprimant une envie de bâiller, et regardant avec convoitise la bouteille de grès.

— Voulez-vous courir remplir la bouilloire, reprend Lénore avec un peu de coquetterie dans l'inflexion de sa voix. Frédéric a préparé la place, et nous ne vous avons permis de venir qu'à la condition de vous rendre utile.

Je ne sais si je me trompe, mais il me semble que la physionomie de M. Le Mesurier exprime une sorte d'étonnement.

— Je ne crois pas que M. Le Mesurier eût été au désespoir de ne pas venir, dis-je sévèrement, irritée de ce manque de tact de Lénore; et, encore de mauvaise humeur, je m'agenouille pour déballer le panier et faire les tartines.

Lénore s'étend sur l'herbe fleurie et, de là, regarde avec un malin sourire Frédéric qui a recommencé à souffler son feu mourant.

— Frédéric s'est exterminé, dit Lénore en riant, et voilà tout son feu dispersé. Mima, chère, va donc lui chercher du bois sec.

Je me prépare à obéir avec ma docilité habituelle, quand M. Le Mesurier qui revient de la Rance avec la bouilloire remplie et ruisselante, s'interpose.

— Miss Lénore — c'est bien votre nom, je crois, et non Lénora ? — puis-je vous faire une question ?

— Tout ce que vous voudrez, pourvu que ce ne soit pas pour me demander mon âge, ou si mon chignon m'appartient, dit-elle avec une gaîté un peu forcée.

— Je ne tiens à savoir ni l'un ni l'autre, répond-il gravement.

— Qu'est-ce que c'est, alors ? Dites? Et elle penche un peu la tête en arrière pour le regarder bien en face.

— Pourquoi n'allez-vous pas ramasser du bois vous-même, au lieu d'y envoyer votre sœur aînée ?

— Je n'y vais pas moi-même, répond Lénore en le regardant résolument, parce que j'ai pris pour règle de ne jamais faire par moi-même ce que les autres peuvent faire à ma place.

— Oh ! vraiment ! merci ! et il se détourne froidement.

— Je ne fais pas parade de toutes ces petites vertus banales, continue-t-elle avec une moue dédaigneuse : — courir pour faire les commissions des autres ; — porter les paquets; — ordonner le dîner; — s'asseoir le dos aux chevaux. — Tout le monde en est capable, et je n'y trouve aucun charme.

— Il n'est pas donné à tout le monde de s'asseoir le dos aux chevaux sans avoir mal au cœur, dit en riant Le Mesurier.

Lui-même s'est étendu aussi sur l'herbe dans une de ces attitudes gracieusement nonchalantes qu'affecte un gentleman, en Angleterre, le chapeau en arrière, les pieds foulant les silènes et les petites sauges écrasées.

— Mais, reprend en rougissant ma sœur, debout et le dos appuyé contre un châtaignier, s'il s'agissait de quelque grande action, je sais que j'en serais capable, pourvu que j'en trouvasse l'occasion et qu'il y eût des spectateurs...

— Criant *hurrah* ! comme les gamins les jours de fête. Ces dames me permettent-elles d'allumer un cigare ?

— Oui ! je me vois, traînée dans la charrette à la Place de la Révolution, comme madame Roland, continue Lénore, s'avançant de quelques pas, la tête haute, les mains derrière le dos. Je serais là, droite, en robe blanche, un bouquet d'œillets à mon corsage et mes longs cheveux flottant par derrière. J'aurais souri aux hurlements des *sans-culottes*...

— Aujourd'hui, reprend-il froidement, vous ne seriez pas guillotinée, mais peut-être fusillée.

— J'aurais frappé Marat dans sa baignoire, poursuit Lénore en serrant dans sa main un poignard imaginaire. Oui ! je l'aurais frappé comme il était là, chauve, hideux, malade, avec cette sale serviette autour de la tête...

— Je crains bien qu'aujourd'hui encore, eussiez-vous frappé un de nos chefs révolutionnaires, vous n'en eussiez guère que pour dix ans de réclusion, et encore, en faisant la cour au chapelain, peut-être ces dix ans seraient-ils réduits à deux, réplique Le Mesurier, de plus en plus sceptique.

— J'aurais...

— Vous auriez percé d'un clou les tempes de Sisara ou décapité le pauvre Holopherne après boire, dit M. Le Mesurier pour couper court aux rêves enthousiastes de ma sœur, — c'est cela que vous alliez dire, et peut-être en seriez-vous capable, mais, pour moi, de [toutes les héroïnes de l'histoire ou du roman, ce sont ces deux femmes-là que je déteste le plus.

— Je connais exactement l'espèce de femmes qui vous plaît, dit Lénore, cessant tout à coup ses divagations et abaissant ses yeux avec mépris sur son adversaire toujours étendu.

— J'ignore comment vous pouvez le savoir, dit-il, en jetant son bout de cigare et passant la main dans sa barbe roussâtre; vous ne m'avez jamais vu dans une société féminine.

— Je ne savais même pas que vous eussiez une société féminine ? répond-elle d'un ton interrogateur.

Il ne daigne pas satisfaire sa curiosité.

— Quelle est l'espèce de femmes que j'aime? dit-il en lui lançant un vif et froid regard.

— *Amélia*, dans *la Foire aux Vanités*, répond-elle hardiment et d'un air triomphant.

— Pas du tout. Vous vous trompez.

— C'était une jolie poupée; elle pleurait pour un rien; elle permettait que l'on se moquât d'elle; elle n'avait pas deux idées dans la tête. Avec toutes ces belles qualités, comment ne serait-elle pas charmante ? reprend ma sœur ironiquement.

— Je l'aime mieux que Jaël, dit Le Mesurier d'un ton sec.

— Et moi aussi, m'écriai-je, lasse de me taire et arrangeant les tasses.

— Quel est votre avis, West ? demande-t-il en essayant d'extraire avec ses doigts le bouchon de la bou-

teille. — Est-ce qu'il n'y a pas un tire-bouchon quelque
part ? — Quel est votre beau idéal en fait de femmes?

— Frédéric n'a pas de *beau idéal* dans le genre féminin, répond Lénore avec un sourire railleur, sa fiancée
c'est l'Église. Si nous prenions le thé ! voilà, enfin, l'eau
qui bout à soulever le couvercle.

Ainsi que je l'ai déjà dit, le dîner est à six heures à
la pension de mademoiselle Leroux, de même qu'à l'hôtel
de la Poste. Le plus grand événement de la journée se
passe dans tout Dinan au même moment. Comme le coup
de cinq heures et demie qui sonne aux horloges de la
ville nous parvient à travers les châtaigniers, nous nous
hâtons de ramasser les débris de notre festin champêtre.
Nous donnons le reste de nos gâteaux et de notre thé
qui, grâce à la Rance et à Frédéric, a une saveur agréablement mélangée de rouille, de vase et de fumée, au
petit *ânier* lequel, négligeant ses devoirs, a abandonné
les belles insulaires aux caprices de leurs montures et
nous épie comme un jeune vautour au-dessus d'un
champ de bataille. Nous voilà sur la rive fleurie prêts à
nous rembarquer. Le bateau est immobile, aussi immobile sur l'eau tranquille qu'un enfant endormi au soleil.

— Je vais prendre la rame jusqu'à la maison, dit
Lénore résolument. — Je sais ramer.

— Non ! je t'en prie, m'écriai-je nerveusement. Tu sais
que tu fais toujours des faux mouvements.

— Un faux mouvement nous sera fatal quelque jour,
dit Le Mesurier brièvement, en maintenant le bout du
bateau pour que nous y montions; mais, à ma grande

surprise, je pourrais dire *terreur*, il retient Lénore, et l'empêche d'y monter.

— Miss Lénore, si vous voulez venir, il faut promettre de rester tranquille.

— Je ne promets jamais rien, répond-elle légèrement, sa main toujours dans la sienne. Quand j'étais enfant, je ne promettais jamais d'être *sage*, parce que je savais bien que je ne le serais pas.

— Si vous ne le promettez, je ne veux pas que vous entriez là-dedans.

— Vous *ne voulez pas?* dit-elle avec un mouvement de colère. C'est un vilain mot.

— Pas si vilain que le mot *je veux* dans la bouche d'une femme, réplique-t-il, en colère aussi.

— Si c'est le bateau de M. Panache, il ne vous appartient pas.

— J'en conviens, répond-il, mais possession vaut titre, comme le dit l'article 9.

— Monsieur Le Mesurier, je ne plaisante pas.

— Ni moi non plus, miss Lénore.

— De quoi vous mêlez-vous ?

— Je ne veux pas que *votre sœur* se noie, répond-il en appuyant sur ces deux mots.

— Vous paraissez ne pas vous soucier que *je me noie* ou non, dit-elle en lui retirant violemment sa main et lui lançant des regards furieux qui ne semblent pas l'émouvoir.

— C'est une question que nous avons déjà longuement discutée, dit-il d'un air assez ennuyé.

— Je t'en prie, promets comme une bonne enfant, lui dis-je, déjà assise.

— Soyez raisonnable, dit Le Mesurier sérieusement, mais avec un soupçon de rire dans les yeux. J'ai promis à votre sœur de la ramener. N'est-il pas non-seulement humain, mais chrétien, que je désire lui épargner la désagréable impression de frayeur qu'elle a eue cette après-midi.

— Je ne veux rien promettre, dit Lénore avec opiniâtreté. Je ne veux pas qu'un étranger me fasse la loi. J'irai à pied.

En parlant ainsi, elle s'échappe et se précipite sur le chemin de halage inondé de soleil.

— Monsieur Le Mesurier! monsieur Le Mesurier ! m'écriai-je en me levant avec une telle vivacité que je risque d'amener la catastrophe en question. Laissez-la agir à sa fantaisie. Elle n'a jamais été contrecarrée de sa vie. Depuis l'enfance, nous lui avons toujours laissé faire sa volonté.

— Oui, dit-il en souriant, de crainte qu'elle ne se rompît un vaisseau dans la poitrine si elle était contrariée. C'est ce qu'elle m'a dit tout à l'heure. Miss Lénore ! reprend-il en élevant un peu la voix, revenez. Nous nous rendons à merci.

— Reviens! reviens ! criai-je en agitant mon ombrelle. Tu vas attraper un coup de soleil.

Mais Lénore est trop indignée même pour nous répondre.

VIII

Tous les habitants de Dinan, plongés dans cet état de bien-être qui suit le dîner, ont cet aspect tranquille du lion repu avec qui pourrait jouer un enfant. La lune suspend son jaune fanal sur la ville, tandis que la nuit noire va se cacher dans les coins. La famille Lange est allée passer la soirée dehors, en sorte que les Herrick sont en pleine possession du salon ce soir et du piano que madame Lange a oublié de fermer avant de sortir. C'est Frédéric qui l'occupe en ce moment. Comme la plupart des petits hommes, qui ont peu de voix, il aime à chanter des chansons martiales ou des bacchanales échevelées, par le même principe, apparemment, qui porte un Samson ou un Hercule à exprimer en musique qu'il voudrait être un papillon, une fleur, une hirondelle.

Frédéric, penché sur la musique, à cause de sa vue courte, malgré les lunettes, murmure avec un filet de voix :

Suivez le terrible Marco !

M. Le Mesurier — il est là aussi — c'est quelques jours après le pique-nique, M. Le Mesurier rit en dedans, et, appuyé sur la balustrade de la fenêtre, sifflote tout en accompagnant le chanteur. Il n'est pas assez gigantesque pour souhaiter d'être un papillon, ni assez minime pour souhaiter d'être un forban. Jémima sourit et tricote en battant la mesure du pied et de la tête. Lénore n'est pas là. Elle est allée s'asseoir sur le pas de la porte, au grand regret de Stéphanie dont c'est le siége favori quand, après son ouvrage, elle va jaser dans son rude patois avec les passants. Lénore ne jase pas; elle contemple la lune.

— Votre sœur chante-t-elle ? demande Le Mesurier à Jémima.

— Oui! assez bien, quand elle veut.

— Demandez-le-lui.

— Je veux bien essayer, et, se mettant à la fenêtre, Lénore, dit-elle, rentre mon enfant; remonte pour chanter un peu.

— Je ne pourrais pas éclipser votre chanteur.

— Il se repose, dit Paul se penchant aussi à la fenêtre. Il n'en peut plus. *Le terrible Marco* a épuisé son homme. N'est-il pas vrai, West?

Il quitte en riant la fenêtre et oublie sa requête, à laquelle il attachait peu d'importance. Frédéric chante encore. Le petit bruit sec des billes sur le billard du café voisin, se mêle à sa voix.

— Lénore! Lénore! appelle de nouveau Jémima.

— Miss Lénore, dit Le Mesurier, vient de traverser la place, se dirigeant vers les fossés, il n'y a pas cinq minutes.

— Seule ?

— Seule.

— En toilette du soir ? dit Jémima avec terreur.

— Était-elle en toilette du soir ? demande Paul, avec la profonde ignorance des hommes.

— Je veux dire, sans châle, sans manteau ?

— Elle est partie exactement comme elle était sur la marche.

— Je cours et vais la ramener, s'écrie West se levant avec vivacité et saisissant son chapeau, prêt à se mettre à sa recherche avec une aussi pieuse ardeur que le sire Galahad à la recherche du saint Graal.

— Oh ! vous savez bien qu'elle ne fait pas grand cas de vos observations, reprend Jémima avec un peu d'impatience, oubliant toute politesse dans son agitation, ni des miennes non plus. Monsieur Le Mesurier, je crois qu'elle vous écoute plus qu'un autre, je ne sais pas pourquoi. Voulez-vous lui persuader de rentrer, à cause de l'humidité du soir ?

— J'y vais, répond Le Mesurier, sans beaucoup d'empressement. Et si la douceur ne suffit pas, dois-je employer la force ?

Lénore n'était pas près des fossés. Les tours de la reine Anne qui les dominent s'élèvent sombres et funèbres comme l'Érèbe, immobiles comme la mort. De grands arbres couvrent de leur ombre le sentier que suit Paul lentement, en fumant une cigarette, sans mettre trop d'ar-

4

deur dans sa poursuite. Enfin, à quelque distance, il aperçoit comme le reflet d'une robe blanche et se dirige vers cette sorte de lueur. Il a trouvé son saint Graal.

— Votre sœur m'envoie vous dire de rentrer à cause de l'humidité du soir, lui dit-il d'un ton assez sec et délivrant son message avec l'exactitude d'un messager homérique.

Elle ne l'avait pas entendu venir et tressaille.

— Dites à ma sœur qu'elle se mêle de ses affaires, répond-elle avec un ton d'humeur.

— Je suppose qu'elle vous compte parmi ses affaires, réplique-t-il froidement.

— De toutes manières, je ne compte pas parmi les vôtres, dit-elle assez brusquement, mais en riant.

Sans ajouter un mot, il fait mine de s'en retourner.

— Qu'elle attrape un rhume si elle veut, se dit-il à lui même. Tant pis pour elle ! Il n'a pas fait trois pas qu'il entend marcher derrière lui, et bientôt un charmant visage que la lune éclaire de clartés ondoyantes, est près de lui et lui sourit.

— Pourquoi vous en allez-vous? lui dit-elle à voix basse et comme si elle avait honte de ses paroles.

— Je ne suis ni un épagneul, ni un Frédéric West.

— J'ai été impolie, je crois ; et elle baisse la tête.
Point de réponse.

— Je crois que je le suis souvent.

— Très souvent, dit-il avec une intention marquée.

— C'est ma manière.

— C'est une mauvaise manière.

— Je ne crois pas que ce soit tout à fait ma faute, reprend-elle presque humblement. C'est plutôt celle de Mima, de Frédéric, de mon autre sœur. Quand j'étais enfant, si je disais quelque chose d'impertinent, ils riaient et trouvaient cela charmant. Maintenant, je voudrais bien qu'ils m'eussent corrigée.

— Et moi aussi.

— Cela fait détester, dit naïvement la jeune fille. Cette année, nous sommes allées à un bal donné par le 5e dragons, et la plupart ne m'ont pas invitée à danser parce que je leur faisais de mauvais compliments.

— Vous ne pouvez pas les en blâmer, assurément, dit en riant Le Mesurier.

— Ah! vous n'êtes plus fâché! Vous riez! s'écrie Lénore joyeusement, et, se rapprochant de lui, elle lui demande en confidence : — *Le terrible Marco* chante-t-il toujours ?

— Il chantait encore quand je l'ai quitté.

— Alors ne rentrons pas à la maison, asseyons-nous sur ce banc, et causons.

Ils s'asseyent sur un banc à dossier sous l'ombre épaisse que donne une double rangée de jeunes tilleuls. Les branches chargées de fleurs odorantes descendent si bas, qu'elles caressent presque leurs fronts. Les lumières du café et de l'hôtel de la Poste, en face d'eux, leur jettent des clartés rougeâtres.

— A quoi pensez-vous, miss Lénore ? lui demande Paul, regardant avec une certaine curiosité le visage de sa compagne levé vers les étoiles qui tremblotent dans l'ombre obscure des branches.

— Je pense, dit-elle un peu rêveuse, à ce que doit être la Rance, à cette heure-ci, au dessous de Le Hon, juste à l'endroit de ces marches couvertes de lierre où les moines allaient se baigner.

— Voulez-vous y aller voir ? dit-il en plaisantant.

— Le voulez-vous? Parlez-vous *sérieusement?* s'écrie-t-elle avec impétuosité. Mais non, et sa voix baisse tristement d'un ton. Je vois dans vos yeux que vous n'y pensez pas ; c'était seulement pour me tenter.

Elle est si près qu'il sent le léger frôlement de sa robe contre lui.

L'odeur des fleurs de tilleul le pénètre. La nuit devient plus sombre.

— Je ne songeais pas à vous tenter seulement, réplique-t-il simplement. Je veux bien vous y mener et avec plaisir, si vous le désirez, mais, que dira votre sœur ?

— Elle dira : « Lénore, es-tu folle? » comme elle le dit sans cesse. Il est possible que je sois folle. Quelquefois, je le crois.

— Mais quelle heure est-il ? n'est-il pas temps d'aller se coucher ? dit-il en tirant sa montre et essayant de distinguer l'heure à la faible lumière venant du café.

— Temps d'aller se coucher ! s'écrie-t-elle impatiemment. Je me sens comme si, de ma vie, je ne dusse plus jamais avoir envie de dormir.

— Eh bien, alors, marchons! dit-il avec insouciance,

voyant qu'il est pris et que ce n'est pas son affaire que
de soulever des objections dans l'esprit de sa compagne.
Un quart d'heure après, la robe blanche ne brille
plus sur le banc de la place Duguesclin, mais bien
dans le petit bateau de M. Panache, sur la Rance large
et limpide. Le sommeil a étendu sa domination sur toutes choses. La rivière même semble endormie. Nulle
brise en passant ne trouble son repos. La lune
monte derrière le bois de châtaigniers et l'eau est unie
comme un miroir. Seules les herbes frissonnantes, les
grandes touffes de nymphéas respirent encore dans ces
noires profondeurs où la lune aussi s'est noyée comme
une vierge pâle et brillante. Ils glissent sur ce courant
à reflets d'opale dans un silence absolu. A peine si le
petit bateau semble bouger. Lénore est assise à l'arrière.
Le manteau rouge que Paul lui a apporté a glissé de ses
épaules. Des petites lueurs comme des perles se jouent
sur ses cheveux, sur son visage sérieux, dans ses yeux
songeurs.

— Si seulement on était amoureux d'elle, on serait
au septième ciel, j'imagine, se dit Paul un peu brutale-
ment. Mais même en n'étant pas amoureux d'elle,
même en la blâmant, même quand elle n'est pas selon
vos idées, cependant, et dans l'âge mûr plus calme
comme dans une bouillante jeunesse, au milieu des séductions énervantes, le sang circule plus vite, le pouls bat
plus fort.

— Chanterai-je ? dit la jeune fille à demi-voix.

— Oui ! si vous le voulez bien.

4

— Que vais-je chanter? De l'anglais, du français, de l'allemand, de l'italien?

— Tout ce qu'il vous plaira. La plus faible offrande sera reçue avec reconnaissance.

Elle pose son joli coude arrondi sur son genou, pendant un moment, et sa tête sur sa main dans l'attitude de la réflexion, et alors le regard rêveur fait place tout à coup au plus malin des sourires.

— Vous êtes un *civil* ? lui demande-t-elle brusquement.

— Je le suis *maintenant*. Pourquoi ?

— Vous ne prendrez pas ma chanson pour une personnalité, voilà tout. Écoutez, je commence.

Et Lénore fait retentir gaîment les eaux muettes et les bois immobiles de ce couplet de la *Grande Duchesse* que vous connaissez tous :

Ah ! que j'aime les militaires !

Elle s'interrompt tout à coup à la fin du hardi couplet.

— Aimez-vous ma chanson ? dit-elle.

— Énormément.

— Ce qui veut dire pas du tout.

— Le choix du couplet est particulièrement heureux, dit-il ironiquement.

Elle baisse la tête un peu confuse.

— *La femme idéale* ne chanterait pas cette chanson ?

— Il est probable que non.

— Dites-moi, s'écrie-t-elle impétueusement, est-ce que la femme idéale est un être de chair et d'os ?

— Que voulez-vous dire?

— Est-ce une femme vivante, respirante, à qui vous pensez?

Il hésite un peu, rougit un peu, à ce qu'il semble, mais très peu.

— Puisque vous me demandez de préciser, eh bien... oui!

La jeune fille détourne la tête et se penche sur la rivière où elle trempe ses doigts distraitement.

— Dites-moi comment elle est. Je voudrais le savoir, reprend-elle doucement.

Après un instant de silence, Paul répond:

— Elle n'est pas du tout brillante. Elle n'a pas de vivacité. Elle parle peu, mais elle pense avant de parler.

— Qu'elle doit être insupportable!

— Elle parle des choses en général, mais non des personnes. Elle est très aimante.

— Peuh! interrompt Lénore avec mépris. Quelle femme ne l'est pas? C'est notre péché d'habitude. Quelle réunion de charmes! Mais dites-moi... dites-moi... est-elle belle?... Aussi belle que... que moi? ajoute-t-elle en riant et devenant écarlate.

— Êtes-vous *belle*? lui demande-t-il gravement, non avec impertinence, mais comme pour s'en rendre compte à lui-même, et, en le lui demandant, il la regarde attentivement et longuement à la clarté de la lune, familiarité dont elle n'a pas le droit de se plaindre puisqu'elle l'a provoquée: — Eh bien, oui, je crois que vous êtes belle. Et il respire profondément.

Elle se met à rire, d'un rire un peu forcé.

—Laissons, dit-elle, de côté la question de ma propre beauté. Est-elle belle ou jolie, elle ?

— Je n'en sais rien, répond-il lentement.

— Décrivez-la moi et je saurai bien vous le dire.

Il regarde vaguement par-dessus sa tête, vers le viaduc gigantesque qui franchit la vallée, vers la ville aux toits argentés par le clair de lune.

— Elle est petite, reprend-il lentement, très petite; un peu trop maigre peut-être — et, en parlant ses yeux se reposent malgré lui, avec admiration sur les formes amples et magnifiques de son vis-à-vis. — Ses yeux sont... il cherche une épithète.

— Brillants? lui suggère Lénore.

— Brillants? Non ! dit-il en repoussant cette idée avec une sorte d'indignation. Je hais les yeux brillants. Ils ont quelque chose de métallique. Ses yeux sont plutôt voilés et ombrés d'une teinte brune au-dessous...

— L'effet de la belladone, dit-elle avec un dédain superbe.

— On me disait l'autre jour que ses yeux étaient ceux d'une perdrix morte, et cela est vrai, dit-il, sans paraître remarquer l'observation de Lénore. Elle est blanche comme un lis...

— Je ne sais pas si c'est avec intention, dit Lénore, mais vous décrivez une personne qui est tout le contraire de ce que je suis moi-même.

Il sourit légèrement.

— Vraiment ? Je vous en demande pardon. Je n'y pensais pas. Je vous ai répondu ainsi que vous me l'aviez ordonné.

Il fait avancer le bateau. On n'entend pas d'autre bruit que celui des rames roulant dans leurs anneaux et le clapotement de l'eau qui en découle. L'abbaye de Le Hon élève dans ce ciel nocturne ses hauts pignons découronnés et le vieux château-fort ses grandes et tristes tours où ne montera plus nul chevalier. Les fées de la rivière ont soupé ce soir sur ses bords; elles y ont laissé leurs petites coupes de nénuphar blanc et leurs grands plateaux verts.

— Ne ramez plus! s'écrie Lénore d'un ton impératif. Je veux cueillir un de ces nénuphars.

Il obéit. Ils s'approchent de ces larges feuilles rondes et de ces blancs calices. Elle se penche au bord de la barque et arrache de ses petites mains fortes leurs longues tiges gluantes.

— Qu'en voulez-vous faire? lui demande nonchalamment Le Mesurier, ses regards s'arrêtant involontairement sur cette forme gracieuse, à demi penchée dans une attitude souple et indolente, que caresse un rayon de lune.

— Laissez ces fleurs; elles ne sentent pas bon, elles sont toutes molles et se fanent vite.

Pas de réponse.

— Que voulez-vous donc en faire? répète-t-il, et, se levant, il ne sait pourquoi, il passe par-dessus le banc qui les sépare.

— Vous allez voir; dit-elle brièvement.

Les plantes qui reposent sur ses genoux sont tout humides. Il la regarde tandis qu'elle essuie, avec son mouchoir, une des fleurs à demi endormie qu'elle place coquettement dans ses cheveux.

— Cela vous plaît-il ? lui demande-t-elle à demi-voix, levant les yeux vers les siens et lui souriant avec un délicieux sourire.

La nature est immobile. Tout est silencieux. Tout dort. La lune seule voit ses yeux, à lui, qui brillent d'un éclat inaccoutumé. Il aurait ri, ce matin même, si quelqu'un lui eût dit que Lénore Herrick pouvait faire battre son cœur comme il bat en ce moment.

— Que voulez-vous que je vous dise ? répond-il aussi à voix basse. Si cela ne me plaît pas, me permettez-vous de vous le dire ?

— Oui.

— Eh bien, cela me plaît ! reprend-il presque en colère. Vous savez trop bien que cela me plaît, et vous le saviez avant de me l'avoir demandé !

— Alors, prenez cette fleur, dit-elle, en la lui tendant. Gardez-la comme un souvenir de la folle fille qui a voulu aller en bateau avec vous, malgré vous, à dix heures du soir ; de la folle fille *qui pourrait paraître assez agréable si on aimait ces sortes de plaisanteries*, mais qui n'est pas dans *votre genre*.

Il rougit.

— Quelle est votre idée ? dit-il.

— Vous ne voulez pas de cette fleur ? Eh bien, la voilà !

Et, tout en parlant, elle jette au loin, sur la rivière, la

fleur entr'ouverte du nénuphar qui tombe dans l'eau avec un petit rejaillissement et un petit reflet d'argent et flotte vers Dinan.

— A quoi pensez-vous ? s'écrie-t-il vivement. Quelle impatience ! J'allais prendre cette fleur ! je tendais la main pour l'avoir, et, maintenant, je la veux.

Il a saisi une des rames et fait de vigoureux efforts pour se rapprocher du frêle objet de sa convoitise. Il n'en est plus qu'à deux pouces. Il a le bras long, et il ne s'avouera pas vaincu. Sans se soucier de la nature submersible du bateau, il se penche de plus en plus... il va atteindre la fleur... il en est tout près... il la touche... l'a-t-il ?...

— Prenez garde ! prenez garde ! s'écrie Lénore avec effroi, mais trop tard. Le bateau est sens dessus dessous, et deux personnes se débattent sous les eaux de la Rance, au clair de lune.

IX

Quand Paul reparaît à la surface, tout barbotant, sa première pensée, naturellement, c'est : « Qu'est devenue Lénore ? » A trois mètres de distance, environ, il voit quelque chose de blanc. Il nage et se saisit de Lénore. Instinctivement elle étreint son cou dans un spasme convulsif.

— Lâchez-moi, crie-t-il à demi étranglé et à bout de respiration. Lénore ! Lénore ! vous nous ferez noyer tous deux !

Mais Lénore est trop aveuglée et assourdie par l'eau pour pouvoir l'entendre. Elle le serre encore plus étroitement. Avec un violent effort il arrive à détacher ses bras, et, la tenant fortement d'une main, il essaie de regagner la terre. Heureusement que le bord n'est pas loin. L'aventure n'a pas des proportions héroïques, et à une demi-douzaine de mètres de l'endroit fatal croissent d'épaisses touffes de joncs. Où il y a des joncs, l'eau est peu

profonde. Tandis qu'il les traverse, leurs petites lances
lui fouettent le visage très désagréablement, et il avance
avec peine, moitié traînant, moitié portant sa compagne,
au milieu de cette vase épaisse et dans cette eau refroi-
die par la nuit. Il parvient à la déposer sur la rive.
Bien qu'un peu étourdie par son plongeon, elle n'a pas
d'autre mal. Elle ne s'est pas évanouie. Assise sur l'herbe
humide, elle écarte de ses yeux effarés les cheveux qui
les couvrent, en disant d'une voix un peu haletante :

— Ne me grondez pas, c'était votre faute.

— Je le sais bien, répond-il aussi distinctement que le
lui permettent ses dents qui claquent encore.

— Eh bien ! après tout, vous ne m'avez pas laissée
noyer, vous voyez, dit-elle avec un sourire qui, quoique
trempé et un peu contrit, n'est pas exempt d'une certaine
malice.

— Eh bien ! non ! pas cette fois.

Ils se regardent l'un l'autre pendant une minute, puis,
tout à coup et simultanément, partent d'un éclat de
rire.

— Vous avez l'air d'un rat noyé, lui dit-elle poliment.

— Et vous de même, lui répond-il non moins courtoi-
sement.

— J'ai perdu un de mes souliers, et l'autre est plein
de boue, dit-elle avec un regard et un accent plaintifs,
comme un innocent baby. — Comment retournerai-je à
la maison ? A cloche-pied ? Oh ! que j'ai froid ! froid dans
le dos !

— A propos, dit-il, frappé d'une idée lumineuse et

5

cherchant vivement dans ses poches. Ah ! je l'ai encore,
Dieu merci ! la voilà ! Et il en tire une petite gourde d'argent. Avalez un peu d'eau-de-vie, cela vous ranimera.

— Cela ne me grisera pas ?

— Pas pour quelques gorgées, dit-il en riant. Si vous
n'en buvez pas, je ne réponds de rien.

Il boit à son tour, et se levant d'un bond, il se secoue
comme un terre-neuve qui sort de l'eau, puis : — Allons !
dit-il, ce que nous avons de mieux à faire, c'est de regagner la maison au plus vite. Dieu veuille que nous
ne rencontrions personne. Je me sens amoindri, et
vous ?

— Moi aussi, dit-elle en se relevant, et un nouveau
déluge d'eau coule de ses vêtements.

— Que l'eau est lourde, dit-elle en chancelant. J'ai
sur moi la moitié de la Rance !

— Restez, dit-il, laissez-moi tordre un peu vos habits.
Voilà ! est-ce mieux ?

— Oui, merci... un peu mieux... je crois...

— En avant, reprend-il alors, et, sans un mot de
plus, ils regagnent le chemin de halage.

Quelques marches montent à la grande route silencieuse. De loin, ils y aperçoivent deux personnes courant
çà et là, avec effarement.

— C'est votre sœur et West à la rescousse, dit Le
Mesurier, parlant pour la première fois depuis qu'ils
sont en chemin.

— Mon pauvre Frédéric, répond Lénore avec une
gaieté cruelle, court sonder la rivière pour y retrouver

mon cadavre! Je voudrais tant les éviter. Je me sens diminuée, chétive, noyée!

— Lénore! Est-ce toi? où as-tu été? comme tu es mouillée! Qu'est-il arrivé, s'écrie Jémima avec incohérence et se précipitant sur sa sœur.

— Jémima, juste punition de mon péché! J'ai *obligé* M. Le Mesurier à me promener en bateau, et, pour régler tous nos vieux comptes, il m'a jetée à l'eau.

— Et lui-même par-dessus le marché, dit en riant Le Mesurier.

— Jémima, ton manteau en ce moment arrive à Saint-Malo, avec mon chapeau et le sien.

— Et vous n'êtes pas blessée? dit West d'une voix tremblante; et, oubliant sa réserve, il pose sa main sur une des épaules de Lénore qui brille, blanche et mouillée à travers sa robe.

— Du tout, répond-elle en se reculant. Son visage souriant semble si joli, si pâle, si altéré au milieu des lourdes masses de ses beaux cheveux collés amoureusement à ses joues et à son cou!

. . . .

— Une belle chute! se dit Paul à lui-même, une demi-heure plus tard, en hochant la tête et se promenant dans sa chambre après s'être rhabillé. Elle voulait me faire tourner la tête, et elle n'y a que trop bien réussi!

X

NARRATION.

Une semaine s'est écoulée. Lénore ne garde plus de traces de son aventure qu'un reste de rhume, et un chapeau neuf, bien plus joli que le précédent. Paul est assis dans la petite salle sombre de l'hôtel pour écrire à sa sœur une lettre avec une plume qui crache. La porte s'ouvre et M. West se présente :

— Le Mesurier?

— Eh bien? sans le regarder.

West entre et se dirige vers la fenêtre.

— Eh bien? répète Paul, abandonnant l'idée de relire sa lettre et commençant à la plier.

West s'avance vers la table et pose une main tremblante sur la puissante épaule de son ami.

— Le Mesurier, j'ai... j'ai .. une faveur à vous demander. J'ai... quelque chose à vous dire.

— Dites-le donc.

— Pas ici, — regardant autour de lui — on pourrait

nous entendre. Vous serait-il égal de sortir quelques minutes?

— A la bonne heure. Une bougie! — et tranquillement il plie sa lettre, y met l'adresse, le cachet, allume un cigare, tandis que West, debout tantôt sur une jambe, tantôt sur l'autre, roule fiévreusement son chapeau mou sous toutes sortes de formes. Ils sortent de l'hôtel, traversent la place et vont s'asseoir sur le banc où Lénore et Paul se sont assis dans l'ombre, la semaine passée.

— Eh bien? dit Le Mesurier, l'interrogeant après trois minutes de silence.

— Je retourne... en Angleterre, dit Frédéric tout à coup.

— M'avez-vous amené ici pour m'apprendre cela? lui demande Paul.

Il se fait un silence.

— Ainsi vous retournez chez vous? poursuit Paul avec indifférence. Moi aussi, je pense.

— Je suis, naturellement, peu porté à quitter cet endroit, dit tristement Frédéric.

— Vraiment? dit Le Mesurier sans comprendre. Pourquoi? et pourquoi *naturellement*?

— Je pensais, dit Frédéric, rougissant, hésitant, et déchiquetant une feuille de tilleul qu'il vient d'arracher, — je pensais que vous vous seriez aperçu qu'il y avait... quelque chose entre moi et... et... miss Lénore.

Paul secoue la tête négativement.

— Vraiment? je ne m'en suis jamais aperçu, répond-il sèchement et un peu en colère, sans savoir pourquoi.

— Vous ne vous en doutiez pas? dit-il en abaissant ses lunettes pour regarder son ami par-dessus avec une expression de surprise. Je m'imaginais que mon attachement, mon... mon dévouement, étaient très visibles.

— Mon cher ami, ils étaient, en effet, très visibles, répond Paul et son rire est assez bienveillant, mais vous venez de dire qu'il y a quelque chose *entre* vous et miss Lénore. Or, le mot *entre* implique nécessairement qu'il y a deux personnes en jeu.

— Et vous croyez qu'il n'y en a qu'une? dit Frédéric avec découragement.

— Mon Dieu! West, s'écrie-t-il avec un peu d'impatience, comment pourrais-je le dire? Croyez-vous que cette jeune personne me prenne pour son confident?

— Vous pensez sans doute, dit Frédéric se tournant vers son ami, tandis que sa bouche se contracte péniblement, vous pensez que je ne suis pas un homme fait pour parler à l'imagination d'une personne aussi belle et aussi spirituelle?

— Que sais-je? — répond Le Mesurier, embarrassé par l'exactitude avec laquelle Frédéric interprète sa pensée. — « Tous les goûts sont dans la nature. »

— Après tout, reprend West, un peu réconforté par ce dicton familier, je ne suis pas bien certain que le simple fait de me traiter si cavalièrement, de me donner des noms singuliers, ne soit pas en ma faveur. C'est, je crois, la manière de quelques jeunes filles. Même, si Lénore *aimait* quelqu'un, elle mourrait plutôt que de le lui laisser voir.

— En vérité? dit Le Mesurier avec un sourire distrait, la tête en arrière, plongeant ses regards dans le feuillage qui frémit au-dessus de lui, et rêvant aux événements de la semaine passée, à une rivière miroitante, à une jeune fille, autour de laquelle se jouent des rayons argentés, lui tendant un nénuphar en lui disant : « Prenez-le. » Ce rêve est interrompu par Frédéric qui, avec un rire nerveux lui adresse cette question :

— Maintenant que je vous ai dit tout ce qui me concerne, devinez-vous la faveur que je vous demande?

— Moi? dit Le Mesurier, comme éveillé en sursaut et un peu hagard.

— Devinez-le.

— Est-ce que par hasard vous me demandez d'être votre *témoin?* Seulement ce n'est pas une grande faveur, et cela me paraît un peu prématuré.

Frédéric se redresse d'un air blessé :

— Si vous voulez faire une plaisanterie...

— Mon cher ami, reprend Paul en mettant la main sur son épaule, je vous donne ma parole que j'ignore absolument où vous voulez en venir. Je n'ai, de ma vie, su deviner une énigme. J'y renonce.

West le regarde avec détresse, mais ne voyant sur le visage irrégulier de son ami nulle trace de moquerie, il continue, en balbutiant :

— Je suis certain... cela ne fait aucun doute... que vous avez sur miss Lenore plus d'influence que personne.

— Moi? dit Paul brièvement, en détournant la tête.

— Elle ferait pour vous ce qu'elle ne ferait pour personne.

— Vous croyez? — Une rougeur subite lui monte au visage. — Je ne m'en étais pas aperçu.

— Et cela étant... dit West avec une hésitation croissante, embarrassé, mal à l'aise, j'ai pensé que vous pourriez... peut-être...

— Que je pourrais? quoi?

— J'ai pensé, reprend West se jetant enfin tête baissée *in medias res* en voyant l'inintelligence de son ami, que vous pourriez lui parler de moi, sonder ses sentiments...

— Moi!!! dit Paul avec le plus profond étonnement peint sur son visage. Moi! mon cher West, êtes-vous devenu fou, *tout à fait ?*

— Elle vous donnerait au moins une réponse, continue West, abattu, mais obstiné.

— Une réponse! s'écrie l'autre en riant de toutes ses forces. J'en doute fort. Elle me fermerait la porte au nez ou m'arracherait les cheveux, et elle aurait bien raison.

— Comme vous lui avez sauvé la vie... poursuit West lamentablement.

— Je lui ai sauvé la vie? réplique Paul, cette fois vraiment en colère. Mon cher ami, pour l'amour de Dieu! ne dites pas de sottises, si vous en faites! Jeter une femme dans un ruisseau et l'en retirer ne peut pas s'appeler *lui sauver la vie.*

Ils restent quelque temps silencieux. Enfin Paul se plaçant bien en face de Frédéric et regardant en plein son visage confus, lui dit brusquement :

— West! admettons que vous épousiez miss Lénore, que diable pourriez-vous en faire ?

— *En faire ?* Que voulez-vous dire ?

— Oui! vous imaginez-vous cette jeune fille devenant la femme d'un ministre protestant ? reprend Le Mesurier, tandis qu'une vision intérieure lui représente ce sourire malin, ces beaux yeux à demi fermés, qui ont, forcément, enflammé son cœur glacé. — Ne vous fâchez pas, West. Vous me tueriez que je ne pourrais m'empêcher de rire. Je crois la voir, présidant une société maternelle, ou faisant l'école du dimanche! Les pauvres petits misérables ! ils recevraient de fameuses tapes!

— Elle est si jeune! dit West. On pourrait *la former.*

— *La former!* répète Paul ironiquement. Mon pauvre garçon, vous y perdriez vos peines.

Nouveau silence.

— Si je vous comprends bien, reprend Frédéric essayant de montrer de la fermeté, mais avec un soupçon de larmes dans la voix, vous refusez?

— Absolument! répond nettement Paul.

— Peut-être, — dit Frédéric avec la jalousie involontaire d'un amant dédaigné, — peut-être auriez-vous moins d'objection à parler pour vous-même.

— Moi? s'écrie-t-il en colère. Que dites-vous donc, West? Est-ce parce que vous en êtes amoureux que tout le monde doit l'être? Ne vous ai-je pas dit, le jour où elle se mit en tête de faire cette scène inconvenante, qu'elle ne me plaisait pas? Il est vrai qu'elle gagne à être connue, mais ce n'est toujours pas mon genre.

Frédéric, d'un air profondément abattu, s'assied sur le banc.

— Pourquoi ne pas faire cette démarche vous-même? dit Le Mesurier avec un sentiment mêlé de compassion pour son chagrin et de mépris pour sa faiblesse.

— Ce serait inutile, réplique West plus découragé que jamais. Elle ne m'écouterait pas... elle tournerait en ridicule tout ce que je ferais.

— Alors, pourquoi, je vous prie, ne demandez-vous pas l'aînée plutôt? dit Paul avec impatience. Celle-là vous écouterait bien et n'aurait pas besoin d'être *formée*.

— Je sais bien que c'eût été plus heureux pour moi, dit West, poursuivant son idée fixe, si j'avais pu prendre du goût pour elle. C'est une excellente fille, qui aimerait vraiment tous les devoirs d'une paroisse, mais non! — avec un soupir — non! cela est maintenant impossible!

Il se couvre la figure de ses mains et se tait. Paul le regarde avec hésitation pendant quelques minutes, puis lui mettant la main sur l'épaule, il lui dit, avec une certaine bonté :

— Allons! du courage, mon vieux. Je voudrais faire pour vous, à cause de notre ancienne connaissance, tout ce qui serait raisonnable, mais cela est-il *raisonnable? dites?*

— Peut-être que non! — d'une voix étouffée. — Je n'aurais pas dû vous le demander, — et il laisse retom-

ber ses mains, inertes, sur ses genoux, — je ne l'aurais
pas fait, si je n'avais su la bonne opinion qu'elle a de
vous.

— Vraiment? dit Paul avec un certain contentement
intérieur, mais, voyons, mon cher ami, pensez donc à
l'air que j'aurais. Comment commencer? continuer? finir?

— Je laisserais tout cela à votre volonté.

— Non! décidément, non! dit Le Mesurier brusquement. Sur mon âme, cela m'est *impossible*. Allez-y vous-
même, et, quoi qu'il arrive, recevez sa réponse comme
un homme.

XI

NARRATION

Le Mesurier se montre incapable de garder la résolu-
tion qu'il a exprimée dans le chapitre précédent. On peut
le voir, le lendemain matin, s'acheminant, de l'air d'un
chien qu'on fouette, dans la direction de la pension Leroux. Il marche lentement, un cigare à la bouche, les
yeux fixés à terre, et les mains enfoncées plus qu'à l'ordinaire dans les poches profondes de sa vieille veste de
chasse grise. Il traverse la Place du Marché aux veaux,
parce que c'est un détour. Il s'arrête un quart d'heure
devant la boutique de Noël Le Quillec, près la Porte
Saint-Louis, où sont exposées de si jolies figurines
d'hommes et d'animaux, en terre cuite; mais on ne peut
s'y arrêter éternellement. Enfin il est près de la maison.

— Plût au ciel qu'elle fût sortie! se dit-il avec un soupir.

Elle n'est pas sortie. Une femme, avec une robe bleu-
clair et de beaux cheveux bruns, est appuyée sur la

barre de la fenêtre. Le marché aux cerises se tient au-dessous d'elle, sur la Place Saint-Louis. Lénore marchande des cerises.

— Combien ce panier? crie-t-elle, de sa voix claire comme le cristal d'une source, fraîche comme le chant du merle par une matinée d'avril. Combien? Son regard rencontre Paul. Aussitôt elle oublie les cerises.

— Il n'y a personne? lui demande-t-il en souriant et se faisant une ombre de sa main.

— Cela dépend de ce que vous entendez par « personne ». Si *personne* veut dire madame Lange, elle est sortie. Si *personne* veut dire Jémima, elle est sortie. Si c'est moi, j'y suis.

— Je puis monter alors?

— Oui, si vous savez le chemin.

Il entre ; il ouvre la porte du salon. Lénore a quitté la fenêtre pour venir à sa rencontre. Elle a l'éclat et le sourire d'un ciel d'été.

— Vous ne pourrez pas rester longtemps, dit-elle en lui tendant la main. C'est aujourd'hui mercredi et nous devons évacuer le salon parce que c'est le jour de réception de madame Lange...

Le Mesurier l'examine avec une fixité sérieuse et presque critique. Sous ce franc regard, elle pâlit et rougit alternativement et se met à parler très vite :

— Je suis si contente que vous soyez venu! Mima est allée dessiner avec mademoiselle Péroline, et, faute d'avoir rien à faire, je fais l'éducation de M. Charles. Il est un peu nigaud, mais pas trop bête pour un commençant.

Tout en parlant, elle lui montre l'infortuné caniche de mademoiselle Leroux, assis mal à son aise et tremblotant sur son quartier de derrière, avec le bras en écharpe, c'est à-dire sa pauvre petite patte attachée à son cou avec un bout de ruban bleu.

— Il vient de faire régulièrement tous ses exercices, reprend gravement Lénore. Un instant avant votre arrivée je lui avais mis sur la tête le chapeau de M. César et les lunettes de mademoiselle Leroux, et vous n'imaginez pas comme il ressemblait ainsi à Frédéric.

— Frédéric part! dit brusquement Paul en détournant la tête après avoir un instant contemplé Lénore avec une muette admiration. Il retourne en Angleterre.

— Ah! il s'en va? dit la jeune fille froidement. Pourquoi ne vient-il pas nous faire ses adieux? A-t-il peur d'être trop ému?

— Il viendra cette après-midi.

— J'espère qu'il ne va pas pleurer? Qu'il n'y aura pas de scène de douleur? Il est sujet à ces crises. Cela me fait toujours rire, malgré moi, et j'ai l'air si insensible! dit-elle en le regardant comme pour s'excuser.

— C'est que vous êtes *insensible*, en effet, répond-il avec une vivacité inexcusable peut-être, mais mû par un sentiment de générosité envers son ami.

Elle le regarde étonnée, pour savoir s'il plaisante, mais comme il reste sérieux, elle reprend avec douceur

— Moi? Qu'est-ce qui vous le fait croire?

— Vos propres paroles.

— Au sujet de Frédéric? demande-t-elle tranquillement. Ce pauvre cher petit homme! Il va bien nous manquer, pour prendre nos *tickets* et s'inquiéter des bagages; mais vous n'exigez pas que j'aie une attaque de nerfs au moment de son départ.

Il demeure silencieux, en songeant à l'inutilité de sa démarche.

— Est-ce que cela vous paraîtrait naturel? répète-t-elle avec insistance.

M. Charles a profité de la diversion opérée en sa faveur pour s'en aller sur trois pattes dans un coin sous le piano, où il s'épuise en vains efforts afin de se débarrasser de son ruban bleu.

— Il vaudrait beaucoup mieux pour vous que vous eussiez des attaques de nerfs pour *quelqu'un*, dit Paul tirant une petite chaise de canne près de Lénore toujours assise à terre, et songeant à commencer l'attaque indirectement.

Elle rougit. Quelques femmes rougissent *pour un rien;* d'autres *pour rien.*

— Cela... vaudrait mieux? demande-t-elle.

— Ne soyez pas fâchée contre moi si je vous parle franchement. Nous nous sommes beaucoup vus en peu de temps, dit-il, et il éprouve un sentiment de satisfaction en faisant la morale *fraternellement* à la belle coupable, cet orage incarné que lui seul sait calmer, — mais vous seriez beaucoup plus heureuse étant mariée que ne l'étant pas.

— Moi? dit-elle à voix basse.

— Vous épouserez ou un tyran ou un esclave, continue-t-il surpris de sa propre éloquence — un homme qui se soumettra, ou un homme à qui vous vous soumettrez.

— Et qui me conseillez-vous d'épouser ? Puis-je le savoir ?

— Dans votre cas, c'est l'*esclave*.

Elle paraît un peu désappointée, mais ne répond rien.

— Je vous rends assez justice pour croire, poursuit Paul, échauffé par la chaleur de sa rhétorique, que ce n'est pas la beauté physique d'un homme qui aurait sur vous beaucoup d'influence....

Elle le regarde cette fois résolument. — Vous avez raison, dit-elle en riant ; je hais les beaux hommes. Ils vont sur nos brisées.

— Un homme qui serait amoureux de vous depuis qu'il vous connaît, dit Paul en rapprochant un peu sa chaise, — s'il était indifférent pour toutes les autres femmes, — s'il était, au fond, un honnête homme, — quand bien même il ne brillerait pas beaucoup aux yeux du monde, vous ne le repousseriez pas sans lui laisser quelque espérance, même quand il vous serait arrivé parfois de le tourner un peu en ridicule.

— En ridicule ? répète-t-elle tout étonnée. Je ne vous comprends pas.

— Eh bien, ne parlons pas de cela, mais, enfin lui donnerez-vous de l'espoir ?

Ses lèvres tremblent et elle ne peut rien répondre.

— Vous l'écouterez, au moins, quand il viendra ce soir ?

— L'écouter? Qui? dit-elle en levant la tête avec une sorte d'égarement.

— Qui? mais de qui parlions-nous donc jusqu'à présent? réplique Paul assez confus.

Suit un moment de pénible silence. La jeune fille est pâle comme un spectre et ses yeux sont dilatés par une horrible surprise.

— Je comprends maintenant, dit-elle avec un accent indigné, que vous êtes son envoyé; que vous avez la bonté de m'apporter des paroles d'amour de sa part!... Dites-lui, reprend-elle en articulant chaque syllabe péniblement, mais nettement, dites-lui, qu'une autre fois, il fasse ses commissions lui-même.

Et tout en parlant, debout et impérieuse, du doigt elle lui montre la porte. Les prévisions de Paul sont accomplies à moitié. Elle ne l'a pas souffleté. — Plût au ciel qu'elle l'eût fait — mais elle l'a chassé! Il est déjà en bas, dans l'antichambre, quand il s'aperçoit qu'il a oublié son chapeau. Il remonte, trois marches à la fois, le chercher en hâte et se sauver. Il entre brusquement dans le salon, s'approche de la table, et, tout à coup, s'arrête frappé de surprise, car, sur le petit sofa, Lénore est couchée comme affaissée, la tête dans ses mains, tout son corps secoué par de violents sanglots.

— Bon Dieu! s'écrie-t-il impétueusement, qu'est-il arrivé? Êtes-vous malade?

En entendant sa voix, elle frémit et enfonce plus profondément encore sa figure dans le coussin.

— Lénore! Lénore! s'écrie le jeune homme dans une

grande excitation, tombant à genoux à côté d'elle, oubliant complétement son caractère de mandataire pour
parler pour lui-même. Qu'ai-je fait? dites-le moi? Vous
ai-je fait de la peine? Si je l'avais pensé, je me serais
plutôt coupé la langue.

Elle ne bouge pas, mais, à travers ses doigts, il voit
couler des larmes brûlantes, et, en se penchant sur elle,
il l'entend murmurer d'une voix presque inintelligible
mais où l'on sent encore l'accent de la douleur et de la
colère : — Laissez-moi seule! Pourquoi êtes-vous revenu?
Allez-vous en !

— Je ne m'en irai pas que vous ne m'ayez dit ce que
j'ai fait, reprend Paul hors de lui, et, en parlant ainsi, il
lui ôte de force les deux mains de devant son visage.
Dites-le moi, Lénore! *ma chère Lénore!*

Ses beaux yeux sont noyés de larmes. Ses joues sont cra-
moisies de honte, de la honte de pleurer pour lui, et il
le comprend avec une joie passionnée et irrésistible. Soit
qu'elle ait ou non deviné sa pensée, elle se dégage violemment.

— Que me voulez-vous? s'écrie-t-elle, les yeux étincelants à travers ses larmes. Je vous ai ordonné de partir.
Allez-vous-en !

Il part.

.   .   .   .

C'est le soir. Les deux misses Herrick sont dans
la chambre de l'aînée. Lénore est assise au bord du
petit lit, les joues blanches comme la fleur du troène
et les paupières écarlates. Jémima est dévorée de curio-

sité, mais n'ose demander la cause de ces phénomènes.

— Jémima, dit brusquement sa sœur, quittons cet endroit! Allons ailleurs!

— Quitter Dinan? quitter M. Le Mesurier? s'écrie Jémima avec surprise.

— Je suis fatiguée de Dinan! fatiguée de M. Le Mesurier, dit Lénore impétueusement.

— Depuis quand?

— Depuis onze heures vingt-cinq minutes du matin, si tu tiens à savoir l'heure exacte, répond Lénore avec amertume. Ne me questionne pas, mais allons-nous-en.

— Où aller?

— N'importe où! dit la jeune fille tombant épuisée et foulant l'oreiller où sa sœur va reposer sa chaste tête. A Guingamp, voir *le pardon*.

— Qu'est-ce que *le pardon*, je te prie? je n'en ai pas la plus faible idée, réplique l'aînée se dirigeant vers le lit après avoir fait sa toilette de nuit dont la simplicité sévère lui donne vingt ans de plus que sa toilette de jour.

— Si tu lisais un peu mieux ton *Murray*, tu n'aurais pas besoin de me faire cette question, répond Lénore. *Un pardon* est une espèce de fête religieuse, très ennuyeuse probablement, mais qui fait passer le temps. Ainsi, allons-y.

XII

Nous sommes depuis deux heures à Guingamp, mourant de chaleur, affamées, reléguées à cause de la foule des pèlerins, dans une chambre étouffée au quatrième étage où le soleil couchant donne en plein. Le peu de vent qui souffle semble sortir de la bouche d'un four.

Lénore s'avoue vaincue par les circonstances et s'est couchée tout de son long à terre, dans le plus léger déshabillé, cherchant un peu de fraîcheur sur l'étroit espace de plancher qui est entre les deux lits. Je défais les paquets, nos petites malles, et, par moments, je me relève pour aller regarder à la fenêtre. Au dehors, un cor mélancolique joue : « *Partant pour la Syrie,* » très lentement. L'omnibus entre, à ce moment, dans la cour.

— Pauvre omnibus ! pauvres chevaux ! m'écriai-je avec compassion, combien de fois auront-ils été à la station aujourd'hui !

— Jémima ! ma tête n'est pas encore assez haute ! s'é-

crie Lénore, d'une voix lamentable. Donne-moi encore
ton oreiller.

J'obéis, et je retourne à la fenêtre pour voir opérer le
déballage de l'omnibus.

— Grand Dieu! m'écriai-je avec animation. Lénore!
voilà M. Le Mesurier qui en sort! Il a un voile autour
de son chapeau. Quelle figure étrange!

Lénore arrangeait sous sa tête un traversin et deux
oreillers. Elle fait un soubresaut, mais sans se tourner
de mon côté.

L'omnibus se dégorge toujours. Il en sort un vieux
prêtre, bâillant prodigieusement; puis, une paysanne
avec un étrange baby coiffé d'un grand serre-tête en
forme de casque. Puis un second voyageur avec un voile
également.

— Ah! l'affaire s'engage! m'écriai-je gaiement. Lénore,
l'*ami* est arrivé! Je commençais à croire que c'était une
espèce de madame Benoiton, mais j'ai cru, parce que j'ai
vu! Le voilà!

Un silence.

— Comme il est bien! dis-je en retenant ma respiration
tandis que le second voyageur rejoint le premier et indique ses effets au garçon.

J'entends quelqu'un qui se glisse près de moi. C'est Lénore. Elle est très pâle et elle regarde de côté par une
fente du rideau, tandis qu'un vent brûlant soulève ses
beaux cheveux épars.

— Comme notre ami Paul paraît laid à côté de lui!
dis-je méchamment.

— Quand ne paraît-il pas laid ? réplique Lénore avec amertume.

— Ils parlementent avec l'hôtesse. Elle sera probablement plus polie avec eux qu'elle ne l'a été avec nous. Je suppose que deux voyageuses sans femme de chambre, sans courrier, sans mari, doivent s'attendre à toutes les avanies. Oh ! pauvre cher Frédéric, comme il nous manque !

— Sous quelle forme nous manque-t-il ? demande sèchement Lénore. Est-ce comme femme de chambre, courrier ou mari ?

Dix minutes se passent.

— Lénore, ma chère, dis-je en manière d'exhortation, tu ferais bien de commencer à t'habiller. Il y a cinq minutes que le quart est sonné.

— Je ne songe pas à m'habiller, répond-elle brièvement.

— Tu ne vas pas, sans doute, descendre dîner nu-jambes et en peignoir ? répliquai-je en plaisantant.

— Je ne descendrai pas du tout.

— Tu ne descendras pas dîner ? Y penses-tu ? lui dis-je avec une grande surprise.

— Jémima, serait-il possible de manger des ragoûts fumants, dans une salle fermée, avec cinquante commis voyageurs, par une chaleur comme celle d'aujourd'hui.

— Avant l'arrivée de l'omnibus, tu le trouvais possible, dis-je sèchement.

Elle se tait.

— Allons ! dis-je, n'est-ce pas vrai ?

— Eh bien !... oui ! — un peu embarrassée.

— C'est à cause de M. Le Mesurier que tu ne veux pas descendre dîner ?

— Eh bien !... oui ! — toujours plus confuse.

— Lénore ! Lénore ! Qu'a-t-il fait ? m'écriai-je, me jetant à genoux près d'elle, devorée de curiosité.

— Il n'a rien fait ! me répond-elle en me tournant le dos et arrachant les plumes de l'oreiller.

— Qu'a-t-il dit ?

— Il n'a rien dit.

— T'a-t-il répété que tu n'étais pas *son genre*, selon sa phrase favorite ?

— Non.

— T'a-t-il fait la cour ? —Ma curiosité devient féroce.

— Non ! non !

— T'a-t-il demandée en mariage ?

— Non ! non ! non !

Je n'aperçois que son oreille devenue écarlate.

— Alors qu'a-t-il donc fait ? m'écriai-je à bout de questions.

— Jémima, dit Lénore, se mettant sur son séant et me regardant avec une expression des plus sérieuses, je vivrais cent ans que je ne te le dirais jamais !

— Alors, c'est à lui que je le demanderai, et il me le dira tout de suite, répliquai-je piquée en me relevant.

— Très probablement, répond-elle laconiquement.

— Allons, viens dîner comme une bonne fille. Tu n'as pas eu à déjeuner, ni ton thé à goûter ; viens !

— Non.

— Tu seras probablement à une lieue de lui. La table est longue.

— Non ! reprend-elle solennellement. Si je me retrouvais en face de lui, j'en mourrais sur la place.

Je lève les épaules.

— Il est laid, assurément, dis-je avec sévérité, mais ce n'est pas une tête de Méduse pour donner la mort à qui le regarde.

Mais Lénore s'obstine.

— J'aimerais mieux mourir que d'aller dîner ! répète-t-elle avec l'exagération tragique de la jeunesse.

La cloche sonne. Je suis obligée de descendre seule, après avoir revêtu un Garibaldi de mousseline rétréci au blanchissage et une vieille robe de soie noire. A table, je dévore en silence, comme le font mes voisins. Selon ma prédiction, M. Le Mesurier est à une lieue de moi, et je n'ai qu'un aperçu de sa barbe fauve, et d'une charmante tête blonde à côté de lui. En remontant à notre grenier, je trouve Lénore habillée et assise sur le rebord de la fenêtre. Elle tourne vers moi de grands yeux interrogateurs.

— Eh bien ! dis-je méchamment, nous avons eu un excellent dîner, et je t'apporte un *menu* pour te montrer ce que tu as perdu.

POTAGE,

Vermicelle.

POISSON,

Soles aux fines herbes.

ENTRÉES,

Jambon au madère,
Poulets saulés aux champignons.

— Peuh! interrompt ma sœur avec impatience, l'as-tu... l'as-tu vu?

— J'ai entrevu, par-ci par-là, quelque chose de ses boucles brunes, dis-je en plaisantant. Il était très loin de moi.

— T'a-t-il vue?

— Probablement que non. Le cher garçon n'avait d'yeux que pour son dîner.

— Il ne me regrette pas alors! dit-elle, avec un accent plaintif. J'aurais pu descendre, après tout.

Elle ramasse le menu : *Jambon au madère.* Comme ce doit être bon!... Jémima, as-tu encore des biscuits dans ton sac?

Je cherche et j'en retrouve la moitié d'un mêlé de beaucoup de miettes et de poussière, sur lequel ma sœur se jette comme un chat sur un peloton de laine.

— A présent sortons, Jémima, dit-elle.

— Il n'est que huit heures et *le pardon* ne commence pas avant neuf heures.

— Ça m'est égal; j'oublierai plus facilement dehors que quinze heures me séparent encore de mon prochain repas.

Nous sortons, nous traversons la cour et nous voilà dans la rue populeuse. L'idée de se faire pardonner ses péchés d'un an doit être fort agréable, car tous les vi-

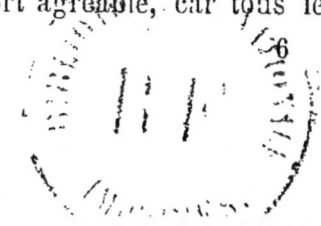

sages semblent joyeux. La ville est remplie de belles
coiffes de dentelle mises en arrière, et de grands gilets bro-
dés garnis de chaînes de boutons d'argent. Nous suivons
lentement la foule bruyante composée de ces hommes
minces, aux longs cheveux, et de ces femmes hâlées et
fortes. Sur la plupart de ces visages bretons il semble
écrit : « La vie est rude pour nous, » mais personne ne
jure, personne n'est ivre. « Comment peuvent-ils être
heureux ? » se demanderait un ouvrier anglais. Ils le
sont pourtant, ou, du moins, ils le paraissent. L'église
est déja éclairée, quoiqu'il fasse encore jour, et des petits
points lumineux brillent faiblement dans la splendeur
d'un soir d'été. Nous montons les marches avec précaution pour ne pas fouler aux pieds les groupes de fidèles
agenouillés partout, et qui se pressent, sous le porche,
devant une image vénérée. Nous entrons dans l'église.
Des encensoirs sont doucement balancés et la vapeur
odoriférante qui s'en élève se condense en petits nuages
sous les voûtes sombres. Des hommes faits, leurs têtes
brunes inclinées et leurs larges chapeaux dans leurs
rudes mains, des femmes, des petits enfants proprement
vêtus, tous, indistinctement, prosternés devant quelque
brillant autel, offrent leurs âmes dans une naïve prière
à la sainte Mère de Dieu. Non loin de la Vierge couron-
née et *sceptrée*, le peuple se presse également autour
d'un buste en cuivre dont le nez est noirci par les salu-
tations des générations successives. Arrêtée à quelques
pas de là, j'observais un grand jeune homme aux longs
cheveux noirs et épais tombant droit autour de son vi-

sage austère et mélancolique, qui attendait son tour
pour baiser la tête de cuivre, quand la voix railleuse
d'un Anglais résonne à mon oreille :

— C'est pire que la mule du pape, n'est-ce pas ?

Je fais un mouvement de colère. La dévotion est con-
tagieuse, et, sans aucun sentiment du ridicule, j'allais
suivre l'exemple du jeune Breton en baisant le nez noirci.
Paul Le Mesurier est à côté de moi, et, derrière lui, sans
se soucier des pieux Bretons, contemplant de ses yeux bleus
Lénore, est un beau jeune homme adossé contre un
pilier.

— Est-ce mal de faire une présentation dans une
église ? me demande Paul *sotto voce*. Tant pis! je n'aurai
pas de repos que ce ne soit fait. Scrope, je vous présente
à miss Herrick.

XIII

NARRATION

— J'espère que vous êtes mieux, miss Lénore ? dit Paul, laissant son ami auprès de Jémima, et se frayant un chemin parmi les paysans agenouillés jusqu'à l'endroit où la jeune fille est debout, lui tournant le dos obstinément et regardant l'autel brillant de cierges et couvert de fleurs.

— Pourquoi *mieux* ? demande-t-elle brusquement, et sans se retourner.

— J'avais cru qu'une jeune personne qui se passe de dîner, là où le goûter est inconnu, devait être fort souffrante, répond-il, en essayant de la voir un peu plus en face.

— J'ai dîné en haut, dit-elle en lui lançant un regard furtif, et se détournant aussitôt.

— Vraiment ? reprend-il, d'un air de doute, et pourquoi ?

— Je ne peux pas souffrir de causer dans une église, réplique-t-elle avec impatience. C'est irrespectueux.

— Je suis comme vous, dit-il; l'encens me monte à la tête. Sortons.

— Sortez, si vous voulez, je préfère rester ici. — Et elle s'appuie résolument contre une colonne.

— Votre sœur et Scrope sont déjà partis. La procession va commencer dans un quart d'heure. — Venez.

Elle fait un demi-mouvement pour le suivre, puis, le regardant avec un air de défi : — Croyez bien, dit-elle, que je ne sors pas parce que vous me le demandez, mais uniquement pour ne pas manquer ce beau spectacle.

— Vous ne m'avez pas encore pardonné alors? lui dit Le Mesurier quand ils se trouvent dans la rue, où se presse la foule.

— *Pardonné ?* pourquoi ? dit-elle, volontairement obtuse, tandis que ses joues deviennent rouges comme le pavot qui orne son chapeau.

— Pour mon intervention malencontreuse, répond-il d'un air un peu gauche.

— J'ai trouvé que c'était très officieux de votre part, dit-elle froidement.

— *Officieux !* s'écrie-t-il — et la rougeur qui monte à ses joues tannées égale presque la teinte qui couvrait le visage de Lénore, —croyez-vous que je l'aie fait pour mon plaisir? Croyez-vous que je n'aie pas eu à remplir la tâche la plus pénible de toute ma vie?

— Alors, pourquoi vous en être chargé?

6.

— Parce qu'il ne me laissait de repos ni jour ni nuit, parce qu'il pleurait, le pauvre malheureux! Oui! *il pleurait!* Si je n'ai pas dit *non* cent fois, je ne l'ai pas dit une.

— C'est malheureux que vous ne l'ayez pas dit une cent-unième fois.

— Non-seulement, continue Paul exaspéré et devenant méchant et ses yeux, ordinairement calmes, lançant des pointes acérées, non-seulement je refusais de parler pour lui, mais je faisais mon possible pour le dissuader.

— Merci !

— Je lui disais que vous le feriez repentir de vous avoir épousée.

— Merci !

— Que vous étiez peu faite pour être la femme d'un ministre.

— Merci !

— Que votre sœur lui conviendrait bien mieux.

— Merci pour elle et pour moi !

— Il croyait qu'il vous formerait, mais je me flatte de lui avoir enlevé cette prétention absurde.

— Ainsi donc, dit-elle en tournant vers lui ses yeux dont elle veut, par fierté, retenir les larmes, ainsi donc, non content de me haïr vous-même, vous vous efforcez de me faire haïr par un de mes rares amis?

— Eh bien, malgré tout cela, dit-il en retrouvant sa bonne humeur à mesure qu'elle perd la sienne, malgré tout cela, je n'y ai pas réussi. Il a encore des espérances.

La foule devient de plus en plus compacte. La procession va sortir. Au-dessus d'eux, ils entendent les voix d'un groupe d'Anglais et d'Anglaises qui attendent son passage.

— Nous serons écrasés ici, dit Paul. Nous aurions dû faire comme ces insulaires là-haut, louer une fenêtre. Demandons où il y en a à la femme qui vend des cierges.

Cette femme obligeante s'offre à les conduire et les mène dans la chambre d'une blanchisseuse, qui les installe volontiers à sa fenêtre et les laisse seuls. La chambre est fort propre, mais une odeur suffocante monte du ruisseau à leurs narines offensées. Paul, resté debout et silencieux, fait une grimace pour ne pas respirer.

Lénore regarde autour d'elle et lâche la bride à son imagination. Elle se voit gagnant sa vie dans cette pauvre chambre, et Paul, en costume breton, revenant le soir manger la galette de sarrasin et boire le cidre du souper. Ces suppositions amènent un sourire sur ses lèvres.

— De quoi souriez-vous ? lui dit-il en se penchant vers elle.

— Faut-il que je vous le dise ?... Eh bien, je pensais... c'est vous qui me l'avez demandé... je pensais que vous seriez bien laid, avec un chapeau à grands bords et de larges braies.

— C'est là tout, dit-il avec insouciance. Je puis vous assurer que ce n'est rien auprès de ce que j'étais dans ma tendre jeunesse et, au régiment, nous nous flattions d'être le corps le plus laid de toute l'armée.

Suit une pause; Lénore reprend tout à coup:

— Est-ce que vous pensiez sérieusement que je pouvais épouser Frédéric?

— Vous pourriez faire pire.

Elle semble désappointée de cette réponse.

—Il n'a que cinq pieds, dit-elle en se redressant avec mépris.

— Est-ce que vous mesurez votre amour d'après la taille d'un homme? lui demande-t-il en appuyant ses bras sur le dos de sa chaise et en riant.

—Il a un nez mal fait, — il porte des conserves et des galoches, — il fait sa partie dans des concerts d'amateurs, où il chante.

— Oui.

— Il relève le bas de ses pantalons quand il pleut.

— Eh bien, pourquoi pas?

— Il me serait *impossible*, dit la jeune fille avec emphase, d'épouser un homme qui aurait un seul de ces défauts; il me serait mille fois plus impossible d'épouser un homme qui les a tous!

—Il vous laisserait faire toutes vos volontés, ce qui serait très mauvais pour vous, mais ce qui vous plairait, je n'en doute pas, réplique Paul assez crûment, enveloppant d'un même regard, un peu malgré lui, son petit chapeau garni de pavots, ses yeux vifs et doux, ses fines mains et ses lèvres vermeilles, entr'ouvertes comme si elle allait parler.

— Peut-être cela me plairait-il, peut-être non, répond-elle avec douceur. Je n'ai jamais aimé personne encore,

jamais, du moins pas longtemps, pas plus de deux
jours, mais cela pourra bien arriver, et alors je pense...
je suppose... je crois... que ce qui lui plaira me plaira
aussi.

Est-ce quelque reflet des lumières du dehors, ou ses
joues sont-elles plus colorées que d'habitude, tandis
qu'elle lève ses yeux, avec une sorte de tendre émotion
dans leurs profondeurs, vers les siens ?

Il secoue la tête :— Je voudrais le voir pour le croire,
dit-il avec un léger rire, mais il n'y a pas de moquerie
dans ses yeux à lui, il y a plutôt une sorte de gravité
comme s'il était touché des agitations d'un cœur plein de
trouble. Quand une femme, qui semble insensible, est
avec *vous seul*, passionnée, — quand une femme im-
pétueuse est douce avec *vous seul* encore, comment résister à ce qui est un aveu tacite de votre pouvoir sur
elle ? Il est difficile d'allier le sentiment à une très mauvaise odeur, et pourtant, si vous le demandiez à Paul Le
Mesurier il vous avouerait qu'il a résolu ce problème dans
le petit grenier de Guingamp.

Enfin, la procession sort de l'église et le flot mouvant
des têtes s'ouvre sur son passage. Elle s'avance solennellement, portant les châsses, les statues de saints, les
grandes lampes dorées, les cierges de toutes gran-
deurs. — Tous ces prêtres et ces fidèles, ces marins, ces
jeunes filles, psalmodient d'une voix haute, mais douce;
c'est une mer ondoyante, ou plutôt un fleuve lumineux qui coule entre les deux rives sombres des maisons bordant la rue. — La demi-clarté d'un soir d'été au

lever de la lune rend chaque détail de ce spectacle singulièrement poétique. — Les fausses pierreries des châsses brillent comme des joyaux précieux dans la fraîche
nuit. Les robes des jeunes filles deviennent d'une blancheur éclatante, la tête de cuivre au nez noirci, même,
se transforme en or. Quand la foule s'est écoulée et que
l'on n'entend plus que les chants lointains, Lénore, un
peu gagnée par toute cette piété, quitte la fenêtre en disant :

— Quelle charmante manière d'aller au ciel !

— Ne pensez-vous pas que nous en avons assez? lui
demande Le Mesurier du fond de son mouchoir de poche
qu'il a tenu obstinément sur son nez et sa bouche.

Ils redescendent dans la rue. Des groupes nombreux
stationnent encore devant l'église où la procession doit
rentrer par une autre porte. Ces pauvres gens qui ont
fait bien des lieues pour recevoir le pardon de leurs péchés, vont coucher ce soir dans la rue, et repartiront
pédestrement au point du jour pour regagner leurs villages, souvent à de grandes distances. Ils vont et viennent,
causant gaiement, poussant de leurs coudes rudes Lénore et Paul, et les heurtant de leurs gros sabots.

— Vous feriez mieux de prendre mon bras, dit Paul
affectueusement. Je pourrais vous perdre dans la
mêlée.

— Ce ne serait pas une grande perte, répond-elle d'un
petit air d'indépendance. Moi qui ai voyagé seule par
toute l'Angleterre, l'Écosse et l'Irlande, je ne crains pas
qu'il m'arrive rien d'ici à l'Hôtel de France.

— Pourquoi voyagiez-vous seule par l'Angleterre, l'Écosse et l'Irlande? lui demande-t-il brusquement. On avait grand tort de vous laisser faire.

— En effet, répond-elle ironiquement, j'aurais dû avoir une femme de chambre pour porter mon nécessaire de voyage et un valet de pied pour prendre les billets. C'est ce que je ferai quand j'aurai épousé le marquis de Carabas ou... ou *Frédéric.*

— Vous n'épouserez *jamais* Frédéric, dit-il avec véhémence et en pressant involontairement contre lui la petite main qui est sur son bras, — jamais, *jamais!*

— Je ne l'épouserai pas? dit-elle en reposant sur les siens des yeux innocents et limpides, — je n'en sais rien.

Il reste silencieux. Oubliant *le pardon,* les bonnets blancs, la foule, sa raison se noie dans les profondeurs insondables des yeux bleu foncé d'une jeune fille.

— Vous m'avez dit que je pourrais faire pire, reprend-elle en respirant à peine.

— Oui! j'ai dit vrai, s'écrie-t-il impétueusement, — vous pourriez... et ici il rit d'un rire amer, — vous pourriez, m'épouser, *moi!* moi qui suis un cadet de famille, qui n'ai pas cinq sous de trop, et qui ai, avec cela, un caractère du diable!

A ces mots, elle baisse la tête comme un beau lis, confuse et charmée. Elle retire sa main de son bras Il est plus de onze heures. — La foule va remplir l'église pour attendre la messe de minuit, et, dans la presse, on pousse Lénore presque à la faire tomber. Elle jette un petit cri de douleur.

— Qu'est-ce ? êtes-vous blessée ? s'écrie Paul avec inquiétude et jouant des coudes autour de lui.

— Ce n'est rien. Seulement, un sabot, ce n'est pas très léger. Allons, ne regardez pas autour de vous comme si vous vouliez battre quelqu'un.

— Appuyez-vous sur moi ; de tout votre poids, reprend Paul avec un accent de bonté, et la conduisant vers une petite ruelle latérale. — Voilà une marche, asseyons-nous pour nous reposer un moment.

La petite rue est tout à fait noire, du moins de leur côté. La lune éclaire seulement le mur en face d'eux. Ils se taisent. — Il leur suffit de savoir qu'ils sont près l'un de l'autre. — Les piétinements de la foule, les chants lointains, arrivent à leur oreille, tantôt forts, tantôt doux, selon que le vent les apporte.

— Je me demande quelle heure il peut être, dit Lénore, rompant à regret ce délicieux silence.

— Qu'importe ! répond Paul, croisant nonchalamment ses mains derrière sa tête. Il songe qu'elle est exactement le contraire de tout ce que, jusqu'à présent, il avait trouvé bon et bien chez une femme ; sa beauté même, grande et noble, est l'opposé de la petite, délicate gentillesse qui était son idéal, et, cependant, il trouve doux d'être là, près d'elle, dans cette tiède température, tandis que les vents de la nuit, rafraîchis en passant sur les prairies fauchées, soulèvent, d'un souffle léger, ses cheveux. L'horloge sonne minuit. Chaque coup, frappé lentement, retentit dans la nuit, comme un reproche.

— Il faut que je rentre, dit la jeune fille, se levant un peu effrayée.

— Pourquoi voulez-vous rentrer ? lui demande Paul avec une certaine impatience. Serons-nous mieux, chacun de notre côté, dans les greniers étouffés de l'hôtel de France, qu'ici ensemble ?

— Du moins, répond-elle sérieusement, nous ne nous y enrhumerons pas.

Mais Paul a un peu perdu la tête. Lénore, le clair de lune, c'est trop pour lui.

— Nous enrhumer ? réplique-t-il vivement. Vous ne paraissiez pas y songer cette heureuse nuit où nous étions ensemble sur la Rance.

— *Cette heureuse nuit*, quand vous faisiez tous vos efforts pour me renvoyer en me disant qu'il était temps d'aller dormir, dit-elle en le raillant avec malice. *Cette heureuse nuit* où vous avez déteint mes rubans bleus et perdu mon chapeau. Non, non ! n'ayons plus de ces heureuses nuits. Ma garde-robe n'y suffirait pas. Allons, rentrons !

7

XIV

— Maintenant, il est trop tard, dit Lénore avec une petite moue, en appuyant ses bras sur le balcon. L'américaine est à la porte.

Nous ne sommes plus à Guingamp, mais à Morlaix, logées dans une certaine auberge parfumée des terribles exhalaisons qui s'exhalent des écuries mal tenues. *Volens nolens*, vous les avalez ces odeurs âcres, dans votre lit, dans votre bain, avec votre thé, avec votre cidre, même par les yeux et par les oreilles. Le salon où nous sommes sert de café et de fumoir journellement à la noble société des voyageurs de commerce qui déjeunent et dînent à la table d'hôte. Quand *ces messieurs*, comme l'hôte les appelle, se sont retirés, on nous permet de l'occuper et même de nous servir d'une vieille épinette criarde, qui gît dans un coin.

— Il est trop tard à présent. L'américaine est à la porte, dit Lénore.

— Il ne serait pas difficile de la renvoyer.

— C'est vrai.

— Je ne crois pas qu'il y ait rien à voir à Huelgoat, dis-je avec incrédulité, tournant les feuillets de mon démon familier, *Murray*, et cherchant à toutes les *H* de l'index.

— Assurément non.

— C'est alors uniquement pour le plaisir d'un tête-à-tête avec M. Le Mesurier que tu désires y aller ? criai-je en élevant un peu la voix de crainte que le vent indiscret qui agite un bouquet de roses *enfumées* et soulève les rideaux de mousseline, n'emporte aussi ma raillerie.

— Uniquement pour le plaisir d'un tête-à-tête avec M. Le Mesurier, selon ta judicieuse remarque, réplique ma sœur avec une franchise arrogante, quittant le balcon et venant se placer devant moi dans une attitude de défi, les mains croisées derrière le dos, comme un enfant qui récite sa leçon.

— J'aurais cru que tu étais enfin rassasiée de ces délices, lui dis-je dédaigneusement. — Comme tous ceux qui ne les partagent pas, je juge avec intolérance ces insipides répétitions dont les amoureux ne sont jamais fatigués.

— Je n'en ai eu que neuf, réplique gravement Lénore, et elle semble tout absorbée dans ses souvenirs; puis elle reprend en souriant : — Je pense que j'irai jusqu'à la douzaine, et, alors si M. Scrope est bien aimable, ce sera son tour.

Je me sens agacée et je me lève. Lénore va s'asseoir devant le vieux piano et l'ouvre.

— Vous pourriez passer pour *mari* et *femme*, dis-je

en colère, à voir la manière dont vous voyagez toujours ensemble.

— Peut-être que nous le sommes en effet, répond Lénore, son rire charmant se mêlant aux notes de basse qu'elle frappe de toutes ses forces.

— Que le ciel nous en préserve ! Je ne puis concevoir la pensée d'appeler cet homme *Paul,* ni de l'embrasser, comme je suppose que nous le ferions si nous étions beau-frère et belle-sœur. Ce serait à se perdre dans le fouillis de sa barbe écarlate.

— Elle n'est pas *écarlate!* s'écrie Lénore furieuse. Elle n'est pas même rousse !

Nous nous taisons un moment ; je reprends la première :

— Deux jeunes femmes dans notre position ne sau-raient avoir trop de soin de leur réputation, dis-je doc-toralement, et, réellement, Lénore, c'est à peine conve-nable...

— Convenable!... — interrompt ma sœur quittant son tabouret et frappant du pied avec colère. — Je déteste ce mot; il est petit, lâche, servile ! Une chose est *bien* ou *mal ;* si elle n'est pas bien, elle est mal ; si elle n'est pas mal, elle est bien, et ce n'est pas mal d'aller faire une promenade d'été avec un homme dont la société...

Elle s'arrête comme si elle recevait un coup. La porte vient de s'ouvrir et l'*homme dont la société...* la regarde en lui disant : — Miss Lénore, êtes-vous prête ?

Sa figure laide et honnête témoigne d'une certaine confusion, comme s'il avait entendu ce que vient de dire Lénore, et il est vrai qu'elle articule toujours très distinctement et a débité sa dernière phrase à voix claire et haute. Je ne sais pas comment le pauvre homme aurait pu ne pas l'entendre.

— Si je suis *prête?* — répond Lénore avec un peu d'embarras qu'elle s'efforce de cacher. — On vous fait attendre une heure et demie, et alors on vient vous demander innocemment si vous êtes prête.

A la porte stationne l'américaine, ainsi nommée parce qu'elle ressemble moins encore à une *américaine* qu'à tout autre véhicule. C'est une misérable carriole lourde et résonnante avec une capote dans le dernier état de vétusté. Une petite jument d'un âge avancé et un grand poulain à peine parvenu à l'adolescence composent l'attelage. L'un a des grelots; l'autre non. Tous les deux sont étouffés sous d'immenses colliers garnis de peaux de mouton. Les mouches les harcèlent incessamment. Une formidable armée de mendiants entoure la voiture.

— Ainsi cela s'appelle un voyage en Bretagne, Paul? demande languissamment M. Scrope, en sortant de l'auberge. Il s'appuie contre le chambranle de la porte, très beau, très indolent, et à demi endormi comme il l'est souvent. — Ainsi, voilà ce voyage que nous devions faire pédestrement pour vous faire maigrir de vingt livres cet été! O miss Herrick! — Et d'un ton de reproche adressant à Lénore un regard de ses yeux bleus et un sourire: — Combien vous aurez à en répondre!

Ils montent dans la voiture. Je crois qu'ils se sentent un peu honteux, perchés l'un près de l'autre. Il y a quelque chose de nuptial dans ce départ.

— Allez donc ! crie Paul au cocher dans le plus mauvais français possible. Ils sont décidément partis.

—Qu'allons-nous devenir, miss Herrick, quand nos protecteurs naturels ne sont plus là ? — me dit mon compagnon en me faisant un appel désespéré avant que nous ne quittions ces marches brûlées et brûlantes. Le soleil fait briller ses cheveux blonds et sa fine moustache naissante qui ne cache pas, mais, au contraire, attire l'attention sur sa belle bouche, le trait le plus souvent défectueux dans la physionomie humaine. Qu'allons-nous devenir ? Louerons-nous des ânes pour aller nous promener ?

— Il fait un peu trop chaud.

— Vous avez raison !

XV

C'est un exercice qui porte au sommeil que d'aller en voiture à Huelgoat, surtout par ce jour éclatant qui rappelle ces paysages mal faits, aux tons trop crus, où le ciel est d'un bleu dur et les arbres d'un vert tranché. Les chevaux vont doucement, le nez à leurs genoux. La route est blanche comme de la farine et tout aussi poudreuse. Ce sont des montées infinies, des descentes éternelles. De grands espaces de fougères et d'ajoncs s'étendent au loin, coupés par endroits de misérables morceaux d'avoine ou de blé noir. Des landes désolées, mornes, stériles, silencieuses, vous donnent le frisson, même à cette heure brûlante de midi, quand on pense à ce qu'elles doivent être alors que le vent du nord souffle et fait rage sur ces plaines sans bornes dans une nuit de janvier. La route se déroule toujours, comme un grand serpent blanchâtre qui envelopperait les collines de ses anneaux sans fin.

— Je me demande ce qu'ils vont faire, dit Lénore après

vingt minutes de silence, clignant des yeux à cause du
soleil, et s'efforçant de croire qu'elle s'amuse.

— Qui, *ils*? demande Paul en tressaillant.

— Jémima et M. Scrope, naturellement.

— Quant à votre sœur, je n'en sais rien, répond Paul à
demi étendu; je ne la connais pas depuis assez longtemps
pour le dire, mais j'ai connu Scrope quand il était encore
en petite veste et je l'ai toujours suivi depuis, en sorte
que je sais parfaitement ce qu'il va faire.

— Quoi?

— Il est, en ce moment, à moitié couché dans l'endroit
le plus frais qu'il a pu trouver, buvant du claret-cup
s'il a su en demander en français, ce dont je doute, sinon
du cognac et de l'eau de Seltz ou du cidre, quelque chose
enfin qu'il puisse boire et faisant, assurément, la cour à
quelqu'un, à l'hôtesse, à la servante, à votre sœur peut-
être, si elle ne le traite pas aussi mal que moi.

— Pauvre chère Mima, dit Lénore en riant. Elle serait
cruellement embarrassée de savoir comment elle doit le
prendre, s'il s'en avise.

— Si ce n'est pas à votre sœur, c'est à n'importe qui.

— Vraiment?

— En général, dit Paul, d'une voix endormie, après
une connaissance de deux jours, il demande une femme
en mariage. Si elle le refuse, il lui demande d'être pour
lui une sœur, une mère, une tante, une parente quelconque. Si elle l'accepte, il prend le train aussitôt, et elle
n'entend plus parler de lui.

Il est plus de trois heures quand Paul et Lénore ga-

gnent Huelgoat, Huelgoat qui semble, dans la lumière
du couchant, à côté de son grand étang immobile, comme
si elle était au bout du monde.

Au premier moment, il semble qu'il n'y ait personne à
l'hôtel de Bretagne. Ils entrent dans un misérable couloir
avec deux portes en face l'une de l'autre. Celle de gauche
est ouverte sur une cuisine propre, mais sans feu et sans
la moindre odeur de préparation culinaire. Une femme,
avec une immense collerette blanche et un air aigre, paraît enfin.

— Que désirent monsieur et madame ?

— Quelque chose à manger au plus vite.

— Il n'y a en ce moment à la maison que du pain, du
beurre et du fromage.

— Rien à la maison ? répète Lénore avec une grande
vivacité. Il y a un *poulet,* je l'ai vu, je le vois encore,
là, — montrant du doigt un grand coq maigre tout
dressé dans le garde-manger.

— Oui, madame, c'est un superbe poulet, mais il est
pour la table d'hôte.

— Mais nous sommes affamés. Nous mourons de faim.

Il se passe dix minutes en négociations, en supplications, avant qu'on puisse persuader à l'aubergiste de
donner le *superbe* poulet.

En attendant qu'il cuise, ils vont à la salle à manger.
Lénore s'assied sur le plancher rugueux. Paul la regarde
dans un sombre silence.

— Je comprends, dit-elle en le regardant d'une façon
tragique, comment les naufragés s'entre-mangent.

7.

Longtemps après, le poulet apparaît, brûlé en dehors,
rose en dedans, mais il leur semble délicieux.

Après ce dîner qu'ils ont dévoré, ils vont errer dans la
rue pierreuse et muette. Voir Huelgoat, c'est retarder l'horloge de deux siècles. Ils descendent près d'un moulin lon-
geant un étroit sentier qui grimpe à travers des fougères,
et vont voir la curiosité du pays, *la pierre tremblante*.
De grosses roches arrondies parsèment le sol comme des
éléphants couchés; de sombres bois de sapins couvrent
les collines environnantes où sortent, du milieu des
bruyères, des blocs de granit gris qui semblent s'élever
comme des poitrines nues. Un petit ruisseau babillard
se glisse timidement à travers les grandes roches, puis
ressort frais et bouillonnant, en murmurant mille choses
à lui-même et aux petites fleurs des marais qui croissent
sur ses bords étroits, comme un aimable appel de la colline qui sourirait gaiement à la vallée, ou comme une
chaîne d'argent qui enroulerait les pieds rafraîchis de la
montagne.

Paul et Lénore ont gravi cette colline, ont erré parmi
ces pins odoriférants, ont porté leurs pas çà et là à travers les touffes épaisses des myrtiles et maintenant ils
ont chaud et se sentent fatigués. Lénore se met à genoux
sur la pierre, et, se penchant, boit à même l'eau fraîche
du ruisseau.

— Je suis trop vieux pour avoir cette souplesse, dit
Paul avec un regard d'admiration et d'envie. Faites-moi
une tasse avec vos mains.

Elle obéit gravement. Joignant ses mains blanches,

elle les lui présente, pleines d'une eau qu'il doit boire
très vite, car elle coule instantanément à travers ses
doigts. Lénore baigne ensuite son visage, d'où l'eau dé-
goutte comme des diamants sur ses cheveux et sur sa
robe. Des insectes à longues pattes se promènent sur la
surface du ruisseau; des petits papillons bleus voltigent
tout autour comme des fleurs ailées qui viendraient vi-
siter d'autres fleurs. De l'autre côté de ce ruisseau, Paul
est étendu sur l'herbe fine, les coudes reposant sur la
terre et les mains enfoncées dans sa barbe cuivrée. L'endroit est tellement joli, frais et silencieux, qu'il semble
que Dieu, après s'être plu à le faire, l'ait oublié.

— M. Le Mesurier, dit tout à coup Lénore, trouvez-
vous que j'ai eu tort de venir ici aujourd'hui avec vous?
Je ne demanderais pas cela à un autre homme, parce
que je m'attirerais quelque sot compliment, mais vous
me direz la vérité, fût-elle même désagréable; d'autant
plus vite peut-être, ajoute-t-elle en riant, qu'elle serait
peu flatteuse.

Paul lève la tête, surpris de cet appel fait à sa véracité.

— Depuis quand votre conscience est-elle devenue
si délicate? dit-il. Qui vous aura mis cette idée en
tête ?

— Jémima, répond-elle. Quand vous êtes entré ce matin, elle avait commencé à me dire que c'était très-in-
convenant. Je ne m'en rapporte pas à elle, qui est une
vieille fille et ne voit pas les choses très clairement,
mais à vous. Est-ce mal, incorrect, *hasardé*, comme on
dit en français ?

— Aucun des trois, répond-il vivement. Tout au plus un peu, très peu, contre les conventions sociales.

— La femme aux yeux de perdrix morte ne l'aurait pas fait, je pense ?

— Non, très probablement. — Alors, voyant qu'elle paraît un peu mortifiée, il se hâte d'ajouter : — Si la femme en question a un défaut, c'est d'être un peu trop l'esclave des bienséances. A peine oserait-elle aller seule sur le chemin du ciel, à moins qu'elle ne fût certaine que beaucoup de personnes très respectables y ont été avant elle.

Suit un silence. Le soleil descend déjà à l'horizon. Dans deux ou trois heures on osera le regarder en face.

— Si j'avais le pouvoir de Josué! dit Paul en soupirant et en regardant ce ciel, pur comme un saphir sans défaut, au-dessus de lui, si je pouvais dire avec quelque espoir d'être obéi : « Soleil ! arrête-toi ! »

— Pourquoi le diriez-vous ? demande Lénore ouvrant de grands yeux étonnés. Nous aurons bien assez de jour pour regagner la maison et c'est tout ce qu'il nous faut aujourd'hui.

— *Aujourd'hui*, oui! reprend Le Mesurier, mais quand on pense que, selon toutes les prévisions humaines, le soleil ne brillera plus sur nous deux à Huelgoat !

— Eh bien ! il brillera sur nous deux à Morlaix, dit Lénore en plaisantant, et ce sera la même chose, n'est-ce pas ? Non-seulement il brillera, mais il nous rôtira.

— Ce ne sera plus sur *nous deux* nulle part, reprend
Paul un peu brusquement comme s'il était un peu contrarié de sa gaieté.

— Que voulez-vous dire ?

— Je veux dire que je retourne en Angleterre après-
demain, voilà tout.

— Vous partez ? répète-t-elle avec une pâleur traî-
tresse et lâche qui s'étend sur ses joues et sur ses lèvres,
et en laissant retomber contre elle ses mains mouillées.

— Oui, je pars, — répond Paul, son cœur d'homme
assez flatté à la vue de ce changement subit dans sa
contenance, et son visage, à lui, se colorant un peu ; —
ma famille, qui ne montre jamais beaucoup de penchant
pour ma société, a trouvé, tout à coup, que je lui étais
indispensable.

— Ainsi, vous partez ! reprend-elle, respirant à peine.
Eh bien ! ajoute-t-elle avec un sourire forcé, considérant
comme notre connaissance a débuté sous de fâcheux
auspices, nous avons fait de grands progrès, ne le trouvez-vous pas ?

— Très grands ! répond Paul, chaleureusement.

— Nous sommes arrivés à très bien nous entendre,
quoique je ne sois pas *votre genre*.....

— Que voulez-vous dire ? lui demande-t-il en rougissant encore.

— Quoique vous ayez trouvé que notre pique-nique sur
la Rance était une vraie corvée ; quoique vous ayez
regardé si souvent à votre montre en poussant de profonds soupirs...

— Est-ce possible ? s'écrie Paul énergiquement, non pas frappé de la tournure ridicule qu'elle donne à toutes ses offenses mais plutôt de l'état d'esprit où il se trouvait alors quand il les commettait.

Lénore baisse la tête en murmurant avec un accent très mélancolique :

— Oui ! nous avions fini par très bien nous entendre !

Paul est debout, et vient de traverser le ruisseau en une enjambée. Une forte émotion se révèle sur son visage bruni.

— Lénore, dit-il impétueusement, ne croyez-vous pas que nous pourrions, maintenant, nous entendre *pour toujours ?*

Quand, ce matin, il a quitté Morlaix, Paul ne pensait pas plus à demander la main de Lénore que celle de Jémima. A peine encore a-t-il conscience de l'avoir fait. A ces mots elle se lève vivement, et un frisson léger semble agiter tout son être.

— Je crois plutôt, dit-elle en s'efforçant de rire, que nous nous querellerions sans cesse.

— Lénore, reprend Paul avec vivacité, je ne sais pas pourquoi je vous fais ma demande. Vous n'êtes pas la femme que j'aurais choisie pour épouse, et je n'ai aucune raison même pour me marier. Ma figure, dit-il avec un rire amer, est ma seule fortune... Vous voyez ce qu'elle est et cependant... cependant... dites-moi, Lénore, consentiriez-vous à vivre de pain sec dans un grenier avec moi ?

Elle ne lui répond pas par des paroles, mais elle lui tend les bras et ses yeux lui sourient à travers leurs larmes.

Il peut y lire sa réponse. Le ruisseau murmure à leurs pieds. Les papillons bleus voltigent sur leurs têtes. Le soleil leur envoie ses brûlantes caresses et trois petites Bretonnes allant ramasser des myrtilles dans leurs tasses d'étain, s'arrêtent sur la pente en face d'eux, très étonnées des manières de ces Anglais. Il la serre dans ses bras et baise ses belles lèvres que personne n'a baisées avant lui et que personne, il le sait bien ! ne baisera jamais après lui.

— Êtes-vous sûr, lui demande Lénore dégageant de son étreinte sa tête ébouriffée, et lui souriant, êtes-vous bien sûr, cette fois, que vous me demandez pour vous-même ?

— Tout à fait sûr.

— Que ce n'est pas pour Frédéric ?

— Non !

— Ni pour M. Scrope ?

— Non !

— Êtes-vous tout à fait certain que je vous plais ? lui demande-t-elle en s'éloignant un peu de lui, et cherchant à lire dans ses yeux gris qui lui inspirent plus de confiance que sa bouche.

— Je n'en suis pas certain, répond-il en riant. Vous n'êtes pas de ces personnes qui peuvent plaire, mais je suis sûr que je vous aime, si cela vous convient aussi bien.

— Mieux que la femme aux yeux de perdrix morte ? demande-t-elle, un peu honteuse de sa propre question, mais ne pouvant s'empêcher de la faire.

— *Infiniment* mieux! répond-il avec ardeur.

Elle semble satisfaite, mais, bientôt, ses inquiétudes recommencent.

— Paul, dit-elle, en se dégageant de ses bras, vous ne m'avez pas demandé si vous me plaisiez, vous.

— Je suppose, répond-il gaiement, que les actions parlent plus haut que les paroles.

— Vous avez cru qu'il n'était pas nécessaire de me le demander, dit-elle en rougissant, parce que vous étiez trop sûr de la réponse. Vous saviez que je vous aimais: vous le saviez de tout temps. Oh! pourquoi ne l'ai-je pas mieux caché!

—Non! je n'en savais rien, répond Paul en caressant sa moustache d'une air un peu embarrassé. Avec une autre femme, j'aurais pu être assez vain pour m'imaginer, d'après vos manières, que je ne vous déplaisais pas, mais comme vous ne ressemblez à aucune des femmes que j'ai jamais rencontrées, je ne pouvais vraiment pas vous comparer à ce que je connaissais.

— Vous êtes bien bon, répond-elle en secouant la tête, d'essayer de me réconcilier avec moi-même, mais vous ne le pouvez pas. J'ai été bien folle.

—Ne donnez pas de vilains noms à ma femme! s'écrie Paul en plaisantant; ce sont de très mauvaises manières.

— Si vous aviez été moins sûr de moi, vous m'auriez estimée cent fois plus, reprend la jeune fille, avec l'accent d'une mortification amère et douloureuse.

— Ne prenez pas l'habitude de dire de telles absurdités, — réplique-t-il d'autant plus brusquement qu'il sent bien qu'il y a un grain de vérité dans les paroles de Lénore. — Combien de fois dois-je vous répéter que je n'étais pas sûr de vous? Que je ne savais pas si vous

ne me donneriez pas aussi *le coup de grâce* comme à
West.

Ils se taisent de nouveau. Les molles somnolences du
soir descendent sur toute la nature.

— Paul, dit enfin Lénore, sans être nullement convaincue par les assurances menteuses de son amant et
le regardant en tremblant un peu, pouvez-vous me
jurer que vous ne m'avez pas demandée parce que j'ai
paru chagrine à la nouvelle de votre départ? Pouvez-
vous me jurer que vous m'aimerez toujours, non-seulement *maintenant, ici,* mais *toujours,* et même loin de
moi?

— Même loin de vous, ce qui est plus fort; dit-il
gaiement et en voulant l'attirer tendrement sur son
cœur.

— Je sais, continue-t-elle, en se dérobant à ses caresses, que, tant que je suis avec vous, je vous plais,
parce qu'il n'y a pas d'homme qui ne se plaise avec
une femme jeune et agréable qui paraît chérir sa société, mais, quand vous serez loin de moi, seul, la nuit,
dans votre chambre, livré à vos réflexions, est-il sûr
que je vous plaise *alors?* est-il sûr que vous m'approu-
viez, *alors?*

Il paraît d'abord un peu peiné d'une interrogation si
directe, mais bientôt, l'entourant résolument de ses
bras, il lui répond sans hésiter et d'un ton sérieux :

— Lénore, puisque vous êtes décidée à vous tourmenter, et moi aussi, de ces inquiétudes absurdes, je vous
dirai franchement la vérité. J'aurais voulu ne pas vous

aimer si j'avais pu m'en empêcher. Depuis trois semaines, j'ai fait, honnêtement, tous mes efforts pour vous
haïr, en me disant que je ne faisais nul cas de vous,
que vous étiez légère, que vous aviez un caractère terrible, que vous n'étiez pas belle, pas même jolie. Que
Dieu me pardonne un tel mensonge! dit-il en passant
sa main sur les cheveux de Lénore pour les lisser.

— Continuez donc! reprend-elle, impatiente de l'interruption.

— Je comprenais, et, à vrai dire, je comprends encore, que la vie n'est pas facile avec vous ; Lénore, je
pourrais être furieusement jaloux de vous... je pourrais
avoir contre vous des accès de rage...

— Là! s'écrie Lénore avec animation, nous serions
quittes alors! je n'ai jamais passé quinze jours avec
personne sans me quereller à outrance.

— Vous êtes, continue-t-il en souriant, aussi différente
que possible de la patiente Grisélidis, la plus charmante
des souffre-douleurs, que je me représentais pour en
faire ma compagne. Ce n'est pas vous, assurément, qui
accepteriez, sans vous plaindre, des devoirs pénibles.
Vous aimeriez bien mieux la résistance et le combat;
mais malgré cela... malgré cela, Lénore... regardez-
moi en plein visage et tant qu'il vous plaira et le plus
longtemps sera le mieux, — je vous défie d'y trouver
autre chose que la vérité, — eh bien ! je ne vous change-
rais pas aujourd'hui pour toutes les Grisélidis du monde !

— Vraiment? dit-elle en reposant tendrement sa tête
sur son épaule. Oh ! que je suis contente!

— Pauvre bien-aimée ! — dit-il avec un remords intérieur — je voudrais être plus digne de vous donner ce
contentement.

Pendant quelques moments, ils se taisent, aussi heureux l'un que l'autre. Lénore, en qualité de femme, est
la première à rompre le silence.

— Paul ! reprend-elle, en levant sa tête que pour la
première fois elle avait appuyée avec bonheur sur le
cœur qui lui appartenait et posant avec une aimable
familiarité une main sur chacune de ses épaules —
savez-vous que je suis tout le contraire d'une personne
bien élevée ? Je ne vous le dirais pas si vous ne deviez
vous en apercevoir bien vite, mais vous n'avez encore
vu que ce qu'il y a de mieux en moi !

— *Ce qu'il y a de mieux en vous !* s'écrie Le Mesurier
avec une feinte terreur. Alors, que peut être ce qu'il y
a de *pire ?* Pourquoi ne me laisseriez-vous pas faire ces
découvertes moi-même ? à quoi bon me le dire ? C'est
comme si vous me racontiez la fin d'un roman.

— Je désire que vous le sachiez tout d'abord, dit-elle
vivement.

— Est-ce que je ne le connais pas, tout ce mal qui est
en vous ? — demande Paul gaiement, en prenant les
deux mains de Lénore, qu'il place autour de son cou
de manière à regarder à son aise jusque dans les profondeurs de ses beaux yeux, frangés de longs cils. —
C'est que vous voulez toujours faire à votre tête ? Je le
sais depuis longtemps, depuis le jour où vous vous
êtes présentée à moi, inopinément, sous le costume de

Stéphanie; c'est que vous aimez à tourmenter votre sœur? Je le sais aussi. C'est que...

— Oh! ne plaisantez pas! dit-elle d'une voix suppliante. Ce n'est pas un sujet de plaisanteries; mais je veux me corriger, *je le veux* absolument, pour l'amour de vous. Je commencerai tout de suite, demain.

— Pourquoi pas aujourd'hui?

— Je n'ai à résister à aucune tentation aujourd'hui, répond-elle simplement. Je suis trop heureuse pour être méchante.

Il la presse de nouveau contre son cœur, avec cette sorte d'impression que l'on éprouve lorsqu'il vous est donné un bien dont on sent qu'on n'estime pas encore suffisamment la valeur.

— Pauvre enfant, dit-il avec émotion, pourquoi êtes-vous heureuse? Est-ce parce que vous avez fait le plus mauvais de tous les marchés que jamais femme ait fait depuis le commencement de ce mauvais monde?

— J'ai été gâtée toute ma vie, reprend-elle avec un sourire pensif. Depuis mon enfance, j'ai toujours réussi à avoir ce que je désirais. Vous êtes le premier dont j'aie désiré l'amour et... n'est-ce pas bien hardi à moi de le dire?... je l'ai désiré presque depuis le premier jour où je vous ai vu, quand vous avez été pour moi si désobligeant et si sévère... et, maintenant... ne me l'avez-vous pas dit? *je vous ai*, malgré votre volonté.

— Sans aucun doute, répond Paul avec plus de chaleur que d'éloquence. O méchante et chère fille, par quelle heureuse contradiction avez-vous été amenée à prendre du goût pour un être aussi peu agréable que moi? La plupart des femmes me haïssent à première vue.

— Et vous le leur rendez bien, dit Lénore en souriant, à ce que nous a dit Frédéric. C'est là ce qui m'a d'abord attirée. Paul, reprend-elle gravement, tandis que des larmes involontaires mouillent ses yeux, y a-t-il des exemples d'une créature qui ait été toujours heureuse? ou bien, aurai-je, un jour ou l'autre, à payer cher le bonheur de ce moment ?

— Ne parlez pas ainsi, réplique vivement le jeune homme d'un air peiné. Cela me fait l'effet comme si je devais être cause, un jour, de votre malheur, et Dieu sait que je n'en ai pas conscience. O ma bien-aimée! vous ne trouverez que trop tôt qu'il n'y a pas un bonheur *inquiétant* dans le lot que vous avez choisi.

— Si vous croyez, répond-elle avec un fin sourire, que je vous élève trop haut, c'est encore une erreur. Vous ne valez pas beaucoup mieux que moi. Si je ne suis pas très aimable, je sais que vous ne l'êtes pas trop non plus. Nous vivrons probablement comme chien et chat, à l'édification de tous nos voisins, et, malgré cela, bien que vous cherchiez à me persuader le contraire, il me semble encore... il me semblera toujours... que c'est un bonheur que de vous appartenir !... Allons ! partons !

Tout en parlant, elle est là debout, grande, belle, élancée, un sourire de satisfaction profonde sur ses lèvres closes. Elle sent qu'elle est à lui ! à lui ! à nul autre !

XVI

JOURNAL DE JÉMIMA

Il fait grand jour, bien qu'il soit huit heures et demie. Paul et Lénore ne sont pas encore rentrés. — Bonne nuit! dis-je, en fermant la vieille épinette sur laquelle je tapais.

— Allez-vous déjà vous coucher? me demande M. Scrope. N'y allez pas. — Il est lui-même étendu sur trois chaises, *méditant*, comme M. Pickwick, les yeux fermés.

— J'ai mal à la tête, — dis-je un peu brusquement, car je fais cette réflexion en moi-même : « Est-ce que personne ne peut rester éveillé dans ma société? »

— Je vous en prie, me dit-il en levant vers moi des yeux languissants, chantez-moi « Bonsoir! bonsoir, mon bien-aimé! »

Je me mets à rire. — Je viens de le chanter il n'y a pas dix minutes. Un peu confus il se met à rire aussi, avec une gaieté d'enfant. — Vous voyez, reprend-il, que c'était une excellente *berceuse*.

— Bonsoir ! dis-je, en lui tendant de nouveau la main.

— Ne vous en allez donc pas, répète-t-il en se levant nonchalamment. Il n'est que huit heures et demie.

— Ne vaut-il pas mieux dormir confortablement et paisiblement dans son lit, qu'inconfortablement et nerveusement sur trois chaises mal rembourrées ?

— Je ne le crois pas, répond-il en bâillant. Pour aller se coucher, on a la peine de monter l'escalier.

— Je voudrais bien qu'ils fussent de retour. C'est honteux à M. Le Mesurier de garder Lénore si tard dehors.

— Qui vous dit que ce n'est pas elle qui le garde?

Je me redresse avec dignité : — A quoi pensez-vous ? dis-je.

— Je ne pensais pas à mal, répond-il de bonne humeur, seulement, d'après le caractère de votre sœur, je croyais pouvoir dire qu'elle n'est pas de ces personnes que l'on peut faire entrer ou sortir contre son gré.

— Vous n'aimez pas Lénore, dis-je, en allant voir à la fenêtre.

— A vous dire, vrai, me répond-il confidentiellement, elle me fait une peur incroyable.

— Vraiment? pourquoi ?

— Ses yeux vous percent comme une vrille, dit-il en rougissant, et elle a une manière de vous regarder les gens, en tous sens, sans paraître même les voir !...

— Je n'y avais jamais fait attention, dis-je avec étonnement.

— Peut-être n'y a-t-il que moi qui sois invisible à l'œil nu, reprend-il avec son sourire indolent. Quant à *Paul*, elle le voit bien, lui !

— Il ne faut pas disputer des goûts, dis-je d'une manière banale.

— Je ne suis pas surpris, ajoute-t-il qu'elle le préfère à moi. C'est le meilleur garçon du monde.

— *Le meilleur!* m'écriai-je, irritée d'entendre louer quelqu'un dont je n'ai pu encore découvrir le mérite. En quoi est-il le meilleur? Voulez-vous dire le plus religieux?

Il baisse la tête.

— Non, je ne le crois pas.

— Le plus rangé?

Il sourit d'une manière significative. — A peine ! pauvre vieux Paul !

— Le plus aimable?

— Non ; ce n'est pas cela. Paul est un original. Il est capable de faire assez de sottises.

— En quoi alors consiste ce mérite si supérieur?

— C'est trop fatigant de discuter par cette chaleur, répond-il en s'étirant ; quoi qu'il en soit, c'est le meilleur garçon du monde !

En montant l'escalier, je me pose ce problème : « Quel peut-être le charme de M. Le Mesurier? » et je m'endors sans avoir pu le deviner. Je suis éveillée, à demi éveillée, du moins, par la sensation d'être appelée et secouée ; je me mets sur mon séant, les yeux encore fermés. « Je l'ai déjà chanté deux fois, » murmurai-je croyant que M. Scrope veut me faire chanter.

— Chanté quoi? Qui te le demande? Veux-tu bien t'éveiller, grande sotte, me dit ma sœur en riant. J'obéis. Alors, pleinement réveillée, je regarde autour de moi. La lune, qui brille à travers les jalousies, trace des raies d'argent sur le plancher. La clarté d'une chandelle m'entre désagréablement dans les yeux, et, sur mon lit, Lénore est assise, ses vêtements tout humides de rosée. Un grand contentement éclate sur son visage. — Jémima, dit-elle avec vivacité, es-tu assez éveillée pour comprendre ce qu'on te dit?

— Ce n'est pas ta faute, si je ne le suis pas, dis-je en frottant mes yeux et encore assoupie.

— Regarde-moi! s'écrie-t-elle avec impatience. Sais-tu que tu regardes la personne de France la plus heureuse?

— Et toi, la plus endormie, dis-je en me recouchant.

— Ne te rendors pas, reprend-elle, en mettant sa douce figure, toute rafraîchie par la brise du soir, à côté de la mienne, sur l'oreiller. Tu ne sais pas tout ce que j'ai d'intéressant à te conter. Tu ne t'en douterais jamais.

Et elle parle d'un ton sérieux et confidentiel. — A peine si je puis le croire moi-même, mais... mais, Paul m'aime!... beaucoup! beaucoup!

— Eh bien! après? dis-je rudement, moitié parce que mon sommeil est interrompu, et moitié à cause de cette nouvelle fâcheuse, bien qu'attendue. — Il n'y a rien d'étonnant à cela; depuis trois semaines, tu fais ton possible pour te faire aimer, et, généralement, tu y réussis.

Sa figure s'attriste.

8

— J'ai fait mon possible? redit-elle lentement. C'est tout ce que je craignais. Oui! je le crois, oui, c'est vrai! Et elle se couvre le visage de ses mains, puis, avec un regard anxieux, elle reprend : — Tu crois donc que j'ai agi de manière à me faire mépriser de lui?

— Peuh! quelle absurdité! répliquai-je avec insouciance. Mais, pour lui, crois-tu donc qu'il t'emmenait aujourd'hui, par ce soleil brûlant, dans cette méchante carriole, avec l'intention formelle de t'engager à partager sa très insignifiante existence?

— Je ne sais pas si c'était avec cette intention formelle, répond ma sœur, la tête basse; je crois plutôt que c'était par hasard, mais, quoi qu'il en soit, il m'a demandée en mariage.

. — Et tu as répondu : « Oui! grand merci! » je suppose? m'écriai-je, rouge d'indignation.

Elle fait un signe d'asssentiment : — Si je n'ai pas dit *oui,* c'est tout comme.

— A la bonne heure! dis-je, irritée de la chute de cette épée de Damoclès qui nous menaçait depuis trois semaines.

— Que veux-tu dire? Ah! je comprends, reprend-elle avec un regard et un vague sourire. Tu le trouves laid ?

— *Excessivement* laid! dis-je sèchement.

— Et moi aussi, reprend-elle du ton le plus calme. J'aime la laideur.

Je lui réponds malicieusement par cette citation de Shakespeare, l'apostrophe de Titania à Bottom, l'homme à tête d'âne : « Viens ! assieds-toi sur ce lit de fleurs, tandis que je flatterai tes joues charmantes, que je placerai des roses odorantes sur ta tête lisse et douce et que je baiserai tes belles grandes oreilles, ô charme de mon cœur ! »

Lénore rougit :

— Vous êtes rude, Jémima, et pas du tout spirituelle.

— Il est pauvre aussi, dis-je avec exaspération, très pauvre. Je pense qu'il trouve que, quand il y en a pour deux,...

— Je le crois, répond-elle tranquillement. J'aime la pauvreté.

— Il a un mauvais caractère.

— Oui. J'aime les mauvais caractères.

— Et il est gourmand aussi, dis-je sans m'arrêter. As-tu remarqué comme il paraissait hors de lui, hier, à dîner, parce qu'il n'y avait plus de galantine ?

— Vraiment ? Eh bien ! j'aime la gourmandise.

Je secoue la tête, réduite au silence et désespérée de l'inutilité de mes objections.

— Tu le vois, s'écrie Lénore avec un sourire triomphant, tu as beau dire, tu n'auras jamais raison contre lui.

— Ne te mets pas en colère, ma chère enfant, dis-je avec un soupir, mais dis-moi quelles bonnes qualités, quels agréments de l'esprit ou du corps tu trouves en M. Le Mesurier ?

Lénore saute à bas du lit et marche avec agitation dans la chambre en faisant retentir le plancher sans tapis de ses hauts talons.

— Tu ne sais ce dont tu parles, s'écrie-t-elle avec impatience. Crois-tu donc que, quand on aime, on se mette à rechercher telle ou telle qualité ? A se dire : ceci, cela, peut me faire aimer telle personne ? Non ! on aime, parce qu'on ne peut pas s'en empêcher, et parce que l'on ne voudrait pas s'en empêcher, quand bien même on le pourrait.

— Parle-moi iroquois, répliquai-je indignée. Ce sera tout aussi intelligible pour moi.

Elle revient à mon lit, et, fixant ses grands yeux brillants sur les miens :

— Est-il possible, Jémima, me demande-t-elle, que depuis tant d'années que tu es au monde, tu n'aies jamais eu un amoureux que tu aimais de tout ton cœur et de toute ton âme sans savoir dire pourquoi?

— Jamais ! dis-je avec un rire un peu amer. Quelque humiliante que soit cette confession, je pouvais croire, Lénore, que tu savais bien que je n'ai jamais eu d'amoureux, et, soit que je le regrette ou non, je crois qu'il n'y a pas beaucoup de femmes de vingt-huit ans qui puissent s'en vanter.

— Pauvre Jémima ! s'écrie ma sœur du ton de la plus sincère compassion, et en prenant ma main, comme si elle avait dix ans de plus que moi, par l'âge et par l'expérience.

— Ne me plains pas! dis-je avec âpreté. L'appétit vient en mangeant. Si j'avais eu un amant, j'aurais peut-être voulu en avoir plusieurs, et au train dont vont les choses, je suis portée à croire que l'*ignorance est un bienfait*.

— Bonsoir, Jémima ! dit Lénore, gagnant la porte avec autant de dignité que peut vous en laisser un waterproof tombant jusqu'aux talons et un bougeoir de cuivre à la main. Je regrette de t'avoir éveillée. La première fois qu'il m'arrivera de faire appel à ta sympathie...

— Reste... reviens ! lui criai-je, un peu fâchée de l'effet de mes paroles et embarrassée de savoir comment les raccommoder ; assise sur mon lit et lui tendant les bras : Tu vois que je n'étais qu'à moitié éveillée... je ne comprenais pas bien... Je... je... parierais qu'il est très gentil, quand on le connaît mieux...

Lénore s'arrête en laissant la porte entr'ouverte. J'insiste toujours :

— Il a tout à fait l'air d'un gentleman ; et... et... il a la part de fortune que l'on donne ordinairement à un cadet... Il a de très belles dents, continuai-je en riant gauchement et m'efforçant de rechercher quelque qualité que l'on puisse consciencieusement attribuer à l'amant de ma sœur. — Elle se tait. — Je suis sûre... du moins, je crois... qu'il gagne beaucoup à être connu...

— Peu m'importe ce que tu crois, répond Lénore furieuse et fermant la porte avec violence.

8.

XVII

NARRATION

Lénore se promène lentement avec son amoureux dans une de ces charmantes vieilles rues de Morlaix que la manie des grands quais et des larges rues n'a pas encore détruites. Si, dans les quartiers neufs, le soleil est brûlant, ici, les bonnes vieilles maisons qui avancent un peu plus à chaque étage, comme si elles voulaient se rapprocher pour une causerie intime, interceptent heureusement ses rayons.

— Je ne crois pas, dit Paul en souriant, que mon plus mortel ennemi puisse m'accuser d'être dans ma tendre jeunesse.

— Quel âge avez-vous ? dit Lénore en l'observant avec attention. Vous êtes de ces individus qui n'ont pas d'âge, de vingt-cinq à quarante-cinq ans.

— Je suis entre les deux ; j'ai trente-cinq ans.

— Vous paraissez davantage, à mon avis, reprend

Lénore avec une candeur charmante. Je suppose que c'est à cause de cette horrible barbe. Il faut que cet appendice tombe avant que nous nous revoyions, dit-elle en badinant, mais de ce ton impérieux dont elle a eu l'habitude toute sa vie.

Paul pense que le ton impératif convient bien à un homme, mais qu'il est tout à fait inadmissible chez une femme.

Ils sont sortis de la vieille rue. Ils ont laissé derrière eux les grandes maisons sculptées qu'ils examinaient en détail ; ils ont quitté les pignons, les lucarnes, les figures étranges des saints de bois, et ils rentrent à l'hôtel par les nouveaux quartiers. Morlaix est parfaitement joli avec ce pêle-mêle de viaducs, de rivières, d'églises, de maisons à toits pointus, dans ce fond entouré de montagnes verdoyantes.

— Que ferez-vous dans trois jours, à cette heure-ci ? dit Lénore, abandonnant le sujet malencontreux des barbes pour interroger son ami avec un sourire un peu triste.

— Je serai probablement en train de répondre aux questions des miens sur vos mérites et vos démérites.

— Que vous demanderont-ils d'abord ? A quoi tiennent-ils le plus ?

— Ils voudront savoir, probablement, si vous êtes d'une bonne famille. A propos, pardonnez-moi cette question, mais vous voyez que je dois me préparer à y répondre, êtes-vous d'une bonne famille ?

— Assurément. Nous sommes venus en Angleterre avec Guillaume le Conquérant.

— Réellement ? s'écrie Paul avec une vivacité qui montre qu'il n'est pas dépourvu de quelque penchant pour la noblesse.

— Est-ce que je sais ? reprend Lénore. —Qu'importe ! ce ne sont pas les ancêtres qui font la valeur d'un homme ou d'une femme.

— Ce sont eux qui font que l'on est un bon gentilhomme, dit Paul assez sèchement.

— Je réponds aussi à tout le monde que nous descendons d'un poëte célèbre de notre nom, dit-elle.

— Ah ! c'est de lui que vous descendez, dit Paul, se résignant à abandonner six siècles d'antiquité.

— Je n'en sais absolument rien, répond-elle d'un air insouciant.

Paul pousse un soupir involontaire.

—Quel sera le nouvel article ? demande-t-elle un peu froissée; sans doute, a-t-elle de la fortune ?

—C'est possible, répond-il, un peu mal à l'aise.

— Et vous répondrez, « Pas un sou ! » En disant cela, elle lève les deux mains et les laisse retomber avec le geste qui exprime le dénuement le plus complet.

— Oui, sans doute.

— Que j'aimerais à voir la grimace qu'ils vont faire ! Ancêtres, douteux; pauvreté, certaine. Cependant, ce n'est pas tout à fait exact. Combien faut-il de *sous* pour faire cent mille francs placés en trois pour cent ?

— Autant qu'il en faut pour cent mille francs placés autrement, dit-il en riant.

— Eh bien! je les possède, et vous ferez bien de dire la somme *en francs*, parce que cela paraît davantage. Jémima est plus riche que moi, et à nous deux nous réunissons un peu plus de douze mille livres de rente, mais nous ne parlons pas de notre peu de fortune, parce que nous reconnaissons cette vérité du sage Salomon. *Le pauvre est haï de ses voisins.* C'est une bien petite dot, ajoute-t-elle, mais nous ne sommes pas tous gueux comme des rats d'église, et, pour l'honneur de la famille, je dois vous apprendre que nous avons des parents riches; ma sœur Sylvia, par exemple.

— Votre sœur Sylvia? dit Paul étonné; — je ne savais pas que vous eussiez une sœur Sylvia.

— Il y a quelques années qu'elle s'est mariée, continue la jeune fille. C'est une jolie petite femme, avec des yeux superbes, et lui, il était assez vieux pour être grand-père, aussi chauve que ma main, aussi gros que Falstaff, aussi ignorant qu'une carpe, et il s'était enrichi en fabriquant cette graisse brune que l'on met aux roues des vagons.

— Bon dieu! c'est effrayant! Est-il encore de ce monde? dit Paul, assez ennuyé.

— C'est à quoi j'arrive, continue-t-elle gravement. En bonne justice, pour la punir de l'avoir épousé, il aurait dû vivre encore vingt ou trente ans, perclus, ou tombé en enfance. Eh bien! pas du tout. Au bout de quatre ans, il était frappé d'apoplexie. Comme il y a des gens qui ont de la chance!

— C'est là ce que vous appelez de la chance? dit

Paul. — En rentrant à l'hôtel, elle s'était jetée sur un canapé, et lui s'était mis *à cheval*, sur une chaise. — Épouser un riche marsouin, continue-t-il, et lui survivre !

— Il faut espérer, dit Lénore sans lui répondre et suivant le cours de ses réflexions, que les vôtres vous demanderont si je suis agréable de ma personne. C'est la seule question à laquelle vous puissiez faire une réponse satisfaisante, dit-elle avec une assurance tranquille, bien différente de la naïveté rougissante d'une ingénue.

— Si on ne me le demande pas, je prendrai les devants.

— Vous pourrez, continue Lénore, comptant sur ses doigts pour faire le dénombrement de ses qualités, leur dire que je danse très bien, que je...

— Mon père désapprouve la danse, dit Paul en l'interrompant.

— Il désapprouve la danse ! s'écrie-t-elle en ouvrant de grands yeux. Quel homme terrible ! Et il ne permet pas à vos sœurs de danser ?

— Il leur permet à peine de marcher un quadrille, lui répond Le Mesurier riant encore de son expression terrifiée, et, si elles allaient au delà, je ne voudrais pas être à leur place.

— Pauvres chères filles ! soupire-t-elle, avec une tendre compassion. Je suppose que, quand il a le dos tourné, elles dansent comme des derviches ?

— Est-ce là ce que vous feriez à leur place ? reprend Paul, voulant rire et pourtant un peu inquiet.

— Assurément, répond-elle avec un grand sang-froid.

— Oh! dit-il seulement avec une petite toux sèche.

— Les parents, les tuteurs, les précepteurs, peuvent bien défendre une chose, dit-elle un peu câlinement, mais c'est un vilain mot qui doit être proscrit entre mari et femme.

— J'ai l'idée, réplique Paul, que vous trouverez dans votre livre de prières des vilains mots comme ceux-ci : *honorez*, *obéissez*. Je vous montrerai l'endroit, si vous voulez.

— On ne doit pas prendre le livre de prières à la lettre, répond Lénore, assez légèrement. — Après tout, je suis aussi disposée à vous chérir et à vous honorer que vous à m'adorer.

— Je n'en sais rien, répond-il en se levant et lui prenant les mains. Quand vous mettez cette robe bleue, ce ruban bleu dans vos cheveux et que vous avez l'air *doux*, je ne suis pas loin de vous adorer.

— J'avais cette même robe le jour où vous avez agi comme mandataire de Frédéric...

— Lénore, reprend Paul sans l'écouter, quittant ses mains et entourant sa taille de ses bras, je vous ai dit ce que je ferai loin de vous; dites-moi, à votre tour, ce que vous ferez vous-même. Je ne vous demande pas de promettre de regarder la lune, de faire votre prière ou de boire votre tasse de thé à la même heure que moi, ni tout autre enfantillage, mais je suppose que dans ces sortes d'affaires nous nous ressemblons tous, et, ne riez pas de moi… je déteste qu'on se moque de moi… mais, je voudrais pouvoir me dire : à tel moment, Lénore fait ceci ou cela, quelque chose d'innocent, enfin; sans quoi je croirai que vous faites quelque chose de mal.

— Grand merci !

— Voyons, Lénore, que ferez-vous le premier jour ?

— Le premier jour, répond-elle avec une grande envie de pleurer qu'elle s'efforce de surmonter, le premier jour, je resterai au lit, mes rideaux fermés, refusant toute espèce de nourriture, quelque faim que j'aie, car je ne trouve pas du tout que l'amour ôte l'appétit, et je pleurerai follement sans m'arrêter.

— Et le second jour?

— La moitié du second jour, je la passerai à regarder votre photographie, celle de Disdéri, où vous êtes représenté le dos appuyé au Mont-Blanc, avec l'air d'un meurtrier, et l'autre moitié à me quereller avec Jémima au sujet de vos charmes.

— Et le troisième jour ?

— Le troisième jour, répond-elle en soupirant et appuyant sa tête sur son épaule, ce troisième jour si long, si vide, si triste ! Comment le passerai-je ? Oh ! j'y suis, j'essaierai de reprendre assez de courage pour pouvoir faire tourner la tête à ce beau M. Scrope et pour m'amuser, par une agréable *flirtation*, à exciter ce jeune homme endormi.

Paul la quitte brusquement et se dirige vers la fenêtre.

— Qu'avez-vous donc ? s'écrie-t-elle, surprise et fâchée. Puis, éclatant de rire après avoir été le regarder en face: — Grand dieu ! dit-elle, Paul, comme vous pouvez prendre l'air méchant ! Je croyais qu'il n'y avait que moi, mais ce n'est rien auprès de vous.

— Je déteste ces sortes de plaisanteries, répond-il en lui montrant un visage sévère. Elles n'ont rien de comme il faut.

— Mais je ne suis pas du tout *comme il faut*, réplique Lénore, la tête haute et devenant écarlate. Vous ai-je jamais dit que je le fusse ? Nous sommes roturières jusqu'à la moelle des os !

Elle est là, debout, les mains derrière le dos, parlant à voix haute ; ses yeux lancent des éclairs et ses joues sont plus colorées qu'une rose épanouie. Quel beau portrait on eût fait d'elle à ce moment! mais, comme épouse, c'est inquiétant. — Est-il possible, se dit Paul mentalement et avec un léger frisson, qu'elle m'ait dit la vérité quand elle m'assurait que je ne connaissais encore que ses bonnes qualités ?

XVIII

NARRATION

Adieu est un triste mot. Il a je ne sais quoi d'abattu,
de lamentable, de désespéré. Mais, s'il est triste d'accompagner à la gare une simple connaissance, de murmurer
le dernier regret poli, la dernière espérance amicale pour
une rencontre prochaine, de lui donner une flasque
poignée de mains, il est cent fois plus triste d'assister
au départ d'un être chéri, et c'est se faire une grande
illusion que de croire à la douceur de ces derniers instants. Quand bien même vous seriez certain de ne jamais
revoir l'ami qui vous quitte, n'assistez pas à son départ.
Lénore, toutefois, est d'un avis contraire. Elle veut accompagner Paul jusqu'à son embarquement, non que la
distance entre Saint-Malo et Southampton puisse passer
pour un grand voyage, mais la séparation n'en sera pas
moins amère et d'assez longue durée. Paul doit amener
sa famille, par degrés, à l'idée d'un mariage qui sera
antipathique aux siens, et Lénore retournera, pour long-

temps encore, à Dinan, où elle a l'intention d'aller pleurer régulièrement à tous les endroits qu'ils ont parcourus ensemble.

Ils ont mis fin à leurs différends. Paul a juré à sa fiancée qu'il ne tenait pas à de nobles aïeux, et elle, de son côté, s'est creusé la tête pour se rappeler un grand-père authentique. Cependant il n'a pas pu obtenir d'elle qu'elle ne vînt pas agiter son mouchoir quand il partirait de Saint-Malo. Elle l'a réduit au silence, et il est forcé de se soumettre de bonne grâce à ce qu'il redoute le plus au monde, une scène, et en public, encore ! .

— Je déteste dire adieu, et vous, Scrope ? — dit-il en s'adressant à son ami, la veille au soir, tandis qu'ils fument, au clair de lune, devant la porte de l'hôtel.

— Je déteste dire n'importe quoi par cette chaleur, répond Scrope languissamment. Je voudrais avoir un petit page qui parlerait pour moi et qui demanderait maintenant pour moi une boisson fraîche.

— Dites-moi un peu ? si nous *leur* échappions ? Et, d'un geste de tête il indique la chambre où doivent reposer Jémima et Lénore. Si nous partions demain matin par le premier train ? J'ai été m'en informer : il y en a un à 6 heures 40.

— Partir ! s'écrie Scrope avec une énergie dont il n'avait pas conscience, prenant son cigare entre deux doigts et regardant son ami d'un air de reproche. Votre unique plaisir en voyage c'est de *partir* et d'*arriver*. Le seul agrément que vous trouviez à un paysage, c'est la ligne du chemin de fer. Mon cher ami, j'ai

déjà une indigestion de trains, de bateaux, de diligences.
J'ai autant d'idée de partir par le premier train que par
le dernier, et par le dernier que par le premier. Je ne
voudrais plus jamais qu'il fût question de *partir*.

— Ni moi non plus, si je pouvais m'en dispenser,
répond Paul tristement. J'ai naturellement plus de raisons que vous pour rester ici ; mais, quand on a un
père, et que ce père a la goutte...

— Moi, je n'ai pas de père, et il n'y a pas de raison
pour que je me lève au milieu de la nuit parce que vous
en avez un.

— Vous ne pensez donc pas à retourner chez vous maintenant ? s'écrie Paul d'un ton où la surprise le dispute
au soupçon.

Scrope détourne un peu la tête. — Pourquoi ? Non...
je n'y pense pas. Je veux attendre d'être plus vieux et
plus sage avant de retourner saluer les dunes crayeuses
d'Albion.

Suit un moment de silence. Scrope ramasse un cail-
lou et le lance au caniche de l'hôtel, qui, à la fois sale,
ridicule, et heureusement inconscient de sa saleté et de
sa laideur, trotte galamment sa queue tondue en l'air.

— Quel chemin prendrez-vous ? demande enfin Le
Mesurier d'un ton moins amical qu'il ne l'avait quand
la conversation a commencé. Irez-vous d'ici tout droit
à Napoléonville ou passerez-vous par Auray et Carnac ?

Scrope ne se hâte pas de répondre : — Je ne prendrai
aucun chemin, dit-il lentement et avec l'air un peu
gêné.

— Alors, que deviendrez-vous ? dit Paul assez sévèrement.

— Est-ce que je sais ? j'irai probablement où le vent
me poussera, comme une feuille sèche.

— Une comparaison très juste, dit Paul en jetant un
coup d'œil rapide sur son ami si bien portant, si grand, si
vigoureux. Vous ne pouvez pas deviner où votre individu
desséché sera poussé par le vent ?

— Pas du tout, répond Scrope, négligemment, et il
rougit comme un enfant. A Dinan peut-être.

— A Dinan ? — s'écrie vivement Paul en le regardant
avec un accent de colère et de jalousie, — et qui diable,
peut vous y ramener ?

— Ne vous l'ai-je pas dit ? le vent.

Paul se lève, incapable de cacher sa mauvaise humeur
et fait quelques pas avec agitation. Scrope le rejoint d'un
pas tranquille.

— Mon cher ami, dit-il avec calme, si vous n'aviez
pas été si complétement absorbé par vos propres affaires,
vous auriez pu voir que, moi aussi, j'avais mes petites
affaires de cœur. Tandis que vous passiez votre temps à
faire la cour à la jeune miss Herrick, je faisais le siége de
l'aînée. — Vous savez que vous m'avez souvent accusé
d'avoir du goût pour les femmes mûres.

Paul rit, mais sans nulle gaieté.

— Ainsi, vous le voyez bien, continue Scrope, loin de
vous aider à échapper aux *adieux*, vous aurez aussi la
douleur de me dire adieu, à moi.

— Plût au ciel que ce fût fini ! reprend Paul avec un

soupir, mais vous voyez que Lénore — et ce nom passe difficilement ses lèvres— désire me voir m'embarquer. Je ne puis m'opposer à son désir.

— Cela montrerait trop que vous vous souciez d'elle bien peu. — Puis, craignant d'en avoir trop dit, il rentre précipitamment à l'hôtel.

XIX

NARRATION

Le pénible jour du départ est arrivé. Paul va retourner à ses anciennes habitudes, aux fortes influences de la vie passée, laissant derrière lui la Bretagne et son nouvel amour. Toute la matinée Lénore et lui ont parcouru la vieille ville de Saint-Malo et ses remparts, suivis du couple des faux amants. Ils s'en séparent et, traversant les sables, ils grimpent à cet îlot où Chateaubriand a désiré dormir son dernier sommeil. — Lénore s'appuie sur la balustrade qui entoure la pierre unie, sans nom, sans inscription. Les yeux tournés vers l'océan, les lèvres à demi closes, elle aspire l'air de la mer.

— Jémima sera bien habile si elle amène Scrope jusqu'ici, dit Paul, cherchant une phrase insignifiante pour se délivrer de l'impression triste et solennelle que lui causent, tout à la fois, le lieu où ils sont, le vent qui soupire et l'approche du départ.

— Elle n'essaiera pas, répond Lénore. Jémima déteste *Atala*, et elle aimera mieux *patauger* pour chercher des coquillages, des petits crabes, tous ces petits monstres marins dégoûtants.

— Scrope *pataugera* volontiers aussi moyennant le plus léger encouragement, dit Paul en riant. C'est juste ce qui lui convient. C'est frais et cela ne donne pas de peine, — et puis, il se prétend amoureux de Jémima.

Lénore détourne ses beaux yeux de la contemplation abstraite des vagues empourprées et des brillants goëlands et les tourne avec quelque surprise vers Paul :

— Malheureux jeune homme ! dit-elle d'un ton calme et indifférent, qui peut l'engager à faire un pareil conte ? M. Scrope... Charlie Scrope, n'est-ce pas ? n'est pas plus amoureux de Jémima que de... voyons, qui dirai-je ?

— Que *de vous* ?

— Eh bien ! que de moi, si vous voulez. D'ailleurs, qu'importe s'il est ou non amoureux, s'écrie-t-elle pour changer de conversation, nous n'avons plus que deux heures à rester ensemble, ne les passons pas à parler de lui.

— Je m'intéresse, naturellement, un peu à mon successeur dans les promenades, les flâneries au clair de lune, les tête-à-tête.

— Est-ce qu'il ne va pas continuer son voyage ?

— Son voyage, vraiment ? dit Paul. Voilà comme il le fera, couché à vos pieds sous les noyers du Mont-Parnasse, en vous lisant Byron ou Shelley.

— Quand on lit haut, je m'endors.

— Promettez-moi, endormie ou éveillée, de ne pas lui faire de coquetteries?

— Je ne promettrai rien de si ridicule, répond-elle dédaigneusement. *Faire des coquetteries* à un enfant qui rougit quand je lui parle, qui tremble et balbutie si je lui dis seulement : il fait bien chaud !

— Il est assez singulier, dit Paul sèchement, que ce soit seulement dans votre société qu'il rougisse, tremble ou balbutie. Il y a bien des personnes qui trouvent à cet enfant un front d'airain et la parole facile.

— Vraiment?

— Quoi qu'il en soit, promettez-moi de ne pas vous laisser lire de poésie par lui. — Il est beau et sentimental.

— Est-ce qu'il sait lire ? demande Lénore, feignant la surprise.

— Lénore, dit Paul très sérieusement, bien que vous affectiez de l'ignorer, vous savez comme moi que Scrope est un homme fait et terriblement beau. Jurez-moi d'être aussi peu que possible seule avec lui; de ne pas être coquette avec lui.

— Autant me demander de vous jurer que je ne lui donnerai pas de joujoux et que je ne jouerai pas au chat perché.

Paul veut s'éloigner.

— Ne vous fâchez pas, s'écrie-t-elle en le retenant, — si cela peut vous faire le moindre plaisir, je vous promets de l'éviter partout, dès à présent et toujours. — Croyez-

9.

vous que cela me prive ? Donnez-moi une tâche plus difficile, pour l'amour de vous !... — Ses yeux se remplissent de larmes qu'elle essuie en ajoutant: — Vous êtes la
première personne ou la première chose qui m'ayez
fait pleurer. J'espère que ce n'est pas un mauvais pré-
sage. J'ai cru que je n'avais pas de larmes jusqu'au
jour où je vous ai rencontré.

— Lénore, s'écrie-t-il un peu blessé, savez-vous que
c'est un mauvais compliment ?

— J'espère que je n'aurai plus jamais à vous le faire,
reprend-elle d'un air plein de confiance. Désormais, ma
vie sera toute simple. Je vois cela aussi clairement que
je vois cette lumière qui brille là-bas, derrière ce navire.
Vous pourrez bien dire à votre père que personne ne
m'ayant jamais contrariée, vous êtes tout disposé à vous
conformer à cette règle de conduite.

Paul sourit assez tristement et secoue la tête. — Je
crains qu'il ne me réponde que personne ne l'a jamais
contrarié, lui, et que vous devez aussi vous conformer
à cette règle de conduite.

Après un moment de silence, Lénore s'écrie : — Pourquoi me serait-il si contraire, comme vous semblez
le croire ?

— Dieu sait ! Peut-être qu'il ne le sera pas. Qui
peut répondre des bizarreries d'un homme possédé par
deux démons: la goutte et Calvin ?

— Je n'ai pas d'argent, c'est vrai, mais bien des
femmes qui se marient ne sont pas plus riches que moi.
Je sors d'une bonne souche. Je ne suis pas coquette...

— Non ? dit-il plutôt en interrogeant qu'affirmative-
ment.

— Ni extravagante.

— N... on, murmure-t-il, avec un peu de doute.

— Je ne suis pas extravagante, reprend-elle hardiment. Comment le serais-je ? Je ne chasse pas, je ne bois
à déjeuner ni vin du Rhin, ni vin de Champagne. Je ne
fume pas.

— Grands dieux ! j'espère que non.

— Représentez-moi à votre famille aussi agréable que
possible, mais, par exemple, ajoute-t-elle en riant et en
rougissant, ne parlez pas trop de notre première entrevue.

— Assurément non ! s'écrie-t-il avec force.

— Vous n'avez pas besoin d'y mettre tant d'emphase,
réplique-t-elle un peu offensée. C'était une mauvaise plaisanterie qui a échoué grâce à l'imbécillité de Frédéric et
à votre pédanterie, mais, si elle eût réussi, la plaisanterie était assez bonne.

— Bonne ou mauvaise, vous me ferez le plaisir de ne
pas recommencer, dit Paul, essayant déjà de l'autorité
maritale.

Elle a envie de se révolter, mais en regardant la mer
verte, les navires et tout ce qu'ils signifient, elle s'a-
doucit sensiblement. — Oh ! non ! s'écrie-t-elle, croyez-
vous que j'aie le cœur de plaisanter ? Je vais passer mes
jours et mes nuits à tâcher de m'améliorer, de devenir
une charmante personne.

— Pauvre Lénore, dit-il en caressant ses ch

vous avez enfin trouvé quelqu'un qui vous croit charmante.

— Je veux m'efforcer de devenir une femme *comme il faut*, bien élevée, bien douce, et cependant, quand je verrai votre famille, je suis sûre que l'on trouvera que toutes ces qualités me vont comme une robe mal faite. Savez-vous, reprend-elle en souriant faiblement, je suis tourmentée par l'idée qu'il y aura toujours dix-huit années de ma vie où vous n'aurez eu aucune part... pendant lesquelles d'autres hommes ont occupé ma pensée. Non que j'aie été particulièrement aimable avec votre sexe, mais enfin... une fois, j'ai donné à un homme un bouquet de violettes... une autre fois, je me suis levée à cinq heures du matin parce que je voulais voir un jeune homme partir pour les Indes. Vous avez peut-être fait pire, mais j'ai idée que cela ne pèse pas à moitié autant sur votre conscience?

— Pour l'amour de Dieu, ne comparons pas, s'écrie Paul avec une vive rougeur au front. A côté de votre vie si pure, la mienne pourrait paraître assez noire — soyons quittes, Lénore, et recommençons à nouveau. Si vous y tenez, je vous jure que ma vie sera, désormais, aussi pure que la vôtre.

—Nous serons comme deux lis sur la même tige, dit Lénore gaiement, mais les yeux humides.

Finalement, c'est Paul qui voit partir Lénore, car le bateau de Dinan s'éloigne quelques heures avant celui de Southampton. Le moment du cruel adieu est ar-

—Pour l'amour de Dieu! Paul, ne m'oubliez pas, dit Lénore d'une voix brisée. Elle serre fortement dans ses mains la main de son amant. Son visage, d'une pâleur mortelle, est inondé de larmes. — Pensez à moi à toutes les minutes, même quand ce serait pour en penser du mal.

Paul est, lui-même, assez misérable, mais il n'est pas tellement absorbé par son chagrin qu'il ne se demande avec une certaine inquiétude si cette scène ne fournit pas un spectacle amusant à ses compagnons de voyage.

— Soyez bonne fille, Lénore, et ne faites pas la coquette avec Scrope. Ce sont mes dernières recommandations, et maintenant, que Dieu vous bénisse, ma bien-aimée !

Paul, enfin, a oublié le monde entier ; il ne voit plus que les yeux bleus de Lénore, noyés de pleurs. Lui-même est bien près de pleurer comme elle.

Et c'est ainsi qu'ils se séparent.

DEUXIÈME PARTIE

MIDI

I

NARRATION

Êtes-vous de ceux qui haïssent l'hiver ou de ceux qui l'aiment ? Fuyez-vous avec horreur son étreinte glacée, ou lui tendez-vous les bras, lui souhaitant la bien-venue ? A quelque classe que vous apparteniez, vous allez me suivre au plus fort de l'hiver et, tout tremblant et frissonnant que vous puissiez être, vous ne me direz pas *non*. Oubliez le mois de juin, sa chaleur accablante et son abondance de roses. — Oubliez même décembre et son cortége de frimas. C'est le jour de Noël, ce mo-ment que l'on dit si joyeux ; ce moment, selon la com-mune expérience, fécond en rhumes, en pluies et en notes à payer ; ce moment où l'on compte les places

vides au foyer et où il est difficile de rire quand on s'a-
perçoit de tout ce qui manque au bonheur. Enfin, il
faut que vous entriez avec moi dans une maison anglaise. Vous attendrez jusqu'à demain pour savoir à
quel style d'architecture elle appartient, parce que,
pour l'instant, les vents de la nuit soufflent tout autour
et la pluie inonde sa façade. C'est l'heure où l'on remonte
s'habiller, mais comment s'arracher à ce bon coin du
feu, à cette chambre dont le plancher est couvert de
peaux de mouton bien épaisses, dont la cheminée est
vaste, qui a de bons rideaux aux fenêtres et une table
ronde couverte de romans nouveaux ? romans honnêtes
et romans immoraux, romans orthodoxes et romans dis-
sidents ; romans qui sont du lait pour les petits enfants
et romans qui sont trop épicés pour les grandes personnes. Il n'y a pas, cette fois, à pleurer l'absent du
foyer ; le seul qui soit parti, s'il s'avisait de revenir,
causerait une consternation générale. Sur le moelleux
tapis de la cheminée est assise Jémima, lisant une histoire d'amour à la clarté du feu. Vis-à-vis d'elle, sur un
siége bas est étendue sa sœur Sylvia, la jeune veuve,
maîtresse de la maison. Son petit menton repose sur sa
poitrine ; les grands scarabées de jais qui pendent à ses
oreilles suivent doucement les mouvements de sa tête
endormie. Sur ses genoux repose un petit carlin au
museau noir comme l'aile du corbeau, au nez retroussé, à la queue deux fois bouclée. Ses orteils sont
bien en dehors et sa langue pend comme une feuille de
rose ; s'il louchait, il serait parfait, mais, hélas ! la vie

se compose de *si*. A quelque distance deux personnes jouent au bézigue, Lénore et Scrope! Oui! quoique ce ne soit plus le mois de juin ni la Bretagne, Scrope est encore là. Là aussi sont les deux enfants terribles de Sylvia Prodgers, aussi *terribles* que peuvent l'être ces jeunes mâles vigoureux de l'espèce humaine, « *bandits aux lèvres roses* ».

— Est-ce qu'il n'est pas temps de coucher ces enfants? s'écrie Lénore, avec impatience, commençant une nouvelle partie. Tommy, mon bijou, n'as-tu pas sommeil? Si tu dis oui, je te donne dix sous.

— Mère dit que nous pouvons rester pour voir *oncle* Paul, n'est-ce pas Bobby? réplique Tommy triomphant. Il vient de réussir à enlacer ses bras autour du cou de M. Scrope, et de ses petits pieds il frappe sur les côtes endolories du jeune homme.

— Vraiment! Oncle Paul! s'écrie Scrope avec indignation. Qui vous a appris à conférer un titre aux gens? Dites donc, monsieur, la représaille est juste, je vais monter sur votre ventre, à mon tour.

— Nous resterons pour voir *oncle* Paul, répète Bobby, qui n'étant pas riche en idées de son propre fonds, puise dans celui de son frère.

— Comme il sera flatté! dit Scrope. Je vois d'ici le bienveillant sourire avec lequel il vous accueillera quand vous vous accrocherez à ses jambes et que vous donnerez des coups de pied à ses tibias, comme vous avez l'aimable habitude de le faire aux miens.

— Il ne s'en plaindra pas, dit Lénore se regardant

comme obligée de défendre l'amabilité de son amant.
Vous savez bien que je déteste les enfants ; ils réunis-
sent les défauts des deux sexes, égoïstes comme les
hommes, bavards comme les femmes, mais je veux
qu'un homme les aime. Cela fait son éloge.

— Je préférerais qu'ils m'aimassent moins, dit Scrope
impatienté, et prenant Tommy par le cou, il le dépose
en un paquet vociférant sur le tapis.

— Oncle Paul vient pour être le mari de tante Lénore.
C'est Morris qui l'a dit, remarque Bobby. — Morris, c'est
le maître d'hôtel.

— Bobby a raison, reprend gaiement Lénore. Morris
n'a jamais rien dit de plus vrai.

Scrope ne fait pas de réflexion. Il jette sournoisement
quatre rois sur le jeu, et émet, d'un ton de mauvaise
humeur, la proposition indiscutable que 80 et 70
font 150.

— Je voudrais bien que le *mari de tante Lénore* fût
ici, dit Lénore avec une certaine anxiété. Je *sens* comme
s'il devait être très tard. Jémima, tu peux voir la pendule ; quelle heure est-il ?

— Sept heures cinq minutes.

— Il devrait être ici, n'est-ce pas ? dit la jeune fille
soucieuse, jouant une reine d'atout qu'elle conservait
depuis cinq minutes et regardant son adversaire d'un air
interrogateur.

— Peut-être a-t-il trouvé mieux à faire, répond méchamment Scrope avec tranquillité. Peut-être que sa

jolie cousine l'a retenu pour manger ensemble le plum-
pudding de Noël.

— Il n'a pas une *jolie cousine*, s'écrie vivement Lénore
oubliant qu'elle a en mains un double bézigue.

— Il en a une, réplique Scrope, affectant l'indifférence et regardant soigneusement dans son jeu ce qu'il
peut mettre en réserve. Il l'a, peut-être, tenue secrète,
mais le fait est qu'elle existe. Je l'ai vue, le mois dernier,
quand je suis allé là pour la chasse au gîte. Elle était en-
veloppée d'un long manteau gris et elle avait un haut
chapeau rond comme un tuyau de poële et j'ai vu un
joli visage.

— C'était probablement une sœur de la Miséricorde.

— Une sœur converse, alors.

— Je voudrais bien qu'il arrivât ! redit fiévreusement
Lénore. Enfants, courez à la fenêtre et écoutez s'il vient
une voiture.

— Tu dois te rappeler que le jour de Noël les trains
sont souvent en retard, dit Jémima pour la rassurer.

— Oui, dit agréablement Scrope, les gens boivent et
les collisions sont très fréquentes.

Lénore jette ses cartes sur la table, et, courant à la
fenêtre, disparaît derrière les épais rideaux rouges.
Elle reste là, le nez plaqué contre la glace, essayant de
voir à travers la nuit sombre. Les nuages se déchirent
et, de derrière le plus noir, la lune émerge en répandant
des rayons d'argent mouillé. Sa clarté douteuse fait pa-

raître d'une pâleur extrême le visage inquiet de Lénore.
Les enfants ne sont plus dans le réduit, mais bien Scrope
en tête-à-tête.

— Croyez-vous qu'il lui soit arrivé un accident? est la
première question qu'elle lui adresse.

— Je suis sûr que *non*, répond amèrement le jeune
homme en tournant sur ses talons.

Dix minutes après, à travers le vent qui souffle et la
pluie qui fouette la maison, on entend clairement le
bruit des roues d'une voiture et la sonnette retentit.

— Ah! que dites-vous à présent de la jolie cousine
et de son tuyau de poële? s'écrie Lénore, le visage
animé et passant triomphalement devant Scrope pour
courir dans le vestibule.

— Attendez un peu. Il l'a peut-être amenée!

Mais Lénore ne peut l'entendre.

— Pourquoi ne l'a-t-elle pas attendu ici? dit le jeune
homme, en s'approchant ému et frissonnant de Jémima.
Je suppose qu'ils sont tombés dans les bras l'un de l'autre, sous le patronage de Morris. Peuh! je déteste les
amoureux, et vous, miss Herrick?

— Je n'en sais rien! je n'en ai jamais eu.

La sonnette avait éveillé, en même temps, Sylvia et
son chien. Elle se lève encore à demi endormie.

— Est-il arrivé? demande-t-elle d'une petite voix
plaintive. Je déteste être éveillée en sursaut. Jémima,
ajoute-t-elle en se hissant sur la pointe des pieds pour
essayer de voir dans la glace placée sur la haute che-

minée l'échafaudage de sa coiffure, comment sont mes boucles ? Suis-je bien ? Que pensera-t-il de moi ?

— Tu es bien coiffée, répond la franche Jémima, mais ne te tourmente pas, il ne fera pas seulement attention à toi. Où est Lénore, il ne voit personne, et il oublie même de dire *bonjour*.

— J'espère qu'il ne s'attend pas à ce que je lui fasse trop d'amitiés, continue Sylvia avec un sourire un peu niais. Je ne ressemble à personne, tant je suis réservée avec les étrangers. S'il est étonné de ma froideur, explique-lui que c'est ma manière.

— Ce ne sera pas nécessaire, répond sèchement Jémima.

La porte s'ouvre et le couple des fiancés fait une glorieuse entrée, du moins quant à Lénore qui, les deux mains jointes sur le bras de son amant, fixe sur son visage un regard de bonheur. Sœurs, neveux, amis, maître d'hôtel, sont admis à constater l'expression radieuse avec laquelle elle le contemple. Paul est heureux aussi, intérieurement, mais, arrivant tout droit d'un voyage en chemin de fer, par une longue journée de décembre, à peine délivré des griffes du vent et des aiguillons de la pluie, tremblant de froid et mal à son aise, il lui est difficile de paraître radieux. La timidité de Paul, comme à beaucoup d'hommes, lui donne l'air presque féroce. Sylvia *pose*. Elle a arrangé ses jolis petits traits pour un sourire de bienvenue. Bobby et Tommy, réduits momentanément au silence par l'arrivée de l'étranger, forment près d'elle un groupe filial.

— Bien charmée de faire votre connaissance, murmure-t-elle en tendant la main et ensuite baissant les yeux. Mes amours, donnez un baiser à M. Le Mesurier.

Mais *les amours*, dont la mauvaise honte au début n'est égalée que par une intimité fort gênante plus tard, s'y refusent et enfouissent leurs têtes honteuses dans les jupes de leur mère. Leur oncle futur serre la main à tous, mais à l'ami avec moins de cordialité peut-être qu'aux autres. Ils se mettent en rond autour du feu et disent des choses très neuves sur la pluie, le vent, le train, la voiture. Quand ces sujets sont épuisés, il règne un silence contraint.

— Ainsi, on jouait au bézigue? dit Paul, qui se croit obligé de dire quelque chose.

— Oui, répond précipitamment Lénore, ne jugeant pas à propos d'expliquer qui étaient les joueurs.

— C'est M. Scrope et tante Lénore, s'écrie officieusement Tommy. Ils jouent tous les jours, et, un soir, Bobby a fait tomber toutes les cartes, — tante Lénore lui a donné une claque.

— Tous les jours? répète Paul, regardant alternativement son amie et M. Scrope. Je ne savais pas que vous fussiez ici depuis longtemps, Scrope?

— Environ depuis une semaine, répond-il négligemment.

— Vous le saviez très bien, reprend Lénore d'un ton de reproche. Il y a un siècle que je vous l'ai écrit. Voyez comme il lit mes lettres!

— Je ne sais pas si vous êtes de mon avis, dit Jémima,

mais je trouve qu'il est bien temps d'aller nous préparer pour le plus grand événement de la journée ?

Ils quittent tous le salon, à l'exception de Lénore et de Paul. Une fois seuls, ils se rapprochent aussitôt l'un de l'autre, sur le tapis du foyer. Il prend dans ses deux mains froides le doux visage de Lénore et la regarde avec une expression un peu troublée, peut-être, mais vraiment sincère et affectueuse.

— Lénore, avez-vous été une bonne fille ?

— Paul, avez-vous été bon ?

— Quant à cela, médiocrement, mais j'ai essayé de l'être.

— Et moi aussi, j'ai essayé, mais je ne suis pas très sûre d'avoir réussi.

— Et Scrope ?

— S'il a été bon ? Je n'en sais absolument rien.

— Vous savez bien que ce n'est pas là ce que je vous demande, mais qu'avez-vous à me dire de lui ?

— Rien du tout.

— Croyez-vous toujours qu'il ne soit qu'un enfant, comme vous le disiez à Saint-Malo ?

— Oh ! pour cela, non ! je le crois assez précoce !

. . . .

Après un long voyage en hiver, le dîner vient à propos. Le sherry et le vin de Champagne de Sylvia sont bons. Paul est réchauffé et n'est plus à moitié si timide, toutes les physionomies autour de lui sont souriantes. Sylvia sourit parce qu'elle a les dents blanches et bien rangées. — Jémima sourit par habitude, — Scrope sourit

parce que le dîner est une chose réjouissante, même quand
on a le cœur triste et qu'on aurait envie de battre quelqu'un. — Quant à Lénore, elle sourit parce qu'elle est
parfaitement heureuse. C'est quelque chose de pouvoir
se dire cela *une fois* dans sa vie.

Elle attend que Paul ait fini sa soupe pour l'interroger :

— Ainsi, dit-elle, votre père a eu la goutte ?

— Oui.

— Et maintenant le voilà *raccroché* à la vie ? ajoute-
t-elle avec sa terrible franchise.

— Je l'espère, répond Paul un peu choqué.

— Est-il très grognon ?

— Passablement.

— La goutte aigrit les meilleurs caractères ; qui le
sait mieux que moi ? dit Sylvia regardant avec un soupir ses vêtements de deuil.

La douleur de Sylvia a passé la période du bonnet et
du crêpe et est entrée dans la phase plus supportable de
la soie mate et des cols blancs.

— Veut-il que j'aille le soigner ? demande en riant
Lénore, un peu inquiète de la réponse.

— Il a déjà près de lui trois bons génies. Je ne pense
pas qu'il ait besoin d'un quatrième.

— Trois ! s'écrie la jeune fille en rougissant et saisie
d'un vague soupçon. Je croyais, Paul, que vous n'aviez
que deux sœurs ?

— Apprenez donc que j'ai aussi une cousine.

Lénore regarde involontairement Scrope, qui a un méchant sourire.

Il semble qu'il n'y ait rien de changé. — Tout a gardé
un aspect heureux et confortable, et cependant Lénore
est descendue d'un degré, d'un faible degré, du sommet
de la félicité parfaite.

. . . .

— Je l'aime tout à fait, dit Sylvia, quand les dames
sont retournées seules au salon. J'ai souvent des préven-
tions, mais lui je le trouve tout à fait bien à première ·
vue ; pourtant, il vous regarde d'une singulière manière.

— Vraiment ?

— Onf il a eu l'air très étrange quand, à dîner, j'ai
appelé Scrope Charlie tout court, continue Sylvia, se jetant sur un tabouret en arrangeant autour d'elle les plis
de sa robe. Il faut lui expliquer que ce pauvre cher
Charlie est un de mes plus vieux amis. Je ne peux pas
souffrir que l'on se mette en tête des idées singulières,
vous le savez bien.

II

Oui ! nous sommes au jour de Noël, bien qu'il n'y ait ni neige, ni gelée, ni glace, et seulement des arbres dépouillés et un vent d'ouest assez doux. On a été à l'église, on a prié, on a pensé à ses comptes avec Dieu, et aux comptes des fournisseurs. — Tommy s'est mal conduit et, finalement, s'est endormi, et l'on est de retour à la maison. Lénore et Paul ont réussi; selon la coutume des amants, à se trouver seuls dans la serre jusqu'au moment où la cloche du déjeuner les replacera en face du public. Les graves camellias ne tendent pas l'oreille sous leurs feuilles sombres et brillantes. Les jonquilles, dont la corolle d'or recèle tant de douceurs, n'iront pas raconter ce qu'elles entendent.

— Je ne vous avais pas vu encore en habit noir et avec un vrai chapeau, dit Lénore en examinant gaiement son ami. Tournez-vous lentement, qu'on vous voie.

— Et vous, c'est la première fois que je vous vois en chapeau habillé.

— Vous m'avez vue avec une coiffe, dit-elle en souriant malicieusement.

Paul redevient sérieux.

— Ne la-dédaignez pas, cette *bienheureuse* coiffe, et j'ai l'idée de la mettre pour mon mariage.

— Lénore, je n'aime pas cet épisode.

— Eh bien! alors, n'en parlons plus; seulement, — en soupirant tout bas, — quoique je sois un peu *plus bonne*, qu'alors, je ne le suis pas assez encore pour en avoir du regret.

— Êtes-vous réellement *plus bonne* qu'alors? dit-il avec un sourire tendre, mais un peu d'incrédulité. Arrivé seulement depuis quelques heures, il la trouve identiquement la même Lénore qu'il a quittée sur le bateau de Saint-Malo.

— M'avez-vous entendue dire quelque chose d'inconvenant? lui demande-t-elle d'un air assez sérieux.

— Non.

— Ou des mots d'argot?

— Non.

— M'avez-vous vue en colère?

— Non, répond Paul, riant un peu de ce qu'elle regarde comme un grand empire sur soi-même.

— Ai-je taquiné Jémima?

— Non.

— Ou tapé Tommy?

— Non.

— Eh bien, alors je suis meilleure que l'année dernière, car je n'aurais pas été une heure sans que cela me fût arrivé plusieurs fois.

— Je veux bien croire, dit Paul en souriant et en caressant ses cheveux, que vous êtes devenue meilleure, et il y avait de la marge. Pourtant, ce dernier jour à Saint-Malo, je ne voyais rien à reprendre en vous, ajoute-t-il d'un air très tendre, car il sait que personne ne l'entend.

— Vous m'aimez mieux, alors, dit-elle, avec le nez enflé et les yeux gros comme le poing. Grand Dieu ! comme je haïssais tout le monde et toutes choses ce jour-là ! J'ai pleuré, sans m'arrêter, jusqu'à Dinan, ayant en face de moi Jémima et M. Scrope qui ne cessaient de me regarder.

— J'aurais voulu être là, dit Paul, l'air mécontent : j'aurais retourné le tabouret de Jémima et jeté Scrope par dessus bord.

— Que serions-nous devenues ensuite ? Pauvre M. Scrope ! combien il m'a été insupportable les premiers jours après votre départ.

— Les *premiers* jours ? répète le soupçonneux Paul. Et ensuite, il ne vous a donc plus été insupportable ?

— Eh bien ! non. Je ne le crois pas. On s'habitue aux choses, vous savez, et ce n'est pas un mauvais garçon, après tout... et... et... il était presque aussi commode que Frédéric pour nos excursions. — Elle dissimule son embarras sous un air assez indifférent.

— Lénore ! Lénore ! lui dit-il d'un air de tendresse

blessée et inquiète. Vous souvenez-vous des derniers mots
que je vous ai adressés en quittant Saint-Malo?

— Parfaitement. C'était : « Adieu, ma bien-aimée ! »
Elle prononce ces mots doucement et avec une sorte de
complaisance.

— Oui ! mais auparavant ?

— C'étaient des mots stupides, jaloux, inutiles ! Je ne
m'en souviens pas, s'écrie-t-elle en dégageant ses mains
qu'il tenait dans les siennes, et sans s'apercevoir que la
seconde partie de sa phrase dément la première.

— Tout stupides et jaloux qu'ils étaient, reprend Paul
avec un calme forcé, ils n'étaient pas *inutiles*.

— Qu'est-ce que c'était? Redites-les et que cela finisse!
s'écrie-t-elle avec irritation.

— C'était « *ne faites pas de coquetteries à Scrope* ».
Eh, bien! ajoute-t-il, malgré tout, je sais que vous ne
mentez jamais. Lui avez-vous fait des coquetteries?

— Ma parole ! je n'en sais rien, répond Lénore ingénu-
ment.

— Je vous aurais pardonné tout, reprend Paul généreusement, mais... O Lénore ! vous compromettre avec
ce jeune homme, qui était mon ami, que je vous avais
présenté moi-même et après tout ce que je vous avais dit !
Pourquoi détournez-vous la tête ? Grand Dieu! est-il
possible que de parler de lui vous fasse rougir !

— Je rougis de colère d'être soumise à un interroga-
toire aussi humiliant, répond Lénore devenant écarlate et
regardant son amant avec indignation.

— Lui avez-vous fait des coquetteries? répète Paul, durement. Ses lèvres s'amincissent en parlant, et son œil lance de froides étincelles.

— Est-ce que cela s'appelle faire des coquetteries que de bâiller tout le temps qu'il est là, et de désirer qu'il s'en aille ?

— Non, assurément.

— De trouver qu'il est joli garçon et de désirer, mais sans l'espérer, qu'il devienne amoureux de votre sœur?

— Non plus.

— D'aller avec lui à des endroits que l'on n'a pas le cœur de revoir, en lui laissant porter votre manteau, votre livre, et sans lui dire même « merci » ?

— Pas... absolument.

— Est-ce... — et ici elle a un peu de peine à articuler la suite, — est-ce de s'apercevoir qu'il devient un peu épris de vous et d'avoir une telle soif d'admiration qu'on ne fasse rien pour l'en empêcher ? Est-ce cela qui s'appelle faire des coquetteries?

— Assurément oui! réplique Paul pâlissant de colère.

— Alors, je lui ai fait des coquetteries! s'écrie Lénore fondant en larmes et se jetant dans les bras de son amant.

— C'est là ce que vous avez fait? dit Paul d'un ton rude, n'essayant ni de la presser contre son cœur, ni de lui faire d'autres caresses, mais la replaçant, au contraire, dans la position perpendiculaire. Et vous osez me l'avouer ? vous osez me sourire?

— Je ne souris guère, je crois, répond tristement la

pauvre fille en essuyant ses pleurs. Puis elle ajoute plus
amèrement : — Pourquoi me le demandez-vous si vous
ne voulez pas que je vous dise la vérité ? O Paul ! Paul !
prenant sa main et la retenant, — ne soyez pas trop
sévère pour moi ! je n'ai pas été, comme vos sœurs, cla-
quemurée toute ma vie dans une bonne maison tranquille,
réglée, où jamais un homme n'ose regarder par-dessus
la haie du jardin. Comme une vraie bohémienne, j'ai
couru le monde, ayant toujours quelque homme après
moi. Dieu sait que je ne me souciais pas d'eux, ni eux
de moi, mais ils étaient utiles, agréables, ils aidaient à
passer le temps...

— Comme Scrope, par exemple, dit-il en faisant une
grimace sardonique. Je jurerais que le temps ne vous a
pas paru long, entre juin et décembre.

— Paul ! s'écrie Lénore avec une colère croissante, je
vous avertis que vous prenez le meilleur chemin pour
m'ôter le regret de ce que j'ai fait. Qu'ai-je fait après
tout ? Je ne lui ai pas fermé la porte au nez parce que je
ne m'intéressais guère à lui ; il pouvait me contempler à
son aise et je n'aurais pas eu la peine de le persécuter
pour m'en faire aimer, comme je l'ai fait avec vous ! A
ce souvenir, elle sanglote et se jette sur une chaise rustique. C'est une blessure qui se rouvre quand elle pense
aux premières rigueurs de Paul.

Il a horreur des scènes. Il s'agenouille près d'elle,
mais encore trop irrité pour lui dire un mot de tendresse.

— Bon Dieu ! Lénore ! cessez de pleurer, murmure-
t-il. On vous entendra jusque dans le salon !

— Je l'aurais chassé de la maison, dit-elle en gardant son mouchoir devant ses yeux, que je l'aurais rencontré dans la rue cinquante fois par jour.

— Pourquoi ne pas quitter Dinan ?

— Nous avions pris le logement pour six mois.

— Lénore, reprend-il avec impatience, cessez de pleurer. Il n'y plus que cinq minutes avant le déjeuner.

— Je lui ai dit mille fois qu'il m'était insupportable.

— Cela suppose une bien grande intimité.

— Mais j'étais très intime avec lui, reprend fièrement Lénore. Je le trouvais aimable et bien élevé ; il a presque mon âge et, par conséquent...

Paul tressaille. — Il avait près de dix-huit ans à la naissance de Lénore.

— Quand je vous ai donné mon cœur à Huelgoat, continue la jeune fille, avec plus de calme, mais avec une ardeur profonde dans ses yeux noyés de larmes, et quand vous l'avez pris, plus encore par compassion et par gratitude qu'autrement, je crois, mais enfin, vous l'avez pris... m'en est-il resté la moindre fraction à donner à un autre homme ? pas une parcelle. Je me suis donnée à vous tout entière, qualités et défauts, et je vous appartiens tout entière.

— M'appartenez-vous tout entière ? dit Paul dont le visage sévère s'est graduellement adouci pendant ces dernières phrases, et qui semble, à la fin, apaisé. Eh bien ! avec votre permission, je vous garderai pour moi et vous n'en donnerez rien à M. Scrope, quelque aimable qu'il soit, et en rapport avec votre âge, comme vous avez la bonté

\eler. Lénore, je calculais que j'avais dix-

de me le rapp ... \re naissance.

huit ans, à vot. ... \re que vous étiez alors un grand vilain

— Et je suis su. ... tout jambes! dit Lénore en riant;

dadais, tout bras et ... \use: — Paul, ne soyez plus jaloux

puis, redevenant série ... \vident, pour tous, que je vous

de personne! Il est ... \ous ne m'aimez. C'est la loi de

aime cent fois plus que \ ... ajoute-t-elle en soupirant.

ce monde, apparemment, ... Peut-être qu'un jour... un

L'un donne et l'autre reçoit. ... redeviendra égale.

jour très éloigné... la balance ... \uent, en la contrefaisant,

— Jusque-là, dit Paul gaie\ ... \ngez assez de *mince-pies*

jusque-là, allons déjeuner, et ma. ... \ir.

pour être incapable de sortir ce so

III

Après le thé de quatre heures, Paul et Scrope, faisant trêve temporairement à toute animosité, vont fumer ensemble le calumet de paix, et les trois sœurs se rapprochent d'un bon feu qui fait entendre ce petit pétillement continu que l'on pourrait prendre pour son langage.

— Quelle maladresse à ces Webster ! dit Jémima en grognant. Nous inviter à dîner un jour de Noël ! Ce ne serait pas beaucoup plus païen de donner un bal le vendredi saint !

— Et un tel régiment que nous sommes, dit Lénore. Un, deux, trois, quatre, cinq ! comme une troupe de canards qui entreront en boitant dans le salon.

— Je ne vois pas que nous boitions, dit Sylvia avec dignité.

— Je déteste faire des visites patriarcales, avec toute ma tribu, reprend Lénore énergiquement. — Son fiancé est de son avis, mais ils réclament vainement pour être laissés à la maison.

— Il y a quelque chose de si gênant, dit-il au moment du départ, à être présenté à la société comme deux êtres qui vont faire la sottise de s'épouser. Un couple de fiancés devient, nécessairement, le point de mire de tout le monde.

— Je ne pense pas que vous ayez cela à craindre, lui répond Sylvia avec cet heureux mélange de coquetterie et de familiarité fraternelle qu'elle emploie toujours à son égard. Voyez ; on ne vous a pas encore vu avec nous, et Char... je veux dire M. Scrope, a toujours été en évidence, en sorte qu'il est généralement regardé comme l'*heureux mortel*. Lénore, n'est-ce pas que Paul aurait ri l'autre soir en voyant la manière dont les Anson manœuvraient pour vous laisser seuls dans le salon ? S'ils sont là, ce soir, nous aurons une plaisante mystification !

Cette conclusion est accueillie par un sourire étrange de Scrope ; Jémima rougit et Lénore se jette tête baissée dans une observation qui n'a ni queue ni tête... Et Paul ? Paul endosse son pardessus en se tournant de manière que personne ne puisse voir la figure qu'il fait.

. . . .

Donc ils entrent en file dans le salon des Webster. Paul s'est adouci un peu pendant le trajet dans l'omnibus de la maison. Il a résolu d'être très bon pour Lénore toute la soirée. Ne lui a-t-il pas fait un jour de Noël plein de larmes, pauvre enfant ! Eh bien ! elle aura une

soirée heureuse, si cela dépend de lui. Après tout, peut-
être lui sera-t-il plus facile de trouver là quelques in
stants de douce intimité, que ce n'eût été possible dan
leur cercle de famille où ils sont si observés.

Ces réflexions sont interrompues par l'approche d'un
vieille dame en robe jaune, à qui il a une faible idée d'a
voir été présenté comme à la maîtresse de la maison qu
l'amène vers une fille laide, en bleu, et le laisse en l
priant tout bas de vouloir bien la conduire à table. U
moment après, le dîner est annoncé. Paul voit passer devant lui des couples inconnus, puis un couple bie
connu. C'est Lénore et Scrope. — Je suppose, se dit-il le
dents serrées, que c'est là une des parties de la plaisant
mystification, — mais à ce moment, elle le regarde par
dessus son épaule, avec l'expression du plus profond dés
appointement, et avec un geste de dédain, tandis que se
lèvres murmurent ces mots qu'il *devine*, plus qu'il n
les entend : « Quel ennui ! »

Il se précipite avec son laid paquet bleu, pour tâche
au moins, d'être près de Lénore. Mais la place convoitée,
est déjà prise. Il faudra qu'il se contente d'être en face d'elle.

La salle est décorée avec une quantité de houx et d
gui. La plupart des femmes sont coiffées avec du houx,
ce qui n'est pas précisément joli et leur pique désagréablement la tête et le cou. Les convives affectent beaucoup d'entrain pour un *joyeux Noël*, mais les entrées
sont froides, le champagne est douceâtre, et le sherry
ne peut pas même être nommé en même temps que celui
de mistress Prodgers.

Scrope ne permettra pas à sa voisine de rester dans un silence sentimental, ni de lancer d'ardents regards à travers la table. — Miss Lénore, lui dit-il, votre physionomie me rappelle une scène de la comédie de la *Méchante femme domptée*, celle où Horatio entre, *la tête fendue*.

Lénore dédaigne de sourire. — Je voudrais, répond-elle, que ce fût mistress Webster qui eût la tête fendue.

— Pourquoi? pour nous avoir donné un pareil vin? En effet, il est exécrable.

— Non! pour m'avoir stupidement placée près de vous.

Il incline sa tête blonde cérémonieusement en disant « merci ».

— Des fiancés doivent *toujours* être à table l'un près de l'autre, dit-elle d'un ton affirmatif.

— Je ne devine pas en vertu de quelle loi! Ayant toute la vie pour s'ennuyer réciproquement, il me paraît inutile qu'ils en aient par-dessus la tête sans une obligation légale.

— Ça, c'est leur affaire.

— Mistress Webster était au courant de cette coutume barbare, dit Scrope, rougissant comme une jeune fille. Elle a été assez bonne pour nous prendre pour des fiancés.

Lénore rougit et réplique d'un air méprisant : — Qui a pu lui mettre dans la tête une idée si grotesque?

— Il n'y a rien là de grotesque, répond froidement le jeune homme. En notre for intérieur nous pouvons ju-

11

ger du peu d'accord qu'il y a entre nous, mais, pour le
public, nous sommes un parti très sortable.

— Je ne vois pas cela, dit-elle d'un ton glacé.

— Miss Lénore, reprend-il en se penchant vers elle
pour lui parler bas et rapidement, pourquoi étalez-vous
votre bonheur si insolemment devant moi ? Est-ce que
je le conteste ? Est-ce que j'ai la prétention d'être heureux, moi ?... Nous ne pouvons aspirer à être tous des
Paul Le Mesurier, ajoute-t-il avec un rire forcé. Sup-
portez-nous comme nous sommes.

Lénore jette un regard craintif vers son amant, pour
voir s'il a entendu son nom, mais il ne la regarde pas,
car, avec sa voisine, ils sont trop occupés à déchiffrer sur
le menu de mystérieux plats français.

— Étaient-ce de bonnes manières, continue Scrope
s'excitant de plus en plus, que de lever les épaules si
ostensiblement et de dire si haut « quel ennui » ?

— Je n'ai pas de prétention aux bonnes manières, répond Lénore sèchement.

— Il sera toute la soirée dans votre poche ; il y sera
toute la vie, dit le jeune homme usant d'une figure audacieuse. Pourquoi me retrancher une misérable petite
demi-heure ?

Lénore jette un coup d'œil là-bas. On ne pense pas à
elle. Elle regarde Scrope. Ses yeux bleus sont ordinairement brillants, mais le champagne, tout mauvais qu'il
est, les rend plus brillants encore. Avec son nez droit,
sa soyeuse moustache blonde, bien des femmes le trou-
veraient remarquablement beau. C'est une beauté inno-

cente, angélique et cependant puissante, comme si, chaque soir, après avoir fait sa prière, il était allé se coucher
à huit heures et demie.

— Pendant quelques instants seulement, dit-il, je
vous en conjure, oubliez qu'il existe ; au dessert, je vous
permettrai de vous en souvenir.

— Vous êtes bien bon ! Jusque-là...

— Jusque-là, répond-il avec un rire insouciant, bu-
vons, mangeons, parce que demain nous mourrons ou...
nous nous marierons, ce qui est pire.

— Du moins, l'un est volontaire, si l'autre ne l'est pas,
dit-elle en lui adressant un regard en dessous, à la fois
sérieux et malin.

Paul, qui a laissé là le menu après avoir découvert
que le mot qui l'intriguait était *topinambours*, pense à
se réconforter par la vue de sa belle fiancée. C'est à ce
moment qu'il surprend le regard qu'elle adressait à son
voisin, le premier regard empreint d'un peu de coquetterie qu'elle lui eût accordé pendant tout le dîner. Hélas !
pourquoi cette malice du sort ?

IV

Les hommes, selon la coutume anglaise, sont laissés seuls après dîner, en compagnie des vins, des noix sèches, des fruits confits, qu'ils affectaient de dédaigner jusque-là, et les femmes se groupent, en les attendant, près du feu du salon, pour causer couturières, dentelles ou enfants, selon leur goût particulier. Sylvia est heureuse ; sa robe est la plus belle et elle croit avoir entendu quelques hommes se demander qui elle était. Lénore n'est dans aucun groupe. Elle a choisi un fauteuil bien à l'écart et attend impatiemment que son amant arrive. En retournant au salon, Paul est décidé à ne pas abandonner la partie. S'il ne lui est pas agréable d'être désigné comme le fiancé, il déteste encore plus que ce soit Scrope qui passe pour l'être. Il marche droit à Lénore.

— Devinez ce que j'ai caché là ? lui dit la jeune fille toute souriante, en lui montrant l'ampleur étendue de sa robe.

— Je n'en ai nulle idée.

Alors elle écarte un peu sa robe et découvre une petite chaise de canne.

— Asseyez-vous là. Vous êtes malheureusement, un peu lourd, mais, avec des précautions, la chaise pourra vous porter.

Il voulait la gronder, mais la querelle s'arrête en chemin ; elle s'ajoutera à un autre compte. Pour le moment, sa jalousie s'apaise, il s'assied, et, dans une sorte d'état de bien-être, ils causent tranquillement. C'est la famille Webster qui fait le sujet de leur conversation. Lénore lui décrit plaisamment les membres de cette famille qui posent devant eux ; la mère, cette dame à la robe jaune, — miss Webster, qu'elle appelle une *vieille jeune* personne, — le major Webster, court et gros, dont la barbe rousse lui rappelle tout à coup celle de Paul, qu'il a conservée, malgré ses recommandations. Elle lui en fait la guerre et il lui répond en critiquant les fausses nattes de sa coiffure ajoutées à ses beaux cheveux.

— Vous ne savez pas, Paul, dit-elle d'un petit air innocent, que, sans mes nattes je ne suis pas du tout jolie.

— Je n'en crois rien, répond-il avec chaleur. Je jurerais que vous avez l'air beaucoup plus doux et beaucoup plus modeste. Pourquoi ne pas porter les cheveux que la nature vous a donnés, noués simplement sur la tête, et en bandeaux sur le front ?

— Quelle horreur ! s'écrie-t-elle en levant les mains. Puis un soupçon lui traverse l'esprit. — Auriez-vous rencontré, dernièrement, une personne ainsi coiffée ?

Il hésite un moment et répond: — Non, pas que je sache, —mais elle croit qu'il a rougi.

— Eh bien, dit-elle en soupirant, pour retourner à votre barbe... mais, que nous veut la vieille Webster?

La dame en question s'avance vers eux. — Pardon de vous déranger, dit-elle, mais nous allons jouer aux *charades muettes*.

— Qu'est-ce que le jeu qu'elle nous propose? demande Paul à Lénore, lorsque chassés de leur réduit tranquille ils rejoignent le reste de la société.

Lénore tente vainement de lui faire comprendre le jeu, et après son explication confuse et rapide, il semble encore plus dérouté.

M. Webster a quelque difficulté à former une troupe d'acteurs pour la charade. Sylvia est parmi les récalcitrants.

— Oh! non, merci, monsieur Webster. Je ne pourrais pas jouer. Je suis si nerveuse que la seule idée que l'on me regarde m'empêcherait de dire un seul mot.

— Mais vous n'auriez rien à dire. C'est un jeu muet.

— Oh! merci, mais ça ne fait rien. J'aurais toujours la même frayeur.

Paul refuse aussi avec une netteté qui n'admet pas de réplique. Il est en colère contre Lénore qui est bien décidée à jouer, et d'autant plus mécontent qu'elle s'en va avec M. Scrope et les autres acteurs dans la salle à manger, contiguë au salon, qui va servir de foyer dramatique. Assis près de Sylvia, Paul ne prête qu'une oreille

indifférente aux petites phrases niaises de la jeune veuve.
Ses yeux sont fixés vers la porte de la salle à manger,
dont la portière, un peu écartée, lui laisse apercevoir un
reflet vert. Lénore a, ce soir, une robe verte. Il s'efforce
de découvrir à qui appartiennent les jambes qui sont le
plus près de cette robe.

Le premier acte du mot *choisi*, se passant entre Scrope
et le major Webster, Paul n'a pas lieu de s'inquiéter, et,
avec le public, il rit franchement de la drôlerie des acteurs. Dans la seconde partie, Lénore a un rôle qu'elle
remplit de bonne grâce, mais non au gré de l'amant à
l'humeur jalouse. Il se permet des critiques. — C'est
vrai, lui répond Jémima, qui se trouve sa voisine ; c'est
insulter à l'intelligence humaine que de rire de pareilles
bêtises, mais il est impossible de n'en pas rire. Après
tout, ce n'est pas si bon que de vraies charades.

— Il aurait fallu que *Paul*, — dit Sylvia qui dit toujours ce simple nom avec affectation, — vînt l'autre soir
chez les Ansons. Il aurait vu Lénore, en dame de comptoir d'un buffet, courant à droite et à gauche, disant mille
impertinences aux messieurs, et portant un grand bonnet breton, car, vous ne savez pas ? — se tournant vers
Paul, — elle avait un bonnet breton. J'ai eu beau lui
dire que c'était trop matrone pour elle, et je voulais
qu'elle m'en fît cadeau. Y consentez-vous, Paul ? ajoute-
t-elle en ouvrant et fermant son éventail avec un naïf
embarras.

— En dame de comptoir ? répète Paul avec une physionomie assez sombre. Ce devait être charmant. Et quels

étaient les messieurs à qui elle disait des impertinences ?

— Il n'y a pas de quoi être jaloux, dit Jémima, s'inter-
posant avec un rire un peu sec. Ce n'était que le vieux
M. Anson, bien ridicule avec une veste courte...

— Oui, c'est vrai, reprend Sylvia languissamment,
mais la seconde partie du mot était *constance* et...

— Comme ils sont longs à revenir, s'écrie Jémima en
l'interrompant de nouveau brusquement ; que peuvent-
ils faire ?

— *Constance ?* reprend Paul en insistant. Comment a-
t-on joué celui-là ?

— Je ne devrais pas vous le dire, répond Sylvia avec
une malice charmante, mais, vous savez, « les absents ont
toujours tort ». Eh bien ! Lénore était censée engagée à
Charlie Scrope. Pauvre Charlie ! Il m'a tant tourmentée
pour me faire jouer, mais je lui ai toujours répondu :
« Non, non, cela ne me plaît pas. »

— C'est bien, mais Lénore ? dit Paul avec impatience.

— Oh ! c'est vrai. On supposait que Charlie était absent depuis cinq ou six ans et qu'il revenait tout à coup,
et alors ils se jetaient dans les bras l'un de l'autre, pour
un baiser de théâtre, cela va sans dire, mais nous avons
tant ri !

Le nuage s'épaissit sur le front de Paul. Il se détourne
avec une mauvaise humeur évidente. Pendant ce temps,
la troupe ingénieuse avait inventé la dernière scène de
la charade dans laquelle Lénore devait laisser tomber un

flambeau et mettre, fictivement, le feu à ses vêtements.
Elle s'acquitte de son rôle avec un entrain qui lui attire
les applaudissements du public, et Scrope arrivant à son
secours avec un seau d'eau, toujours fictif, allait com-
pléter le tableau, lorsqu'elle s'avise de regarder du côté
de son amant, dans l'espoir d'être applaudie aussi par
lui. Il lui suffit de ce regard pour comprendre sa pensée.
A l'instant sa gaieté cesse, et, oubliant tout, elle se précipite dans la salle à manger.

— Vous avez cessé beaucoup trop tôt, lui dit avec un
accent de reproche le major Webster qui faisait les
fonctions d'*impressario*. Il fallait continuer la scène encore longtemps.

— Votre robe a-t-elle été tachée par la bougie, lui demande vivement Scrope en se baissant jusqu'à s'age-
nouiller près de Lénore et saisissant un pan de sa robe.
Il tourne le dos aux autres, qui sont en grande discussion. Personne ne le voit faire, alors qu'il approche de
sa moustache blonde les volants de dentelle de cette
robe.

— Que faites-vous? s'écrie-t-elle en colère, et en la lui
arrachant des mains.

— C'est un jeu qui me plaît, lui répond-il d'un air de
défi. Pourquoi m'en empêcher?

— Je déteste tous ces jeux, s'écrie-t-elle avec douleur
et colère. Pourquoi en faites-vous partie? Qui vous en
prie? On peut bien se passer de vous!

— Si j'ai joué ce soir, reprend-il en pâlissant sous ces
aménités, c'était avec l'idée que quand on est chez les

11.

gens, il est plus convenable de faire ce qui leur plaît
que de chercher uniquement sa propre satisfaction.

— Je comprends, dit-elle furieuse. Vous attaquez Paul.

— Croyez-vous, continue le jeune homme, qu'il dût
m'amuser beaucoup de jouer tous ces rôles absurdes.

— Cela vous amusait probablement, puisque vous
l'avez fait, répond Lénore brusquement.

— Cela avait, du moins, l'avantage de vous tirer de
votre coin, dit Scrope avec un rire amer, et il valait la
peine de se donner des courbatures pour obtenir ce beau
résultat.

— Pourquoi, au nom de Dieu! ne pouvez-vous nous
laisser en paix, s'écrie la jeune fille en colère. — Vous
seriez resté, vous, dans votre coin, jusqu'au jugement
dernier, que je n'aurais pas levé le petit doigt pour vous
en tirer.

— Vous êtes *en disgrâce*, dit le jeune homme à voix
basse, je le sais et vous aussi. Nous le voyons bien à sa
figure; vous êtes *en disgrâce* pour bien peu de chose...
Cela étant, je vous souhaite beaucoup de bonheur pour
l'avenir !

Fragment du journal de Jémima.

Nous retournons à la maison, dans l'omnibus qui fait
un bruit assourdissant auquel nous ajoutons le bruit
de notre conversation. Comme d'ordinaire, il n'est
question que de la soirée que nous venons de passer, et chacun de nous, du moins quatre de nous, en fait, à qui mieux
mieux, la critique. Sylvia interrompt ce sujet intéres-

sant : — J'aurais bien voulu, dit-elle, que nous eussions prié M. Webster de nous attendre dans le vestiaire au bal de vendredi prochain, car, ajoute-t-elle en souriant, je suis un chaperon très respectable, mais les gens font parfois de si singulières méprises ! Le monsieur qui m'a conduite à table a demandé à miss Webster si j'allais déjà dans le monde. Jugez un peu !

— Comme les gens voient différemment les choses ! dis-je méchamment. Mon voisin de table m'a demandé qui était l'aînée, de toi ou de moi ?

Pendant ce temps, Lénore parle peu et Paul ne dit rien, quoiqu'ils soient assis l'un près de l'autre. En passant dans un village, une fenêtre éclairée jette une lueur rapide à l'intérieur de notre voiture. Je vois une petite main dégantée qui semble attendre celle de son voisin, et je saisis indiscrètement ces mots :

— Paul, êtes-vous mort ?

— Non.

— Dormez-vous ? Je ne vois pas vos yeux.

— Non.

— Êtes-vous fâché ?

— Oui.

— Pourquoi ?

Pas de réponse.

— Serez-vous moins fâché... relevez donc votre tête... si je vous dis que j'ai été au supplice toute la soirée et que je le trouve plus insupportable que jamais ?

La première lanterne devant laquelle nous passons, me révèle que la blanche main est dans celle de son possesseur.

V

C'est pendant le déjeuner, le jour qui suit la soirée des charades. Les critiques bienveillantes ont recommencé de plus belle. On passe en revue le dîner, les vins, les sauces, les toilettes des femmes, et l'on se montre surtout impitoyable pour la pauvre miss Webster qui s'habille, disent ces dames, en *enfant*.

— Paul ! pourquoi ne dites-vous rien ? s'écrie Lénore. Nous avons tous dit des choses spirituelles. C'est à votre tour.

— Vraiment ? répond-il d'un air indifférent. Peut-être que je serais capable d'en dire aussi, mais comme vous ne connaissez aucun de mes amis, la critique perdrait tout son charme.

— Je suis sûre que nous n'avons rien dit de mal, répond Sylvia en se récriant de l'air de l'innocence accusée. D'ailleurs, je parierais qu'ils ont fait les mêmes commentaires sur nous.

Ici s'opère une diversion grâce à la méchanceté de Tommy que l'on est obligé d'enlever de sa grande chaise, non sans peine, car il se tord comme un petit serpent et donne des coups de pieds au domestique qui l'emporte.

— Sortons, dit Lénore à son ami en quittant la salle à manger. Si nous allions dans le bois? J'aime tant les bois en hiver, quand on fait craquer en marchant les feuilles mortes.

Cinq minutes après, les voilà dans le bois. Lénore, avec une joie d'enfant, s'amuse à écraser les marrons d'Inde et les faînes entassés sous les arbres; elle respire avec délice les âcres parfums d'automne, puis, reprenant le bras de Paul et s'y appuyant de tout son poids: — Maintenant, dit-elle, causons, causons bien. Il me semble que je n'ai pas encore entendu votre vraie voix. Hier, tout était église, plum-pudding et gronderies, et aujourd'hui nous n'avons pas fait autre chose que disséquer les Webster. Parlez! parlez! parlez!

— Comment pourrais-je parler, dit-il en riant. Vous ne me laissez pas placer un seul mot.

— Racontez-moi tout, dit-elle, et commencez par le commencement, depuis le moment où vous avez quitté le bateau de Dinan; les lettres n'en disent pas assez. Avez-vous eu le mal de mer? J'en suis sûre, mais vous n'en conviendrez pas.

— Horriblement! dit-il avec un sourire menteur.

— Et quand vous êtes arrivé à la maison, reprend-elle vivement, étaient-ils bien enchantés de vous revoir? Ont-ils tous couru à la porte?

— Je crois que le maître d'hôtel y est venu, mais sans courir.

— Et quand ils vous ont vu, qu'ont-ils dit?

— Oh! je n'en sais rien. Que pouvaient-ils dire? « Vous voilà! » ou quelque chose d'aussi intéressant. Mon père s'est écrié : « Pour l'amour de Dieu! ne m'approchez pas! je l'ai dans les deux mains. » Il parlait de la goutte.

— Et alors, vous les avez tous embrassés? dit Lénore un peu envieuse de cette partie du programme. Avez-vous embrassé votre père? Il y a des hommes qui le font.

— Pas moi, dit Paul avec une certaine grimace. Ce serait assez désagréable pour tous les deux.

— Et il n'y avait personne autre que votre famille? seulement votre père et vos sœurs? reprend Lénore avec une douceur perfide.

— Si fait, ma cousine, répond-il froidement.

— Ah! dit-elle en riant un peu moins naturellement que tout à l'heure. Que faisait-elle?

— Ma chère amie, répond-il avec un peu d'impatience, comment, diable, pourrais-je m'en souvenir? Il y a six mois de cela. Puis, lui voyant l'air consterné, — elle cousait, j'imagine, un jupon de flanelle pour quelque vieille femme.

— Et elle l'aura serré très ostensiblement dans une armoire à votre arrivée, dit Lénore d'un ton dédaigneux.

Paul laisse passer ce sarcasme sans y répondre.

— M'avez-vous mise *sur le tapis* dès le soir même ?
demande-t-elle avec quelque inquiétude.

— Je savais que tant qu'il *l'aurait dans les mains*, il
n'était pas à propos d'entamer ce sujet.

— Mais les femmes n'avaient pas la goutte ; le leur
avez-vous dit ?

— Oui, répond-il lentement.

— Vous leur avez montré ma photographie ?

— Oui.

— J'espère que vous leur avez dit que mes cheveux
étaient moins noirs ? L'ont-elles trouvée jolie ? Ont-elles
dit que j'avais une belle taille ?

— Elles ne sont pas filles à faire des remarques sur
les personnes, répond Paul, d'un air très embarrassé.

— Alors... alors, elles n'ont rien dit ?

— Ah ! oui ; elles ont regardé par derrière pour voir
le nom du photographe.

— Et... et... votre cousine, qu'a-t-elle dit ?

— Elle n'était pas là.

— Mais, quand vous lui avez parlé de votre mariage,
qu'a-t-elle dit *alors* ?

— Bast ! crie-t-il avec impatience et en rougissant,
quelles questions extraordinaires vous me faites ! Que
vous importe ce qu'elle a pu dire ? Elle a dit, je pense,
les choses ordinaires en pareilles circonstances ! Et d'un
mouvement nerveux, il décapite, avec sa canne un gros
champignon.

— Je n'en crois pas un mot, dit Lénore aussi vivement
irritée que lui. Pourquoi refusez-vous de parler d'elle ?

Pourquoi détournez-vous toujours ce sujet? C'est que vous ne dites pas la vérité. Je crois qu'elle... qu'elle aurait voulu vous épouser.

Quelquefois, par un jeu singulier de la nature, l'innocent revêt une physionomie coupable. A cette audacieuse assertion, Paul devient pâle : — Vous dites des absurdités, réplique-t-il brusquement, des enfantillages de mauvais goût, — et en parlant ainsi il dégage son bras pour s'éloigner d'elle.

Elle court après lui en foulant les feuilles sèches. Elle se repent, mais elle conserve encore des soupçons. Ils atteignent, au même moment, une barrière qui donne accès du bois dans un champ, un champ du mois de décembre, bien différent des prés fleuris du mois de juin, un champ aride, gris, humide. Là, elle s'arrête en posant une main sur chacun de ses bras : — Pourquoi, lui dit-elle avec une sorte d'impulsion, réveillez-vous toujours le démon qui est en moi? Le faites-vous exprès? J'ignore si d'autres femmes ont un démon, mais moi, j'en ai un.

— Et qui se réveille très facilement, dit-il sèchement.

— Bien souvent je suis très bonne, reprend-elle naïvement. Si vous le vouliez, je le serais toujours.

— Si je le voulais? répète-t-il ironiquement; mais ses yeux se fixent avec une expression plus douce sur ce cher visage rafraîchi par un vent humide. — Que ne donnerais-je pas pour que vous le fussiez toujours! Mais il faudrait aussi le vouloir vous-même.

VI

Ce soir, le destin, sous la forme d'une douce petite veuve, a décrété que nous aurions du monde à dîner. Nous aurions préféré rester en famille, mais Sylvia est obstinée . — Dites ce qu'il vous plaira, nous répond-elle nettement ; appelez-moi prude, si vous voulez ; ce ne sera pas la première fois ; mais je ne veux pas que le monde tienne des propos en voyant trois jeunes femmes toujours enfermées avec deux jeunes gens, qui ne sont pas de leur famille... J'aimerais ainsi à montrer à Paul que nous avons le sentiment des convenances.

Pour prouver ce sentiment, nous augmentons notre cercle intime des trois Webster, de deux demoiselles isolées et de trois officiers d'infanterie du *camp* qui est dans le voisinage. Il n'y a pas de difficulté aujourd'hui pour les places à table. M. Scrope et moi, nous nous trouvons dans une situation indépendante qui nous rapproche l'un de l'autre et je m'aperçois, avec une grande indignation, qu'il me fait la cour, à son ordinaire, par affectation, et parce que Lénore est charmante avec ses rubans bleus. Rebuté de mon côté, il retombe dans un morne silence. Après le dîner, il faut amuser la société ; la jeunesse, parmi laquelle figure toujours le major Webster, se réunit autour de la table ronde pour jouer au *commerce*, avec les cris et l'agitation d'un poulailler effarouché ; les gens sérieux choisissent le whist, où Lénore qui, d'autorité, a voulu avoir Paul comme partenaire, parvient à l'exaspérer, non seulement en jouant indignement, mais en plaisantant avec son voisin, qu'il lui arrive d'appeler familièrement Charlie, au milieu de ses nombreuses distractions. Un dernier coup malencontreux termine, non seulement la partie, mais le *rob* tout entier. A cette catastrophe, trop bien prévue par ceux qui connaissent l'inexpérience de Lénore, Paul est incapable de dissimuler son impatience et il jette ses cartes sur la table avec un geste d'humeur que Lénore doit, assurément, attribuer à ses nombreux méfaits. Aussi, après le départ de nos hôtes, restés seuls au salon, ils causent encore assez vivement pour que je puisse entendre ce bout de conversation :

— Une chose certaine, Paul, dit Lénore en plaisantant, mais avec une sorte de hauteur maladroite dans son ton, c'est que, quand nous serons mariés, nous ne jouerons plus aux cartes. Je ne veux pas que vous me grondiez devant le monde. Ça m'est égal, quand nous sommes entre nous.

— Et moi, je désire que vous n'appeliez pas devant

moi, à ma barbe, les gens par leur nom de baptême, lui répond Paul, un peu honteux de lui-même.

— Vraiment? dit-elle avec un petit accent de défi.

— Lénore, combien y a-t-il d'hommes que vous appelez ainsi?

Elle rit malicieusement : — Oh! tant! mais ils font de même avec moi. Presque tous les hommes m'appellent Lénore.

Tout à coup elle change de ton. On y sent la crainte et le repentir : — Non! non! non!!! N'ayez pas l'air si furieux, s'écrie-t-elle. Je plaisantais. Personne ne m'appelle par mon nom... presque personne!

.   .   .   .

Nous sommes au lendemain de ce petit dîner. Lénore est assise sur le tapis de laine blanche du boudoir de notre sœur ; un *voluptueux* boudoir; des rideaux roses, des chaises basses et moelleuses, des miroirs brillants sous de blancs festons de mousseline, des fleurs qui embaument l'air de parfums délicats et pénétrants, tandis qu'au dehors la pluie fouette les vitres et que le vent secoue les persiennes.

— Connaissez-vous personne qui ait, à la fois, plus de bonheurs que moi? dit ma jeune sœur dont les yeux brillent à la lueur du feu. J'ai dix-neuf ans, je suis belle, je vais au bal, je danserai toute la nuit, je prendrai des glaces et j'irai m'asseoir dans un coin avec un être que j'aime et qui m'aime.

— Je crois bien, répliquai-je gracieusement, qu'il doit danser comme une paire de pincettes.

Lénore rougit : — Pauvre Jémima ! dit-elle avec une compassion dérisoire. Je ne m'étonne pas que tu aies du dépit. Tu as vingt-neuf ans, tu n'es le premier objet de personne. Comment peux-tu supporter l'existence ? A quoi peux-tu penser jour et nuit ?

— A quoi je pense ? répétai-je impudemment. Oh ! je n'en sais rien. Quelquefois à ma fin dernière ; quelquefois à mon dîner.

— Pauvre vieille Jémima !

— C'est un bienfait du ciel, dis-je, que l'estomac survive au cœur. On peut jouir d'un bon poisson, quand on ne jouit plus du clair de lune.

— Bravo ! miss Herrick, crie une voix, et Scrope apparaît en soulevant la portière. — Nous sautons de surprise.

— Qui vous a permis d'entrer ici ? lui dit aigrement Lénore. Pourquoi n'avoir pas toussé, éternué, soupiré pour nous avertir que vous étiez là, écoutant indiscrètement ce que nous disions ?

— Aucune de vous n'a dit de secret, ni rien qui mérite contradiction, reprend le jeune homme, le dos appuyé contre la cheminée et regardant Lénore à ses pieds, d'un air ironique. Vous, miss Lénore, vous avez remarqué modestement que vous aviez dix-neuf ans et que vous étiez belle. Miss Jémima a sagement dit qu'un bon poisson était préférable au clair de lune et que Le Mesurier dansait comme une paire de pincettes, et j'ai l'honneur d'être de votre avis.

— En vérité !

— Vous allez faire dessécher cette fleur de deutzia, là, à votre corsage, reprend le jeune homme montrant du doigt la fleur qui, reposant sur le sein de Lénore, contraste par sa blancheur avec sa robe de serge. Si vous me la donniez ?

— Si je ne vous la donnais pas ?

— Vous le voulez bien, n'est-ce pas ? dit-il en se baissant un peu et tendant la main pour la recevoir.

— *Non !* assurément.

— C'est bien ! Et il reprend sa position première en ajoutant avec une calme indifférence : — Ce brin d'herbe est à moitié fané et je crois que vous me l'offririez maintenant que je n'en voudrais pas, mais, malgré cela, je suis certain qu'avant la fin de la journée il sera à moi.

— Vous en êtes certain ? s'écrie Lénore avec des yeux ardents. Eh bien, regardez !

Elle court à la fenêtre et, l'ouvrant, jette la fleur au loin. — Trois fois des bouffées du vent d'hiver la lui rapportent, mais enfin elle disparaît dans le grésil qui tombe en tourbillons. Alors Lénore revient au feu.

— Que c'est beau d'avoir du caractère ! dit Scrope, se dirigeant vers la porte. Il n'a pas en apparence l'air animé, mais ses joues ont rougi.

Quand il est parti, je vais dans la pièce voisine écrire une lettre. Lénore, rêveuse et souriante a repris sa position première près du foyer. La porte se rouvre et Scrope entre de nouveau. Ses bottes sont souillées de boue, sa jaquette est trempée, de grosses gouttes de pluie brillent et glissent sur ses boucles dorées, mais, à

la main, il tient le brin de deutzia maculé, effeuillé, méconnaissable, le même pourtant qui a flotté au dehors, à
travers l'ouragan. Scrope s'avance de son pas indolent
vers la cheminée en essuyant avec son mouchoir la misérable fleur : — Tâtez comme je suis mouillé, dit-il en
tendant son bras vers Lénore.

Il se fait un silence : — Je regrette d'avoir été si
longtemps, ajoute-t-il en présentant ses mains à la
flamme, mais c'était une recherche difficile par l'obscurité et dans les bordures mouillées des parterres. La
pluie entrait dans mes yeux et sifflait dans mes oreilles :
pourtant je n'aurais pas cedé. — A travers la portière,
je puis les voir. Lénore est debout et devant lui : — Ren-
dez-moi cette fleur, dit-elle impérieusement.

— Assurément, *non !* comme vous le disiez tout à l'heure.

— Donnez-la moi, à l'instant ! s'écrie-t-elle en essayant
de la lui arracher.

— Pas du tout, je la ferai sécher dans du papier buvard, et j'inscrirai dessus : *Souvenir de miss Lénore.*

— Je vous en donnerai une autre, dit Lénore quittant son
ton de Xantippe pour prendre un accent plus conciliant,
j'en attacherai une autre moi-même, ce soir, à votre
boutonnière. Là !

— Merci. J'ai pris une passion pour celle-ci.

Elle ne réitère pas ses instances, mais sa physionomie
est bouleversée.

— Pourquoi désirez-vous tant la ravoir ? lui demande
Scrope... N'essayez pas de me l'arracher... elle n'est pas
digne de vous, toute salie et écrasée.

— Paul me l'a donnée, s'écrie-t-elle en fondant en larmes ; vous le savez bien !

Il la lui tend dédaigneusement : — Reprenez-la, je n'en voudrais pas, quand vous m'en feriez cadeau. Vous me disiez que vous ne pleuriez jamais, et en deux jours, voilà la seconde fois que je vous vois pleurer. — Hier, au déjeuner, vous affectiez de rire et vous aviez les yeux encore rouges. Vous veniez de vous quereller, c'était visible... à mon sujet, peut-être ?

— Oui, répond-elle, avec colère. Si vous n'étiez pas là jamais nous n'aurions à nous quereller. Pourquoi vous mettre toujours entre nous ? Pourquoi rester ici où votre présence nous gêne ?... Ne vous ai-je pas dit cent fois, à Dinan, que je vous trouvais insupportable ? continue-t-elle en donnant à ces dures paroles l'accent de la moquerie. Pourquoi me forcez-vous à vous le redire ?

— Vous ne le pensiez pas, alors, répond-il en la regardant en face, et les lèvres pâlissantes. Lénore, si votre bouche disait : « Allez-vous-en, » vos yeux disaient : « Restez. » Me trouviez-vous gênant et insupportable quand j'étais couché à vos pieds, sous les noyers du mont Parnasse, en vous lisant *Manfred* ?

— Oui ! réplique-t-elle, toujours ! Je dormais la moitié du temps et je bâillais l'autre moitié. Il n'y a pas un homme sur cent qui lise bien la poésie, et vous, — éclatant de rire malgré sa colère, — vous ! vous faites rouler les r et vous déclamez trop.

Scrope se détourne à demi pour cacher sa mortification.

— Pourquoi ne partez-vous pas ? reprend Lénore avec sa franchise désespérante.

— Est-ce sérieusement que vous l'ordonnez ? dit-il, tandis que son visage juvénile exprime la douleur. Je sais que vous n'hésitez jamais quand il s'agit de blesser les sentiments des autres, mais, maintenant, voulez-vous donc que je parte ?

— Je le veux.

— Miss Lénore, dit-il en quittant le ton dédaigneux et en essayant de lui prendre la main, je conviens que j'ai été impertinent avec vous et que je n'avais pas le droit de me moquer de *lui* en arrière. C'était puéril et misérable, mais... mais vous étiez assez amicale pour moi à Dinan, et il est cruel d'être chassé tout à coup.

— A Dinan, vous n'étiez qu'un pis-aller.

— Si je promettais de ne jamais vous parler, de ne jamais vous regarder, de m'effacer complétement, me permettriez-vous de rester ?

— Tout cela ne signifie rien, réplique-t-elle, vous ne le pourriez pas. Une fois, deux fois, trois fois, *allez-vous-en !*

— Je m'en irai, répond Scrope, en maîtrisant sa voix avec un pénible effort, mais à une condition.

— Laquelle ?

— C'est que vous danserez avec moi ce soir, non une pauvre fois, comme vous le feriez pour le major Webster ou tout autre, mais plusieurs fois.

— Non ! je ne veux pas de conditions.

— Alors, je resterai ! s'écrie Scrope dans une excitation violente. Vous n'avez pas le droit de me mettre à la porte. Je resterai !

— Restez alors, lui dit-elle d'un air de mépris. Ce sera indigne d'un gentleman, comme toute votre conduite.

Ils se taisent.

— Ne redites pas ces paroles blessantes, reprend enfin Scrope d'une voix altérée... Elles ne sont que trop vraies... Ma conduite n'était pas d'un gentleman, mais, quand on devient fou, on n'est plus responsable de ses actions, comme, peut-être, vous le saurez un jour.

Lénore ne répond pas.

— Soyez satisfaite. Je pars. Ce soir, si vous voulez.

— Il n'est pas nécessaire de tant se hâter.

— Demain, alors.

— Merci.

— Lénore... dit-il d'une voix accentuée, vous êtes la femme la plus belle qu'il y ait au monde, mais aussi la seule qui ose se permettre les mots les plus cruels. Si votre figure rend fou, votre langue rend la raison bien vite.

— C'est possible.

D'où je suis placée, je puis les apercevoir. Scrope est assis près de la table, les coudes appuyés sur le tapis de velours, au milieu des bibelots de Sylvia, et son visage est caché dans ses mains.

— N'ayez pas l'air si tragique, lui dit ma sœur d'une voix un peu adoucie et en se rapprochant de lui. J'avoue bien que je ne pensais qu'à moi, mais, si vous y réflé-

chissez, vous verrez que c'est dans notre intérêt à tous.
Mon cher ami, — et elle pose sa main sur sa manche, —
j'ai un terrible soupçon; je crois que *vous pleurez*. Désa-
busez-moi.

— Rien n'est plus loin de ma pensée, dit Scrope levant
la tête et montrant son beau visage non défiguré par les
larmes, il est vrai, mais pâle et contracté par la douleur
et la colère. Mon Dieu! il faudrait être bien bête pour
pleurer pour vous, car vous · ne manqueriez pas de vous
en moquer.

— Cessez d'extravaguer, s'écrie Lénore dont la patience est vite à bout. Vous avez fait des folies, il s'agit
de les payer... Peut-être... — et ici elle parle lentement
comme si les mots lui coûtaient, — peut-être que... Je
veux être de bonne foi... à Dinan... je vous ai encouragé...
un peu.

Il ne répond rien.

— Charlie! voyons... — elle prend pour lui parler une
voix douce et fraternelle, — vous savez bien qu'il vaut
mieux, sous tous les rapports, que vous vous en alliez?

— C'est bien! répond-il avec impatience et en repoussant sa main, je pars! Après avoir gagné ce point, je
trouve que le moins que vous pourriez faire serait de me
laisser seul.

— Mais... vous viendrez ce soir au bal?

— Non!.

— Il le faut. Cela paraîtrait si étrange.

— Cela paraîtra étrange alors. Maintenant, dit-il

avec un rire forcé, toute ma vie sera assez *étrange*.

— Mais si je dansais avec vous une fois, un quadrille ?
En vraie femme, elle est incapable de le laisser tranquille et elle se met à genoux, près de lui.

— Je ne voudrais pas de ce quadrille, quand vous
me le demanderiez à genoux, répond-il fièrement.

— Comme j'y suis maintenant, dit-elle en riant. Une
valse, alors ?

— Sérieusement ? dites-vous vrai ? — Il saisit ses deux
mains. — Est-ce pour m'ensorceler, comme vous le faites
depuis six mois ?

— Peut-être... qui sait ? la fin d'un galop, si vous n'a-
vez pas la prétention de me conduire après au buffet.

— Ne fais pas cela ! m'écriai-je, en jetant ma plume et
en m'élançant de mon embuscade. Prends mon avis, Lénore ; laisse ce pauvre garçon partir ce soir.

Ils avaient complétement oublié mon existence. Tous
les deux me regardent avec cette bienveillance charmante que l'on a pour un intrus.

— Qui te demande ton avis ? dit Lénore avec son amé-
nité ordinaire.

— Miss Jémima, me dit Scrope d'un ton de reproche,
je vous croyais mon amie.

— Et je vous en donne la preuve. Vous n'en serez pas
plus avancé demain, si vous dansez avec elle ce soir, et
Paul sera très mécontent.

— Eh bien ! qu'il soit mécontent, s'écrie-t-elle. Tant
pis, s'il est déraisonnable ; mais non ! Paul a en moi une
confiance parfaite et je danserais avec tous les Charlies

du monde qu'il n'y ferait pas attention. Il comprendrait
la chose.

— C'est ce que nous verrons, dis-je en sortant.

— Je valserai quatre fois avec vous, là! dit Lénore
avec un brillant sourire et en me lançant un regard de
triomphe. Advienne que pourra!

VII

Il est l'heure de partir pour le bal. Tout le monde est déjà dans le vestibule, sauf Lénore. Sylvia paraît s'impatienter de ce retard.

— Nous avons bien le temps, dit Scrope. Je me rappelle avoir été une fois à un bal de campagne et y être arrivé le premier. C'était une horrible sensation.

— Ne penses-tu pas que je devrais mettre un fichu ? me demande Sylvia, en tournant son cou de manière à tâcher de voir ses épaules. Suis-je trop décolletée par derrière ? Je ne déteste rien tant que d'être appelée une coquette veuve.

— C'est peut-être un peu jeune, répond Jémima, disant sciemment et malignement juste le contraire de ce qu'on attend d'elle.

Sylvia semble assez décontenancée : — Promets-moi, ajoute-t-elle, de me répéter tout ce que tu entendras dire de moi, et je te raconterai tout ce que l'on aura dit de toi.

12.

Jémima ne l'écoute pas. Ses yeux sont dirigés vers l'escalier sur lequel apparaît une vision, sombre et en même temps splendide comme une belle nuit d'été. C'est Lénore, tout en noir, avec des lis d'argent qui brillent dans sa coiffure, sur son corsage et enguirlandent sa jupe. En descendant légèrement les marches, elle ne paraît pas se douter de sa beauté, comme toute personne vraiment belle. Elle tient à la main un bouquet de fleurs blanches et violettes. Chacun est saisi à son aspect, mais elle ne semble voir que Paul et va droit à lui, les yeux pleins d'une douce lumière et les joues colorées par le bonheur.

— Je vous remercie *tant !* lui dit-elle à demi-voix. J'ai été surprise, mais non... pas surprise, quand Nicholl est entré dans ma chambre en me disant: « Voilà un bouquet pour vous, mademoiselle. » Je n'ai pas eu besoin de demander de quelle part, je le savais bien !

Tandis qu'elle parle, Paul change plusieurs fois de couleur, mais elle continue sans lui laisser le temps de parler:

— Comment avez-vous su quelles étaient mes fleurs favorites ?... des violettes, des narcisses blancs, des jacinthes blanches... Toutes les odeurs que j'aime ! Là ! — lui présentant le bouquet, — sentez-le seulement un peu, pas longtemps.

— Lénore, dit Paul en rougissant et de l'air le plus confus, ce bouquet ne vient pas de moi ; à dire vrai, je n'y aurais jamais songé !

Il ne s'excuse pas, car ils ne sont pas seuls et l'orgueil le retient.

— Ce n'est pas de *vous ?* répète tristement Lénore.
Qui donc, alors ? Oh ! sans doute — suivant Scrope, qui
s'est détourné pour cacher sa rougeur, — c'est vous qui
me l'avez envoyé ? je vous en remercie.

Elle lui tend la main, mais sa voix tremble.

Ces petits désappointements pénètrent comme la piqûre
d'une aiguille. — L'arme est petite et la blessure profonde.

Pendant que l'on met les manteaux, Paul et Lénore
peuvent échanger quelques mots : — Ces fleurs n'ont plus
la même odeur, dit-elle en regardant son bouquet d'un
œil désenchanté. Méchant Paul !

— Ne voyez-vous pas que je suis plus fâché contre
moi-même que vous ne pouvez l'être ? dit-il, mais, Lénore, maintenant que vous savez que ce n'est pas moi...
allez-vous le garder ?

— Certainement, répond Lénore avec décision. Quoique ce soit le bouquet du désappointement, cela complète
une toilette, et, ajoute-t-elle avec une moue très gentille,
quand on n'a pas un bouquet *légitime*, il faut bien se
consoler avec un bouquet *illégitime*.

C'est un bal de souscription, pour la fondation d'un
hôpital. Un de ces bals où nobles et vilains sont censés
frayer ensemble, mais où les nobles finissent par aller
trôner sur des banquettes rouges au bout de la salle,
tandis que les vilains, les merciers, bouchers, boulangers
de la bonne ville de Norley, restent à l'entrée. Déjà il y
a foule à l'arrivée de Sylvia et de ses sœurs qui ont peine à
traverser la salle au milieu d'un galop, échevelé. — Lé-

nore, qui aime passionnément la danse, entraîne Paul,
un peu malgré lui, mais au bout d'une demi-douzaine de
tours, elle s'arrête, essoufflée.

— Cela veut-il dire que je danse mal ? lui demande-
t-il. Il m'arrive si rarement de danser !

— Pas si mal, reprend doucement Lénore. Vous n'avez
pas tout à fait mon pas, mais cela viendra.

La danse cesse et chacun s'écoule par les portes. La
maison semble avoir été disposée dans le dessein de favo-
riser les amours. De la salle de bal partent des galeries
et des corridors peu éclairés, sur lesquels s'ouvrent des
petites pièces, assez mal éclairées aussi.

— Venez avec moi, s'écrie Lénore et je vous montrerai
tous les coins où, l'année dernière, je me suis livrée aux
plus terribles *flirtations*.

Ils vont là, s'asseoir sur une banquette assez à l'écart
d'où ils voient passer tous les couples errants, et peuvent
les observer sans être trop vus eux-mêmes. Lénore critique à son aise, avec esprit et vivacité, les promeneurs
qui se rapprochent d'eux, et fait partager à Paul sa gaieté
non sans malice. Bientôt leur entretien devient plus intime. Elle se met tout près de lui, uniquement pour avoir
le plaisir de chuchoter.

— Paul, dit-elle, quand nous serons mariés, me per-
mettrez-vous de danser ?

— Hum ! nous verrons.

— Nous ne pourrons guère aller au bal, reprend-elle
en soupirant. Nous n'aurons pas de quoi nous habiller.

— Parlez pour vous.

— Nous ne pourrons pas, non plus, donner à dîner. — Nous resterons à la maison ; après le thé, vous lirez les journaux, en pantoufles de tapisserie ; pas le *Times*, nous n'aurons pas *les moyens* de nous abonner au *Times*, mais les journaux à un sou — et je serai assise en face de vous, avec des cheveux simplement noués, et en bandeaux, — c'est comme ça, n'est-ce pas ?... ourlant un torchon.

— Je ne crois pas que vous sachiez *ourler*.

On entend de nouveau l'orchestre. Les yeux de Lénore semblent, du coin retiré où elle est, suivre encore la danse.

— Lénore, j'ai une grâce à vous demander ? dit Paul.

— Laquelle ?

— C'est que, ce soir, vous ne dansiez pas avec d'autres que moi.

Elle ne répond rien.

— Je sais que je danse *horriblement* mal, continue-t-il un peu timidement, mais nous pourrions rester ici. Où serions-nous mieux ?

— Oui, c'est vrai, dit-elle sincèrement, sans toutefois répondre à sa requête.

— Je voudrais, ce soir, jouir complétement de votre société, vous avoir toute à moi. C'est un bonheur dont j'ai été privé si longtemps ! six mois ! Là-bas, même chez Sylvia, nous ne pouvons nous voir librement cinq minutes. C'est Jémima, c'est Sylvia, ce sont ces petits démons d'enfants qui entrent par toutes les portes.

— Oh! les vilains démons, dit crûment Lénore. Ne détestez-vous pas les petits de l'espèce humaine, Paul?

Paul paraît choqué. — Ne dites pas cela, répond-il. Ce n'est pas féminin.

— Ah! oui, reprend-elle avec malice. Pour un homme, ce sont des enfants du diable, mais pour la femme idéale, ce sont des chérubins, qui mordent, battent, égratignent, mais toujours des chérubins. A propos, Paul, dit-elle en changeant de ton, y a-t-il longtemps que vous n'avez vu la femme idéale?

— Quelle folie! dit Paul avec une certaine impatience.

— Paul! vous rougissez! regardez-moi. C'est elle, n'est-ce pas, qui a des bandeaux et ne porterait pas de faux cheveux?

— Eh bien, après?

— Elle a un chapeau en tuyau de poêle?

— Peut-être.

— Et un long manteau gris?

— Pourquoi pas?

— Je sais tout ce qui la concerne, dit Lénore avec ressentiment. Ce n'est qu'une petite puritaine hypocrite.

— Quel plaisir trouvez-vous à dénigrer une personne que vous ne connaissez pas? dit Paul assez aigrement. En ce moment, il ne s'agit que de me répondre si vous voulez, ou non, me sacrifier votre soirée?

— Certainement non, répond la jeune fille en colère. L'avez-vous mérité? Hier vous m'avez fait pleurer. Tout

le monde a vu mes yeux rouges. Aujourd'hui vous
manquez aux règles de la politesse en ne m'offrant pas de
bouquet, et vous ne cessez d'étaler les vertus et les charmes d'une autre femme à mes dépens. — Certainement
non ! je danserai comme une ménade avec mes anciens
amis.

Elle s'attendait à être apaisée, sollicitée, grondée même,
mais Paul répond seulement : — « C'est bien ! » avec une
fierté silencieuse.

Le frôlement soyeux d'une robe d'une longueur infinie,
vient à peine troubler le silence où tous deux sont restés
plongés.

— Ramenez-moi à la salle de danse, disait Sylvia à
Scrope, sans les apercevoir. Si on nous trouvait seuls
ici, que ne dirait-on pas ? Je déteste tous les propos,
ajoute-t-elle en minaudant... Ah! vous voilà ! Comment,
vous ne dansez pas ?

Ils ne répondent rien, mais leur contenance semble
frapper Scrope qui les observe fixement sans paraître
entendre Sylvia , et s'adresse tout à coup à Lénore !

— M'accorderez-vous cette valse, miss Lénore ?

Du coin de l'œil, elle regarde Paul dont la physionomie est toujours aussi sombre. Elle se montrera, dans son
dépit, aussi déraisonnable que lui.

— Volontiers, répond-elle à Scrope.

— Vous retrouverai-je ici, après avoir reconduit
mistress Prodgers à sa place.

— Ne vous dérangez pas, dit Sylvia, un peu blessée de

ce qu'il semble avoir envie de se débarrasser d'elle ; je
vais me mettre sous la protection de Paul. Entendez-
vous, Paul, je me mets sous votre protection. Nous ne
danserons pas ; nous allons un peu médire de notre
prochain.

Lénore s'est levée, et pendant que Sylvia parlait, s'est
penchée vers Paul en lui disant : — Livrez-vous à d'a-
gréables méditations sur les cheveux plats.

Il ne semble pas l'entendre. Furieuse contre lui, contre elle-même, contre Scrope, il est heureux pour ce
dernier qu'il danse avec autant de perfection. Elle ne
peut résister à l'attrait de cette valse qui l'enivre. Une
fois sur son bras, un sentiment délicieux de sécurité
s'empare d'elle ; nulle inquiétude, rien que la certitude
agréable de n'être ni heurtée, ni coudoyée, d'être em-
portée sûrement, brillamment à travers le tourbillon avec
la douce rapidité du vol de l'hirondelle. Lénore aime la
danse avec une ardeur presque inconnue à nos tranquilles
Anglaises. Sur elle, la musique, le mouvement et la mesure ont un effet qui approche du vertige. — Tous deux
traversent la salle comme s'ils volaient, comme
s'ils flottaient dans l'air, suivant les modulations écla-
tantes, joyeuses, ou douces et voluptueuses de l'orchestre.
Lénore a oublié sa colère, a oublié jusqu'à l'existence de
Paul. Tous ses sentiments sont concentrés dans cette
jouissance mêlée de langueur et d'excitation, de gaieté
et de rêverie. Ils ne s'arrêtent pas un instant. — Voulez-vous vous reposer ? lui demande Scrope. — Non !
non ! répond-elle, allons, allons toujours !

— Je voudrais vous garder ainsi toute l'éternité, dit le jeune homme, perdant la tête en murmurant ces folles paroles à la blanche oreille qui s'offre à lui si tentante.

Le charme est rompu.

— Arrêtez ! lui dit-elle d'une voix impérieuse.

Il obéit et reste près d'elle immobile et grave, bien que sa large poitrine soit un peu haletante. Une sorte d'excitation contenue contracte légèrement ses traits aux pures lignes grecques.

— Vous disiez que vous n'étiez pas fatiguée ?

— Non, je ne le suis pas.

— Pourquoi nous arrêter alors ?

— Parce que vous commenciez à perdre la tête.

— Il y a longtemps que je l'ai perdue. Il y a six mois, dans une église, à Guingamp, si vous voulez une date précise.

— Vraiment? C'est alors que vous êtes devenu fou ?

— Ce que j'ai dit tout à l'heure, je le répète. J'aurais voulu que cette valse durât toujours.

— Les goûts diffèrent, réplique Lénore avec dédain. — Rien ne me déplairait plus.

Il ne répond rien, mais mord ses lèvres jusqu'au sang.

— Allons-nous faire encore un tour de valse? reprend Lénore, adoucie par son silence, et après un intervalle durant lequel son pied a battu involontairement la mesure. C'est-à-dire, si vous promettez de ne pas dire de sottises.

— Je ne promets rien.

13

— Eh bien, alros, risquons-nous, dit-elle avec un rire insouciant.

Une fois partis, sa colère s'était bien réveillée, un moment, à la suite d'une réflexion téméraire de son danseur, mais l'énervement délicieux avait repris le dessus. Il lui semblait voguer sur une mer calme, l'été, tandis que la musique murmurait, puis jetait un cri de triomphe, joyeux et éclatant.

Et Scrope? Il a eu son jour, un bien misérable petit jour, mais qui lui a appartenu. — Elle peut être à Paul pour la vie; elle le sera sûrement; qui pourrait s'y opposer? Mais, pendant ces minutes folles et divines, elle est à lui! Tous les plaisirs de la terre ont une fin cependant, et une valse, par son essence même, est un des plus courts. Quand elle a cessé, ils se dirigent vers la porte et rencontrent Paul. Il affecte de passer près d'eux sans leur parler, mais Lénore l'arrête.

— Qu'avez-vous fait de Sylvia?

— Elle danse.

— Et vous? pourquoi ne dansez-vous pas?

— Parce que je déteste la danse, dit-il d'une manière marquée.

— Je vous souhaite un meilleur caractère, dit vivement Lénore, et ils continuent leur chemin.

— Pourquoi m'amenez-vous ici? demande la jeune fille en entrant dans le corridor. On y gèle. — Retournons près de Sylvia et de M. Webster.

— Vous ne geliez pas quand vous y étiez avec un autre, dit Scrope mécontent.

— Les autres ne me regardent pas comme s'ils allaient me dévorer. Bon Dieu! Charlie ! comme je vous aimais mieux quand vous étiez un garçon stupide, silencieux, boudeur, avant que vous n'eussiez adopté les désagréables manières d'un homme.

Scrope est assez jeune pour être blessé des allusions à sa jeunesse.

— Lénore, dit-il impérativement, je vous prie de cesser vos railleries. Après cette soirée, moquez-vous de moi tant que vous voudrez. — Tournez-moi en ridicule avec vos amis; vous en êtes bien capable, mais, ce soir, soyez polie.

— Alors, changez vos manières, s'écrie-t-elle aigrement. Qui vous a donné la permission de m'appeler Lénore? Je remarque que depuis quelque temps vous me supprimez mon genre et mon titre. Veuillez me les rendre.

— Cela en vaut-il la peine ! répond le jeune homme avec calme. Vaut-il la peine d'exiger de quelqu'un qu'il vous appelle *miss*, quand bientôt vous serez *mistress* ? A l'avenir, je vous jure que je vous appellerai madame Le Mesurier, mais ce soir, vous serez *Lénore*, rien que Lénore!

VIII

Pendant ce temps, mistress Prodgers a été ramenée à la place honorable qu'elle occupe sur la banquette. Jémima n'a pas été invitée, et miss Webster n'a dansé qu'avec un écolier d'Eton en veste courte. Cependant la valse a repris de plus belle. La foule est si grande et tourbillonne avec un tel éblouissement qu'il est difficile de distinguer quelqu'un. C'est un couple bleu qui passe, un couple rose, un couple blanc. Quel est ce couple noir, plus grand que les autres ? Les vifs reflets des fleurs d'argent brillent dans la salle comme un météore. C'est Lénore et Scrope encore une fois.

— Je croyais que le fiancé de votre sœur n'était *pas beau?* dit une vieille dame qui, n'ayant pas trouvé de place en avant s'est mise derrière Jémima et lui tape sur l'épaule pour attirer son attention.

— Il est le contraire de *beau*, répond Jémima avec un aimable sourire; l'avez-vous vu ?

— Ce n'est pas lui qui valse avec elle ?

— Ah ! Seigneur ! non.

— Réellement ? Quelle stupide méprise! Je le croyais parce que je les voyais toujours ensemble. C'est un cousin, sans doute?

Jémima ne répond pas. Elle a vu Paul à ses côtés, et, à sa mine, il a, sûrement, tout entendu.

Après cette valse, bien plus longue qu'à l'ordinaire, après une longue promenade dans les corridors, après le thé, Lénore revient à son chaperon, riante et rougissante, mais montrant sous son expression animée quelque chose d'une gaieté un peu forcée.

Paul l'a attendue. — Sa figure est grave et triste. Il s'avance vers elle.

— Puis-je avoir cinq minutes d'entretien avec vous? lui demande-t-il cérémonieusement.

Elle prend son bras et ils s'éloignent ensemble.

Arrivés à cette banquette où ils ont passé ce soir de si doux moments à causer gaiement, Paul s'adresse à Lénore d'un ton glacé : — Puis-je vous demander ce qui vous a portée à vous afficher si publiquement ce soir avec Scrope? dit-il. Était-ce avec la double intention de vous amuser et de m'ennuyer ?

— Oui, répond-elle fièrement, je faisais d'une pierre deux coups.

— Je ne doute pas de votre bonne volonté, reprend-il, toujours du même ton, mais il ne me plaît pas de voir ma femme future constamment dans la compagnie d'un homme qui lui fait la cour d'une façon si évidente.

— Où voulez-vous en venir ?

— A vous déclarer que je m'oppose à ce que vous dansiez ce soir de nouveau avec Scrope.

— C'est bien fâcheux, répond Lénore, qui n'a jamais été accoutumée au mode impératif et dont le cœur se révolte contre tout essai de contrainte, mais j'ai l'intention de danser avec lui encore une fois, et peut-être davantage.

— Après le désir que je viens de vous exprimer ? s'écrie Paul, dont la colère se trahit à travers son masque d'impassibilité.

— Très décidément, lui répond-elle en appuyant sur ses paroles. Je lui ai promis, à la condition qu'il nous quitterait demain, que je valserais avec lui quatre fois ce soir et je ne manquerai pas à ma parole.

— Je comprends donc, dit-il à peine maître de son indignation, que vous faites un marché avec lui? En quoi ses allées et venues doivent-elles vous intéresser ?

— Par la raison, reprend-elle, et ses lèvres tremblent, bien qu'elle articule nettement, par la raison que, croyant avoir beaucoup de goût pour vous, et un peu pour lui, je n'ai pas envie que l'un de vous jette l'autre par la fenêtre, dénouement qui n'est qu'une question de temps, si vous restez dans la même maison.

— Lénore ! — saisissant sa main et la retenant avec une fermeté presque douloureuse, tandis que ses yeux jettent des flammes de colère, — Lénore! êtes-vous folle ou voulez-vous me rendre fou ? Après ce qui s'est passé entre nous à l'occasion de ce jeune homme, comment osez-vous me dire que vous avez du goût pour lui ?

Ceux que les dieux veulent perdre, ils leur ôtent l'entendement.

— Comment j'*ose* ? dit-elle, et elle le regarde hardiment, bien que son esprit fléchisse et que son cœur soit ému à l'aspect de cette honnête colère. Le vilain mot ! eh ! bien, oui ! j'*ose*. Pourquoi pas ? Il est beau et j'aime à voir les belles choses et les belles personnes. Il m'admire aveuglément, et l'admiration, c'est pour moi le boire et le manger. Il ne me voit pas de défauts et je suis lasse d'être sans cesse critiquée et réprimandée.

— Je vois, dit Paul, lâchant sa main et parlant avec une contrainte qui, si elle avait pu la comprendre, était plus alarmante que les éclats de la colère, je vois clairement que vous sentez, comme moi, que nos caractères sont incompatibles. Mais, Lénore... pourquoi ?... — et de nouveau il lui saisit la main avec une violence dont il ne se doute pas — pourquoi... si, dès le commencement, vous ne vouliez que me tourmenter, pourquoi vous êtes-vous fait aimer de moi ? Il y a tant d'autres victimes qui vous auraient fait plus d'honneur ! Vous deviez me laisser en repos.

— Je ne comprends pas ? dit-elle, pâle comme un spectre.

— Je veux dire, reprend-il sévèrement, qu'il dépendait de vous de m'empêcher de vous aimer. J'étais peu fait pour l'amour, pour la société des femmes, pour comprendre leurs coquetteries et leurs artifices ; j'étais, enfin, un véritable sauvage, et c'est vous qui m'avez entraîné, contraint, en quelque sorte, malgré mon désir, ma raison, mon jugement. Vous m'avez perdu au profit de votre seule vanité et maintenant, sans doute, c'est Scrope que vous voulez perdre.

Elle est assise, silencieuse, la tête baissée, ne trouvant pas la force de parler.

— Vous le perdrez ! continue-t-il. Quand il m'a rejoint à Dinan, c'était le meilleur garçon de la terre ; je le regardais comme un frère et lui... lui ! il ne jurait que par moi ! Aujourd'hui, il me hait, et je ne puis souffrir sa vue ! je vous félicite de votre ouvrage !

Enfin, elle lève vers lui des yeux qui n'expriment plus que la colère:— Avez-vous fini ? dit-elle d'une voix suffoquée. M'avez-vous assez insultée pour un seul jour ?

— Je ne vous ai pas insultée, répond-il résolument ; à moins que la vérité ne passe pour une insulte. Je n'ai jamais su dire des mensonges agréables. Jamais mon amour pour vous ne m'a rendu assez aveugle pour m'empêcher de reconnaître que vous n'étiez pas telle que je l'eusse désiré. Si c'est une insulte que de vous parler ainsi, je n'ai plus qu'une chose à dire, c'est qu'il eût mieux valu, cent fois, que nous ne nous fussions jamais rencontrés !

Une douleur aiguë comme une lame de couteau traverse son cœur, mais elle n'en témoigne rien.

— Je suis tout à fait de votre avis, dit-elle commandant le calme à sa voix par un effort immense. Voulez-vous avoir la bonté de me ramener vers Sylvia ? Il lui donne le bras, mais au bout de quatre pas, il la fait en-

trer dans un de ces petits salons qui ouvrent sur le corridor. La pièce est vide; il en ferme la porte. Son âme
est agitée, non de cette peine sans nom qui remplit celle
de Lénore, mais d'un trouble confus, d'une sorte de lutte.
S'il épouse cette femme, il sera malheureux ; il le soup-
çonnait, mais, jusqu'à ce soir, il rejetait le soupçon... et
cependant!... il lui semble impossible de renoncer à elle
pour toujours... elle est belle comme le soleil à son aurore... il la regarde bien en face. Ils sont là, aussi seuls
que dans une île déserte.

— Lénore! dit-il précipitamment, comprenons-nous
l'un l'autre. Si ce n'est qu'une sotte querelle, au nom du
ciel! finissons-en! Si c'est seulement un manège pour
m'éprouver, j'avoue franchement que je suis à bout et
que je ne puis plus rien supporter. Lénore, suis-je déraisonnable? J'aime une vie tranquille et je veux croire en
ma femme comme je crois en Dieu. Pensiez-vous réellement ce que vous disiez tout à l'heure ou bien étiez-
vous seulement en colère? Je n'ai pas le droit de vous
blâmer, si c'était de la colère, mais, Lénore! ô ma chère
amie! réfléchissez bien avant de me répondre. Nos deux
existences en dépendent .

Elle le regarde. Il est sérieux, résolu, sévère, mais au
fond, il y a de la tendresse dans cette sévérité. Elle se sent
attendrie. Une minute encore, et elle serait là, appuyée
sur son cœur... mais dans cet instant d'hésitation ce mot,
« vous m'avez contraint à vous aimer, » lui revient à la
mémoire, et elle le ressent comme une injure :

— J'ai dit ce que je pensais, s'écrie-t-elle, et je le

13.

pense encore. Il m'est doux de trouver quelqu'un qui
m'aime *spontanément*, et sa société me plaît.

— C'est bien ! dit-il froidement. Vous êtes franche, au
moins. Au point où nous en sommes arrivés, Lénore,
vous devez choisir entre Scrope et moi. Je suis loin de
dire qu'il ne soit pas pour vous un meilleur parti que
moi ; il est jeune, beau, riche; il a tout ce qu'il faut pour
charmer une femme, et moi... — baissant les yeux et soupirant, — je sais que tout me manque et je m'étonnais,
avec le public, que vous eussiez découvert en moi quelques qualités... Mais je ne suis pas fait, je vous l'ai dit,
pour supporter des caprices et *je ne veux point de par-
tage!* Il me faut *tout* ou *rien*. Tant que vous serez ma
fiancée, je prétends *vous défendre* de danser avec Scrope.

— Et moi, je ne céderai pas! — s'écrie-t-elle, folle de
rage, d'abord par le sentiment intime de son tort, et
aussi, peine bien plus cruelle! la plus cruelle de toutes,
par la conviction qu'il ne l'aime pas assez pour l'épouser
telle qu'elle est, avec ses défauts aussi — qu'il la veut à de
certaines conditions seulement — que si elle persiste dans
son orgueil, il l'abandonnera, et que l'abandonner
ne lui coûtera pas la vie, ne brisera pas son cœur, ne
lui causera même pas une peine cruelle! — Je vous refuse,
dit-elle, le droit d'employer un tel mot à mon égard.
Je serais votre femme que je refuserais d'obéir à un ordre
aussi impérieux ; s'il vous faut la docilité d'une esclave,
épousez votre cousine, parce que ce n'est pas chez moi
que vous la trouverez.

Il la salue gravement.— Il est heureux, dit-il, que vous

ayez découvert à quel point nous différions dans nos idées
sur le mariage avant qu'il fût trop tard. Je vous remercie de me l'avoir appris à temps.

— Oui! répond-elle, avec la respiration oppressée, les
traits altérés et contractés par l'excitation fatale qui l'entraîne à sa perte, oui! si je vous ai *contraint* à m'aimer
je ne vous contraindrai pas à m'épouser!

Il reste muet, pâle et tremblant. Il se sent un moment
incapable de retrouver assez de calme pour répondre à
ses sarcasmes sans s'abaisser à de viles récriminations.
Enfin il peut parler et lui dire avec un sourire amer :

— Lénore, vous m'avez donné une leçon utile. J'avais
assez d'amour-propre pour croire que, tout en vous ai-
mant, moi, sincèrement, vous m'aimiez encore davantage; je suis désabusé! Lénore! — parlant très lentement
et lui entrant dans le cœur chaque mot comme une
lame d'épée, — vous êtes incapable d'aimer une autre
personne que vous-même ; incapable de faire autre chose
que votre propre volonté! *Tout est fini entre nous!*

Après ces dernières paroles, il s'éloigne d'elle, trop
ému pour penser qu'il la laisse seule. A la porte, il s'arrête encore pour jeter un dernier regard à la femme
hautaine à qui il vient de renoncer. Elle lui adressait un
muet appel et ses lèvres frémissaient, mais c'était inutile
et il est parti! Elle est restée dans la position où il l'a
laissée, sans mouvement, ses grands yeux, ouverts dé-
mesurément, fixés vers la porte par laquelle il est sorti,
et ses lèvres murmurant les mots fatals : « Tout est fini
entre nous!... tout est fini!... » sans que cela représente

rien à son esprit. A force même de la redire, cette courte
phrase prend une apparence bizarre, presque risible, et
elle en rit tout bas. Combien de temps reste-t-elle ainsi, à
demi foudroyée? elle l'ignore. Les violons grincent à
distance ; les gens passent et repassent. Elle n'entend
rien. Elle est enfin rappelée à elle-même par l'entrée
d'un homme qui regarde d'abord incertain, puis entre
vivement. C'est Scrope.

— Comment! vous êtes ici? s'écrie-t-il gaiement. J'ai été
vous chercher partout. Je pensais que vous étiez avec
Le Mesurier. Voilà notre valse. Grand Dieu! dit-il en
changeant de ton, qu'est-il arrivé?

Cette voix lui rend le sentiment, lui rapporte la réalité
amère qui roulait dans son âme comme une sombre ma-
rée. Paul est parti! parti pour toujours! parti avec un
regard d'inexorable ressentiment, et c'est elle qui l'a fait
partir!

— Ce qui est arrivé? répond-elle d'une voix rude.
C'est vous qui le demandez? Eh! bien, voilà! — elle rit
comme en délire — j'ai pris plaisir à me couper la gorge!
Voilà ce qui est arrivé, et c'est de quoi j'ai à vous re-
mercier.

Il la regarde avec un étonnement profond. Serait-elle
devenue folle? — Que signifie cela? dit-il.

— Cela signifie, répond-elle, que Paul est parti... il ne
m'aime plus... *Tout est fini entre nous!* Elle se sert sans
le savoir, des mêmes mots qu'elle vient d'entendre.

— Comment?

— Surtout, n'ayez pas l'air content, s'écrie-t-elle irritée.
Je serais capable de vous tuer.

— Pourquoi aurais-je l'air content? Je ne sais même
pas ce que vous dites.

— Vous êtes arrivé à vos fins, dit-elle en se levant et
parlant avec une profonde amertume; vous nous avez
séparés. Vous devez être satisfait.

— Voulez-vous dire que vous vous êtes querellés à
mon sujet?

— Oui, répond-elle, toujours palpitante et les yeux
dilatés. Vous le saviez bien, et c'est pourquoi vous êtes
resté quand je vous demandais de partir. Un homme
bien élevé serait mort plutôt que de rester!

Le jeune homme bondit sous l'insulte, mais il ne répond rien.

— Est-ce parce que vous avez dansé avec moi? demande-t-il après un instant de silence.

— Oui! toujours oui! j'ai cru devoir résister quand il
me le défendait. J'ai cru qu'il était beau de montrer *du
caractère!*... S'il avait su, continue-t-elle avec un dédain
blessant, combien le sacrifice qu'il me demandait était
peu de chose, il n'aurait pas insisté.

— Vous vous faites des monstres de rien, dit Scrope
dont la patience se lasse. C'est un malentendu. Comment
vivre avec vous sans querelles?

— Non! répond-elle avec une insistance douloureuse.
Cette fois, ce n'est pas une simple querelle. Quand il a
été près de la porte et qu'il m'a regardée, j'ai bien compris que tout était fini!

Elle s'affaisse sur le canapé. Tout, dans son attitude, exprime l'abandon au désespoir.

— Folies! reprend brusquement Scrope. Un homme quitterait une femme qu'il aime uniquement pour quelques mots désagréables, surtout quand elle a l'habitude d'en dire? Cela n'est pas vraisemblable. Non! non! je connais Paul mieux que vous.

Ces paroles ne lui apportent ni conviction, ni soulagement.

— Écoutez, dit-il en s'asseyant sur le canapé auprès d'elle, depuis que je suis ici, vous avez été plus impolie qu'il n'est permis de l'être avec un homme, et je l'ai vivement ressenti; mais vous avez dit une parole assez vraie, c'est que je suis pour quelque chose dans ce qui est arrivé, et, cela étant, ajoute-t-il avec une certaine tristesse, le moins que je puisse faire, c'est d'essayer de vous réconcilier. Je vais chercher Paul; il ne peut pas être bien loin, et même, dit-il ironiquement, je le retrouverai sans doute au buffet. Vous verrez que je vous le ramènerai.

— Allez-y, répond-elle avec un sourire amer.

Les minutes se passent. Ses yeux sont fixés sur cette porte et elle se répète tout le temps : il n'y a plus d'espoir! mais en espérant toujours. Après un intervalle marqué un quart d'heure sur le cadran, et dix ans dans son cœur, Scrope rentre seul.

— Je ne l'ai pas trouvé, dit-il; il était parti. Pour l'amour de Dieu! remettez-vous, s'écrie-t-il en voyant le

changement de son visage. N'ayez pas l'air si misérable
Demain matin, tout s'arrangera.

— Rien ne s'arrangera plus jamais! crie-t-elle en fondant en larmes et en se rejetant sur le rude sofa. O Paul!
Paul!

La vue de sa douleur le met hors de lui. Il tombe à
genoux près d'elle, prend une de ses mains et, plein de
la confiance qu'elle ne s'en apercevra pas, la baise avec
transport. Il est vrai que c'est seulement le gant blanc
qui reçoit ses caresses, mais cette action hardie la rappelle à elle-même.

— Qui vous a permis une telle insolence? s'écrie-t-elle
avec indignation; à vous qui m'avez amenée où j'en suis!
Si je ne savais pas que je ne puis rien obtenir de vous,
je vous demanderais de me délivrer, à l'instant, de votre
odieuse présence.

Il se relève. Une sorte de spasme agite son beau visage
courroucé.

— Je pars! Ne craignez rien. Je commence à être de
votre avis. Je ne suis pas un gentleman, puisque j'ai pu
rester si longtemps... Puis, après une pause, il ajoute :
J'ai envoyé chez votre sœur chercher mes effets. Demain,
je serai à Londres.

— Je remercie le ciel de cette faveur. Le seul bien
que j'attende de vous, c'est de ne jamais vous revoir.

Il la salue : — Je vous jure, dit-il, que je ne reviendrai jamais, *à moins que vous ne me rappeliez.*

Elle rit d'un rire méprisant : — Si c'est cela que vous
attendez, vous attendrez longtemps.

— Lénore! — il prend sa main malgré elle et dit en la regardant avec des yeux brûlants d'une ardeur sauvage et passionnée — vous en ferez tant, qu'un jour quelqu'un vous tuera. Adieu!

IX

— C'est tout à fait incompréhensible, dit Sylvia, en secouant légèrement la tête, et dans l'action d'abaisser le goulot sur la théière vide, car nous sommes à déjeuner, en tête-à-tête encore, ni Lénore ni Paul n'ayant encore paru. Quant à Scrope, il est parti cette nuit, et c'est à l'occasion de ce départ que, pour la quinzième fois, Sylvia exprime son étonnement, son déplaisir et ses remords.

— C'est si mal élevé, et pourtant Charlie a de très bonnes manières. Sais-tu, Jémima, je crains qu'il n'ait été blessé de mon refus de me promener seule avec lui dans les couloirs ? Pourtant, je leur ai dit à tous la même chose.

Je secoue la tête comme quelqu'un qui en sait plus long : — Il avait tout préparé, dis-je, dans la matinée pour son départ.

— Et il ne m'en avait pas parlé ! s'écrie ma sœur en

rougissant et en élevant la voix. C'est bien extraordinaire! Du reste, Jémima, je l'ai trouvé lui-même étrangement distrait toute la semaine dernière.

— Ils se ressemblent tous, lui dis-je en levant les épaules. C'est l'effet que produit Lénore sur leur cerveau. Quand elle est dans une chambre, tous les hommes en sont occupés.

— Elle est assurément très agréable, reprend Sylvia, d'une voix un peu contrainte. Je serais la dernière à le nier. Personne ne peut m'accuser de ne pas rendre justice à la beauté des autres femmes, mais je la trouve un peu trop grande. Il y a bien des hommes qui préfèrent des femmes plus mignonnes.

De quelle réponse caustique aurais-je accueilli cette proposition, on ne le saura jamais, car, au même instant, un valet de pied vient remettre un billet à Sylvia.

— Tout le monde devient donc fou? s'écrie-t-elle en me le passant après l'avoir lu. Je lis à mon tour ce qui suit :

« Chère mistress Prodgers, je vous prie de me pardonner de quitter votre maison si soudainement et à une heure inaccoutumée, mais je suis rappelé chez moi très impérieusement. Mille et mille remerciements de toutes vos bontés et de l'hospitalité que vous avez bien voulu m'accorder.

> » Votre tout dévoué,

> » PAUL LE MESURIER. »

— A quelle heure est parti M. Le Mesurier ? criai-je au domestique qui va sortir.

— Vers sept heures, miss.

— Je me demande si lui et Charlie vont voyager ensemble ? dis-je, *sotto voce*, un peu excitée en pensant à ces deux rivaux voyageant de compagnie dans le compartiment des fumeurs.

— Il n'a pas laissé autre chose que ceci ? dit Sylvia indignée et montrant le petit billet. Pas d'autre message ?

— Je crois, madame, que Nicholl a porté une lettre à miss Lénore, il y a une heure.

Le domestique se retire, au fond étonné et curieux, mais, en apparence, indifférent, comme doit le paraître tout valet de bonne maison, qui désire conserver sa place. Nous nous regardons un moment en silence.

— J'ai bien supposé qu'il se passait quelque événement quand Lénore nous a dit au bal qu'il était parti à cause d'un mal de tête, dis-je avec ce don de prophétie retrospective que possèdent les femmes.

— Et moi aussi, dit Sylvia, qui ne veut pas paraître moins avisée.

Après un instant de réflexion : — Je vais monter, dis-je, voir comment elle est.

— Et moi aussi, répète Sylvia, en se levant également.

Cela m'ennuie, mais je ne puis m'y opposer. En chemin notre cortége se grossit des deux enfants, et, non sans bruit, nous frappons chez Lénore. Personne ne répond. Le verrou est mis, ma sœur lui crie à travers la porte :

— Ouvre-nous ! nous sommes tous là pour te voir !

Pas plus de réponse. Sylvia suggère, d'un air effrayé, qu'elle s'est peut-être jetée par la fenêtre. Je regarde par le trou de la serrure et il me semble apercevoir, à grand' peine, un paquet rose sur le tapis du foyer. Lénore a une robe de chambre rose, je le dis à Sylvia.

— Couchée sur le tapis! répète Sylvia en pâlissant et en me serrant le bras. Grand Dieu! j'espère qu'elle n'a pas... qu'elle n'a pas... mis fin à ses jours?

— Quelle bêtise ! m'écriai-je en colère.

Sylvia, après avoir regardé aussi par le trou de la serrure, élève la voix : — Lénore! ouvre donc! tu nous fais des frayeurs horribles.

La porte s'ouvre, Lénore apparaît. Ses cheveux dénoués couvrent en partie son visage, d'une pâleur mortelle, ses yeux sont rouges et gonflés.

— Pourquoi tout ce bruit? dit-elle d'une voix rude. Que me voulez-vous? — Sylvia seule ose répondre.

— Nous venions savoir seulement si tu pourrais nous dire pourquoi Paul est parti si brusquement.

— Je n'en sais rien, et je ne m'en occupe pas; répond-elle fièrement, mais je vois trembler ses lèvres et ses paupières.

— Tante Lénore, comme votre nez est rouge! s'écrie Bobby avec cette délicatesse des enfants terribles. Cette dernière goutte fait déborder le vase.

— Pourquoi, s'écrie Lénore d'un ton farouche, n'as-tu pas amené ici les domestiques, les gens d'écurie, les chiens et le perroquet, toute la maison, pour me regarder bouche béante ?

Enfin, Sylvia consent à s'éloigner. Je suis Lénore dans sa chambre, dont je ferme la porte.

— Est-ce vrai? dis-je avec compassion, en prenant sa main qui résiste.

— Quoi?

— Qu'il est parti?

— Je n'en sais rien, je n'y ai pas été regarder; me répond-elle d'une voix rauque en se détournant.

— Lénore! m'écriai-je d'un ton de reproche, quel bien cela te fait-il de repousser mon aide? Je connais tous tes sentiments en ce moment.

— Alors, tu es plus avancée que moi, dit-elle un peu calmée, je te donne ma parole d'honneur qu'en ce moment, je ne sens absolument rien. . Quand j'ai reçu *cela*...
— et, d'un geste de la tête elle montre une lettre posée sur sa toilette,— tu sais que cette nuit, j'espérais encore, en apprenant qu'il était revenu ici... mais, en recevant cela, je crois que pendant cinq minutes, j'ai été folle... je me suis trouvée à terre, sur le tapis, frappant ma tête contre le plancher! Jémima! saisissant mon bras de sa main brûlante, — je vais te dire un secret... si j'avais trouvé une arme sous ma main, j'aurais essayé de me tuer!... En arrivant dans l'autre monde, j'aurais, probablement, regretté de n'être pas restée dans celui-ci, mais enfin, je l'aurais essayé.

Elle rit d'une façon si étrange que la peur me prend :
— Pourquoi ris-tu, lui dis-je. Pourquoi ne pleures-tu pas?

— Si tu veux me faire des questions, reprend-elle,

c'est le moment. Je suis plus calme que tout à l'heure, quand vous êtes tous tombés sur moi, à la fois, maintenant, je ne sens rien... je me dis « Paul est parti, » ou « Charlie est parti, » et l'un ne me paraît pas plus affligeant que l'autre.

— Alors, dis-moi la vérité. Comment tout cela est-il arrivé?

— Par suite d'un différend à l'occasion de M. Scrope, répond-elle avec un rire forcé. Puis, elle retombe à terre et cache sa figure dans les plis de ma robe, comme un enfant. Mais, ajoute-t-elle en fondant en larmes, quand le vaisseau est englouti, à quoi bon donner les détails du naufrage?

— Tout n'est peut-être pas perdu. Laisse-moi voir la lettre.

— Prends-la... — elle rit et sanglote en même temps.
— Elle n'est pas si tendre, dit-elle péniblement, que je craigne de la montrer.

Je prends cette lettre, d'une écriture incorrecte et un peu troublée :

        28 décembre, cinq heures et demie du matin.

« Je ne serais pas revenu ici hier au soir, si j'avais pu m'en dispenser, mais c'était inévitable. Je puis, d'ailleurs, ne pas me présenter devant vous puisque je serai parti avant votre réveil. Je vous renverrai vos lettres dans un jour ou deux et, si vous l'exigez, votre photographie. Ne me renvoyez pas les miennes. C'est la seule faveur que je vous demande. P. L. M. »

— Il y a encore une lueur d'espoir, dis-je, il est en colère ; c'est bon signe, et si tu veux essayer, suivre mon conseil, je crois qu'il reviendra.

Elle ne répond rien, mais serre mon bras à me faire mal.

— Il faut lui écrire, continuai-je d'un ton doctoral ; lui exprimer du regret de ce que tu as fait, quoi que ce soit, et qu'à l'avenir...

— *Du regret?* s'écrie Lénore en se remettant sur ses pieds, m'humilier! Aller, comme un enfant qu'on fouette, demander pardon! Non!

— Très bien ! dis-je froidement. Tu préfères ton orgueil à ton amant. Tu penses peut-être qu'il avait tort et que c'est à lui à faire les avances?

— Hélas ! non ! je sais que j'ai toujours tort, mais je ne peux pas l'avouer.

— Alors tu préfères vivre avec ta dignité et sans Paul, que de vivre avec Paul et sans ta dignité?

Elle s'agenouille encore en se cachant la figure.

— Jémima... ce que je vais te dire, ne le répète à personne au monde... mais j'avalerais toute la boue de la terre, pour le ramener à moi... C'est trop honteux, n'est-ce pas?

— Qu'importe la honte, s'il s'agit du bonheur? dis-je avec une philosophie d'une moralité un peu douteuse. Écris, écris, *écris*, et, — en reprenant sa lettre, — tâche que ce soit avec une meilleure plume que la sienne...

Elle rit aussi et il y a une légèreté dans sa démarche qui contraste avec son affaissement de tout à l'heure. —

Jémima, dit-elle, je vais écrire. — Ses pauvres yeux rouges brillent de nouveau et ses lèvres tremblent en parlant. Elle s'assied à son bureau. Après les premières phrases qui viennent péniblement, sa plume semble courir. Je l'arrête et non sans une grande hésitation, je me hasarde à lui dire : — N'écris pas une lettre trop tendre, — si elle ne le ramène pas, il ne faut pas que tu sois fâchée de l'avoir écrite.

Bientôt le tapis est jonché de fragments de papier déchiré. Enfin, elle me tend une dernière lettre terminée : — Veux-tu lire ? me dit-elle. Je préfère que tu ne la lises pas, mais fais-le si tu veux.

Je réprime ma curiosité : — Non ! dis-je. C'est entre toi et lui. Il ne faut pas de tiers.

La lettre pliée : — Jémima, dit-elle, tu en prends la responsabilité. Si ma démarche ne réussit pas, la honte *me tuera!*

X

Généralement, dans les quarante-huit heures, temps
que doit mettre la poste à nous rapporter une réponse,
on devrait dormir à peu près dix-huit heures; mais qui
peut trouver le sommeil avec l'agitation d'une grande inquiétude ? On peut dormir avec un grand chagrin. On
veut même dormir. Quand la désespérance, la tête voilée,
est à notre chevet, on ne dort que plus profondément.
Quelquefois, dans le rêve, Dieu nous fait revoir le mort
aimé. Celui qu'hier nous avons embrassé dans son froid
linceul, nous le voyons reparaître les lèvres fraîches et
les yeux ouverts. Le mort ne nous est jamais rendu *mort*,
mais vivant, parlant, souriant. Le sommeil se refuse, au
contraire, à l'âme troublée qui a encore un reste d'espérance; il refuse de n'être qu'un moyen de passer les
heures inquiètes. Il veut être aimé pour lui-même; sinon
il nous fuit. Lénore n'a pas dormi pendant ces quarante-
huit heures; elle n'a pas mangé; elle est restée tout le

14

jour près de la fenêtre, regardant le même paysage d'hiver, ou la montre qui est devant elle, comme si elle pouvait faire marcher plus vite les aiguilles.

La triste journée d'hiver arrive à son déclin. La première, puis la seconde ; à peine s'aperçoit-on de la durée du jour, tant il est dépourvu de vie. Nous dînons en tête-à-tête avec Sylvia. Nous expédions ce dîner, nous bâillons toute la soirée et, à dix heures, nous nous retirons pour goûter les douceurs de ce sommeil chaud et profond que l'on ne connaît que dans les temps de gelée.

Le facteur vient à sept heures du matin ; le troisième jour, avant l'aube, j'entends un pas dans le corridor, près de ma porte. Par une impulsion dont je ne me rends pas compte, je me lève, je vais ouvrir et je regarde dans l'obscurité glacée. C'est Lénore ; — à peine répond-elle à mes questions inquiètes. Elle ne paraît pas m'entendre : — Jémima, s'écrie-t-elle en s'échappant, si je ne reçois rien aujourd'hui, j'en deviendrai *folle!*

A la fin, je l'entends revenir ; je m'élance de nouveau à la porte, mais elle passe près de moi, la tête baissée. Je mets en hâte ma robe de chambre et je la suis. Le jour, qui paraît tout *gris*, répand sur tous les objets une teinte grise. Une figure grise, raide et immobile, est assise, et je m'approche épouvantée de son silence. — Parle vite, lui dis-je, que se passe-t-il ?

Je vois dans la faible lueur ses grands yeux qui lancent des flammes de colère : — C'est ta faute, s'écrie-t-elle durement. C'est toi qui l'as voulu ! Je me suis jetée dans le ruisseau, il m'a écrasée et c'est *ton ouvrage!* Pourquoi

t'en es-tu mêlée?... pourquoi m'as-tu fait faire des
avances qui ont été repoussées?... O mon Dieu! ce ne
peut être *à moi* que ces choses soient arrivées? C'est à
une autre! j'ai toujours été si fière!

— Que dis-tu? Il ne peut pas... il n'a pas?...

— Il n'a pas refusé? répond-elle amèrement, tiens, lis!
peux-tu voir? — Elle va tirer les rideaux : — « Ma
chère miss Herrick! » Quand j'ai lu cela, j'ai compris
aussitôt que tout était fini! « Ma chère miss Herrick!... »
O mon Dieu!

Elle se jette à terre, la figure contre le tapis dans lequel elle enfonce ses doigts crispés, comme ceux d'une
créature à l'agonie. Puis elle se relève, et me montrant
la lettre : — Regarde, dit-elle, en m'indiquant avec son
doigt, vois comme les lignes sont droites, comme les
lettres sont bien formées ; ce pourrait être une thèse,
plutôt qu'un arrêt de mort.

— Donne-moi la lettre; laisse-moi voir.

— Jamais! répond-elle en la déchirant en petits morceaux dans tous les sens. C'est, entre lui et moi, le dernier lien qui aura existé!

Je me mets à genoux près d'elle, dans l'aube blanchis-
sante et froide; je passe mon bras autour de sa taille.

— Contente-toi d'en savoir la conclusion, dit-elle avec
un triste sourire. Ce sont six pages très bonnes, mais
qui peuvent se résumer en une seule phrase: « J'ai assez
de vous! »

— Est-ce possible? dis-je en soupirant.

— Ce n'était pas sa vraie raison pour me quitter,

reprend-elle, assise à terre et se parlant à elle-même,
d'une voix sourde. C'est un prétexte pour retourner à
elle, je le comprends! Je deviens fatigante au bout d'un
peu de temps, mais... — avec un sanglot — c'était après
si peu... si peu de temps!.: Il lui serait resté attaché, si
je le lui avais permis. Eh bien, non, je suis contente de
ne pas l'avoir laissé en repos! J'ai eu mon jour!.. Cette
cousine le rendra heureux! Si je pensais qu'elle fût méchante et l'en fît repentir, je supporterais mieux mon
malheur... O mon Dieu! il n'en sera donc pas puni... les
hommes ne le sont jamais! Tous les jours de sa vie il se
félicitera d'être débarrassé de moi... il le lui dira... tandis
que moi!... moi!...

Sa voix éclate, presque avec frénésie, en disant ces
derniers mots. Je crois que je puis la calmer. — Ne le regrette pas, lui dis-je, il ne te valait pas, et il ne t'a jamais
véritablement aimée.

Je n'ai pas plus tôt parlé, que je m'aperçois de ma faute.

— Comment oses-tu le dire? s'écrie-t-elle en me saisissant le bras; dis que tu ne le penses pas... que tu ne le
penses réellement pas... Ne le répète jamais... Tu le sais,
il a détruit mon présent et mon avenir, si tu détruis
aussi mon cher passé... cette journée d'Huelgoat!... —
Puis, sa pensée erre et va chercher tous les souvenirs
des moments où ils étaient ensemble. — Si tu m'enlèves
toutes ces douces journées, que puis-je faire, sinon de
maudire le ciel et de mourir!

— Tais-toi! tais-toi! m'écriai-je épouvantée, mais elle
ne m'écoute pas.

— *Elle* pouvait si bien me le laisser! dit-elle en ôtant de son doigt et remettant distraitement l'anneau des fiançailles. Elle pouvait se passer de lui; elle peut penser à un meilleur monde, tandis que moi, je n'ai que celui-ci... Il n'y a que les créatures maudites qui peuvent perdre tout d'un seul coup!

— Mon enfant! mon enfant! m'écriai-je en lui prenant les deux mains, que dis-tu? C'est comme si tu *tentais* Dieu, et il peut t'en arriver malheur. Comment peux-tu croire que tu as tout perdu tant que tu as la certitude de sa miséricorde infinie, tant que tu n'as pas franchi les portes de l'enfer?

— Oserais-tu me l'assurer? dit-elle avec un sourire vague et hagard. Allons! reprend-elle en se relevant, n'aie donc pas l'air si terrifié! Quand on ne mange ni ne boit, on a le cerveau vide. Donne-moi quelque chose à boire... du cognac... du sel volatil... n'importe quoi, pourvu que ce soit fort.

— Pauvre amie! lui dis-je quand elle a bu avec avidité, tu n'es pas faible, tu sais. Ne lui laisse pas la satisfaction de penser que tu prends son abandon trop à cœur...

— Ne crains rien. Je ne suis pas femme à aller partout, mon mouchoir devant les yeux, me lamentant d'avoir été repoussée, oui, c'est le mot, *repoussée!* et la rougeur de la honte se répand sur ses joues pâles. — Va-t'en maintenant, me dit-elle d'un ton impérieux, et surtout, ne t'avise pas de dire à qui que ce soit que, pendant trois jours, j'ai été malade d'amour! Peuh! cela me fait rire, seulement d'y penser.

14.

— Tu es sûre que je ne puis rien faire pour toi? dis-je en regardant avec peine son visage douloureux et son expression étrange.

— Rien! répond-elle emphatiquement. Je dois lutter seule. C'est un mal que ni homme, ni femme, ni enfant, ne peuvent secourir.

— Pourquoi *Dieu* ne le pourrait-il pas?

Elle lève les épaules : — Cette sorte de chagrin, Dieu ne s'en occupe pas.

— Que dis-tu? Crois-tu donc que Dieu, comme l'homme, n'a qu'une pitié capricieuse?

— Oui, je le crois, répond-elle avec insouciance. Du moins, je sais qu'il n'a pas pitié de moi.

Je suis trop indignée pour répondre.

— J'ai mis une idole à la place de Dieu, dit-elle gravement. Puis-je espérer que Dieu s'intéressera à moi parce que mon idole est renversée? Va, maintenant. Tu es une bonne fille et je t'aime assez, mais tu ne ferais pas fortune comme prédicateur.

J'obéis tristement. Toute la journée, j'erre dans la maison, et je ne permets à personne d'approcher de la chambre où doit se passer un si terrible combat.

Quelle n'est pas ma surprise en voyant, vers l'heure du dîner, Lénore entrer dans le salon! Son pas est élastique et léger comme à l'ordinaire.

— Bonjour, Sylvia, dit-elle d'un air dégagé. Il est un peu tard, n'est-ce pas, pour dire bonjour? J'ai fait vœu de ne plus aller au bal. Il m'a fallu trois jours pour me reposer.

— Tante Lénore, s'écrie Bobby, courant à elle et s'accrochant à ses genoux, au grand détriment de sa robe de mousseline, tante Lénore, où est oncle Paul?

Elle repousse l'enfant presque involontairement. Son visage se contracte et ses yeux s'assombrissent un moment; mais bientôt, reprenant l'empire sur elle-même, elle répond d'une voix calme :

— Il est parti! Il n'est plus « oncle Paul » à présent, et... et... ne m'ennuie plus en parlant de lui.

En traversant le vestibule pour aller dîner, je vois sur la table une lettre de l'écriture de Lénore. J'y jette un regard curieux; elle est adressée à :

CHARLES SCROPE esq.

HOTEL DE LIMERICK.

XI

Si j'avais cru que la sérénité égale de Lénore ne fût
que l'effet d'un effort momentané, je me serais trompée.
Les jours suivants me la montrent plus en train que jamais,
nous tenant compagnie, recevant les visites, causant
comme tout le monde, m'accompagnant chez les pauvres
du voisinage, et même, chose plus extraordinaire! jouant
avec les enfants. Il est vrai que ces jeux me font penser
au *millénium*, alors, nous dit-on, où l'on verra les enfants à la mamelle jouer avec l'aspic et le basilic. J'ai
beau l'observer avec attention, elle est toujours *sur ses
gardes*.

Le troisième jour, elle venait de sortir du salon Sylvia,
prise d'un accès spasmodique de maternité, s'efforçait de
conduire, ou plutôt de *pousser*, avec un mélange de pu-
nitions et de caresses, ses doux rejetons dans le chemin,
parsemé de roses, de l'instruction. Cette fois, c'est un
enseignement religieux. Bobby ne demande qu'à être

interrompu au milieu de la leçon : « Petite mère, s'écrie-t-il, on a sonné à la porte!.. j'entends Morris qui va ouvrir... »

Mistress Prodgers écoute, se lève, et court regarder à la glace si son nœud noir et ses cheveux sont bien en ordre. On entend le pas lourd du maître-d'hôtel. La porte s'ouvre : « M. Scrope! »

— Charlie! s'écrie Sylvia, avec un petit cri de surprise, à moitié naturel, à moitié affecté.

M. Scrope entre, un peu interdit et de l'air de quelqu'un qui vient de passer une nuit sans sommeil. — Vous ne vous attendiez pas à me voir? dit-il à Sylvia, avec une sorte d'embarras, mais j'ai cru que je pouvais... m'absenter un jour ou deux, et revenir.

— Pourquoi n'avez-vous pas écrit ou télégraphié? dit gracieusement Sylvia, je vous aurais envoyé la voiture.

Il ne paraît pas l'entendre; ses yeux cherchent dans la chambre.

— Vous cherchez Lénore? lui dis-je en venant à son secours. Elle est dans la bibliothèque, à écrire des lettres. Je vais lui dire que vous êtes ici.

— Non pas! s'écrie-t-il vivement, me forçant presque à me rasseoir. N'en prenez pas la peine, j'y vais moi-même.

— C'est bien extraordinaire, dit en souriant Sylvia, quand la porte s'est refermée sur lui; qu'est-ce qui peut l'avoir ramené? Je n'en ai pas la moindre idée; et toi, Jémima? Pauvre garçon! comme il est pâle. J'étais bien contente que tu fusses là, je me sentais passer par toutes les couleurs de l'arc-en-ciel.

— Je ne sais qu'en dire.

— Je t'en prie, ne me laisse pas seule avec lui, continue-t-elle en parlant très vite, j'aurai toujours les enfants
avec moi. Il n'y a pas de meilleurs chaperons que les
enfants.

XII

Lorsque le jeune homme ouvre la porte de la bibliothèque, un courant d'air glacial le saisit. Il fait un froid
sec, noir, piquant, et pourtant, une des grandes fenêtres
est ouverte, et celle qu'il cherche regarde au dehors, les
coudes appuyés sur le balcon, par ce temps triste et glacé.
Le buvard est fermé, il n'y a pas de plume dans l'encrier.
Apparemment que Lénore a fini d'écrire. Au bruit qu'il
fait en entrant, elle se retourne, comme si elle était confuse d'être surprise dans cette attitude et ils se trouvent
face à face.

— Vous m'avez appelé? dit Scrope brusquement, sans
lui tendre la main, et... me voilà.

Elle lui fait un signe de tête accompagné d'un pâle
sourire et dit simplement : — Je savais que vous vien-
driez.

— Je n'étais pas à Londres. Votre lettre m'a cherché
au fond de l'Irlande, et en la recevant je suis parti. J'ai

voyagé nuit et jour... Vous allez dire que ce n'en est que
plus bête.

Elle sourit encore froidement : — C'est vous qui le dites,
donc je ne le dirai pas.

— Et maintenant, reprend-il brusquement, que me
voulez-vous?

Au lieu de répondre, elle détourne de nouveau la tête
et regarde, au loin, les arbres gelés et noirs.

— Dites-le moi? reprend-il en s'approchant plus près
d'elle et en respirant à peine. Quoi! vous ne voulez pas
parler? Pourquoi m'avez écrit ce seul mot : « Revenez... »? Parlez, je vous en conjure.

Elle parle enfin, mais au premier moment, ses paroles
incohérentes semblent n'être pas une réponse à ses
questions.

— La dernière fois que nous nous sommes vus, à ce bal...
— je déteste les bals! — je me suis mise en colère contre vous; je vous ai dit des injures... cela vous a déplu.
Vous aussi, vous étiez en colère... Eh bien! je vous ai
fait venir pour vous dire que j'en suis bien fâchée.

— Comment! s'écrie le jeune homme hors de lui, c'est
pour de pareilles folies que vous me rappelez? Pour vous
moquer encore de moi en face? Lénore! c'est par trop
mal! Pendant six ou sept mois, j'ai été votre plastron;
j'en suis las! Trouvez une autre victime, si vous pouvez.

Il se dirige vers la porte. Sa poitrine est haletante.
Ses yeux d'un bleu foncé lancent des éclairs de colère,
de cette colère qui sied mieux quelquefois à la physionomie d'un homme que les sentiments les plus tendres.

— Arrêtez! dit-elle rapidement et s'appuyant contre la porte pour l'empêcher de sortir; asseyez-vous, et quoi que vous disiez, parlez bas, car je n'ai pas envie que l'on entende. J'avais une autre raison pour vous faire venir, mais... mais, je suis *honteuse* de vous la dire.

— Parlez.

Debout, dans sa puissance et son exaspération, il n'est plus un homme dont il soit permis de se moquer; mais après tout, un homme ne frappera pas une femme à terre, et elle peut lui lancer ses petites flèches avec un sourire et un esprit tranquille, sans rien craindre. Les yeux baissés, les joues rouges comme du feu, elle reprend en hésitant :

— Je vous ai fait venir pour... pour... vous demander de *m'épouser*.

Elle essaie de le regarder : il est muet d'étonnement.

— Je n'ai aucune raison de supposer que vous vouliez de moi... c'est seulement une sorte d'instinct, et je puis me tromper, continue-t-elle d'une voix qu'elle s'efforce de raffermir... Je n'ai aucune excuse pour faire une telle proposition, sinon que je le désire et que j'ai toujours obtenu ce que je désirais.... toujours... Oh! non, pas *toujours!* dit-elle avec un soupir étouffé, mais généralement.

— Et... Le Mesurier? dit Scrope enfin, d'une voix altérée, essayant de se tenir sur ses pieds, tandis que ses genoux tremblent et que la chambre lui semble tourner autour de lui.

— Qu'importe! s'écrie-t-elle vivement. N'en parlons

pas! il est parti!... tout est fini! Vous le savez bien. Vous le saviez avant votre départ.

— Et *vous?* dit le jeune homme avec un calme apparent, mais ne pouvant que balbutier, vous... vous n'avez pas le cœur brisé?

— *Brisé!* répète-t-elle en riant ironiquement. Quelle expression! Il n'y a que les hommes qui aient le *cœur brisé.* Est-ce que j'ai seulement l'air abattu? Non, non!

Il la regarde encore avec égarement, tremblant comme quelqu'un qui vient de s'éveiller à l'instant d'un rêve délicieux, ne sachant pas s'il dort ou s'il veille, craignant de saisir le bonheur inespéré que ces paroles semblent lui offrir, et de le voir glisser entre ses doigts comme un trésor imaginaire. Son émotion ne se communique pas à Lénore, qui reprend, au contraire, avec un sourire moqueur et glacé :

— Eh bien! vous ne m'avez pas encore répondu. Comme c'est cruel de me tenir ainsi en suspens! Faut-il si longtemps pour se décider?... Voulez-vous m'épouser, oui ou non?

— Demandez-moi si je veux aller au ciel! Est-ce qu'un damné, en enfer, ne souhaite pas une goutte d'eau? s'écrie le jeune homme avec transport, et, sortant de l'extase où il semblait plongé, il s'élance pour la prendre dans ses bras.

Elle tressaille et le repousse.

— Allons! dit-elle froidement et en s'éloignant de quelques pas. N'abusons pas des fleurs de rhétorique. C'est encore trop tôt pour la tendresse. Il faut que le damné boive tranquillement la goutte d'eau, comme un vrai gentleman.

— Alors, vous ne parliez pas sérieusement, s'écrie-t-il avec violence, et trouvant la réaction aussi cruelle que la joie avait été douce. Je le vois, j'étais bien fou de m'y laisser prendre. C'était, de votre part, une plaisanterie indélicate, mauvaise! Auriez-vous la bonté de me dire où est la pointe, le trait d'esprit de cette plaisanterie?

— Il n'y a ni plaisanterie, ni pointe, répond-elle avec une gravité parfaite. Quel esprit, quelle pointe trouverez-vous dans la vérité toute nue? Aussi vrai que je suis ici, dit-elle en joignant ses mains et en regardant en plein la fière beauté de ce mâle visage, je vous demande de m'épouser. C'est inconvenant, immodeste, je le sais, et vous aussi, mais... je vous le demande!

— Dieu du ciel! dit-il avec une exaltation croissante, Lénore, est-ce possible? Laissez-moi voir vos yeux, vous regarder au jour, car je ne puis en croire vos paroles. Quand je pense qu'il y a moins d'une semaine que je vous ai vus ensemble, et que vous lui adressiez des regards si tendres que pour un seul de ces regards j'aurais donné vingt ans de ma vie et cru faire un trop bon marché! tandis que pour moi, vous n'aviez que des moqueries, des sarcasmes, des noms odieux!.. Je ne peux le croire encore... Jurez-le moi... je ne peux pas... non! je ne peux pas le croire!

Elle ne répond pas. Il lui est impossible de parler. Elle est là dans une immobilité complète, les yeux tournés vers l'âpre paysage, les lèvres fortement comprimées, résolue à ne pas pleurer.

— Quand je pense, continue-t-il avec véhémence, comme vous paraissiez heureuse alors, il y a moins d'une semaine, puis-je croire que tout votre amour est passé? *Passé!* Comment se pourrait-il?... est-ce que l'amour passe comme un brouillard du matin!

— Chut! dit-elle rudement, en se bouchant les oreilles. Combien de fois dois-je vous défendre de le mettre en cause! Si j'ai jamais songé à lui, c'était notre secret — elle s'arrête un moment incapable de maîtriser sa voix. — Tout est *anéanti* maintenant, et, les choses qui ne sont plus, il faut les enterrer et les oublier! Prenez-moi ou laissez-moi: c'est votre affaire... mais, pour l'amour de Dieu! oublions cette vieille histoire. C'est mon histoire à moi, et non la vôtre et moi... moi, j'ai la mémoire courte, dit-elle en souriant faiblement, j'oublierai vite.

— Mais, s'écrie-t-il avec un scepticisme obstiné, qui vous assure que s'il reparaissait à l'instant même, vous n'iriez pas courir au-devant de lui, comme certain soir, en me laissant là, faire la brillante figure que j'ai toujours faite depuis le jour de l'église, à Guingamp?

A ces mots, elle frémit comme si elle était touchée par un fer rouge: — Pourquoi ces folles suppositions? *Il ne reviendra pas!* C'est moi qui vous le dis! Les morts ne sortent pas du tombeau. Au nom du ciel! essayez de me faire oublier qu'il a existé!.. Puis elle ajoute, avec un sourire forcé, — il ne m'aimait que quand j'étais raisonnable et c'est si rare! et vous, je pensais que vous m'accepteriez, bonne ou mauvaise; aussi, je vous ai appelé.

Elle lui tend la main en lui souriant amicalement. Il prend cette main dans les siennes et la couvre de baisers, puis lentement, et en rougissant comme une jeune fille :

— Lénore, dit-il, vous admettez donc que vous puissiez devenir ma femme ?... Vous m'aimez un peu ?

— Si je vous aime ? dit-elle avec un rire indifférent, je vous en donne bien la preuve. N'êtes-vous pas un très bon choix ? Assurément je vous aime, — mais, voyant qu'il n'a pas l'air parfaitement convaincu : — Vous ne me croyez pas ? reprend-elle, eh bien! je vais vous en donner une preuve encore plus forte ; non-seulement, je vous demande de m'épouser, mais je désire que ce soit bientôt.

Son étonnement s'accroît ; ses yeux fiers et brillants témoignent encore plus d'incrédulité. Il se met à genoux devant elle, alors affaissée dans un fauteuil : — Pardonnez-moi, lui dit-il, d'être si profondément dépourvu d'intelligence, mais je ne puis croire encore que ce soit bien vrai... Est-ce un pari ?... est-ce un piège ?... Quand, depuis six mois, comme un enfant, je pleurais pour avoir la lune et que je la vois, si soudainement, tomber à mes pieds, faut-il s'étonner que je ne puisse deviner à qui je la dois ? Faut-il s'étonner que je veuille connaître s'il n'y a pas des *dessous de cartes ?*

-- Il n'y en a pas, répond-elle gravement. Que puis-je vous dire de plus ? Je vous affirme que je dis la vérité, aussi vrai que je crois en Dieu et que je le crains, ajoute-t-elle d'un air solennel et en frissonnant. Je suis fatiguée

d'être Lénore Herrick, voilà tout. C'est un nom qui ne
porte pas bonheur. Peut-être que Lénore Scrope aura
meilleure chance.

— Que Dieu le veuille, dit-il ardemment, et en l'attirant
sur sa large poitrine : — mon amie, donnez-moi un baiser et je vous croirai.

Elle lui donne un baiser, et pourtant il n'y a que cinq
jours ! Rien que cinq jours !

XIII

M. Scrope revient au salon, et nous l'accueillons avec le sourire ordinaire.

— L'avez-vous trouvée? lui dis-je, en allant, à son profit, tisonner le feu.

— Oui !

Ce court monosyllabe me frappe par l'inflexion de voix qu'il y met. Désireuse de savoir ce qu'il signifie, sans montrer trop de curiosité, je plaide le faux pour savoir le vrai. — Vous vous serez querellés sans doute ?

— C'est l'habitude de Lénore, dit Sylvia avec des airs penchés. C'est sa manière de faire des conquêtes, bien qu'elle prétende qu'elle ne les cherche pas.

— La pauvre enfant n'est pas en très bonne disposition. Il ne faut pas s'en étonner, ajoutai-je.

M. Scrope qui se promenait avec agitation, s'arrête et me dit brusquement : — Pourquoi ?

— Ah ! vous ne le saviez pas, c'est vrai ! Eh bien,

elle a rompu son engagement, et elle en est un peu triste.

— Pas du tout, me répond Scrope avec une brusquerie qui approche de l'impolitesse; elle est, au contraire, en très bonne disposition.

— C'est votre arrivée qui l'aura réjouie, reprend gracieusement Sylvia, et, au risque de vous rendre atrocement fat, je vous dirai que je ne m'en étonne pas. Pour moi, rien que le timbre de la voix d'un homme a un *je ne sais quoi* qui me ranime. J'ai été trop accoutumée à leur société qui me plaît plus que celle des femmes ; je les comprends et ils me comprennent.

Je laisse Sylvia chevaucher tranquillement son *dada*, c'est-à-dire *le moi* pour me rapprocher de Scrope, dans l'embrasure de la croisée : — que vous a-t-elle dit? lui demandai-je.

— Écoutez! — et il met familièrement ses deux mains sur mes épaules, pour me regarder en face, rougissant et d'un air triomphant, — voici ce qu'elle m'a dit : « Je vous épouserai quand vous voudrez ! »

— Quoi!!! six points d'exclamation ne pourraient rendre l'expression de cet innocent monosyllabe.

— Pourquoi restez-vous si stupéfaite? reprend le jeune homme. Qu'y a-t-il là de si surprenant? Pourquoi ne me marierais-je pas? Est-ce que cela n'arrive pas à tout le monde?

Je ne puis parler et je reste là aussi immobile qu'une pierre. Sylvia, de son côté, fait semblant de se moucher. Cette fois, *son dada* l'a jetée par terre.

— Pourquoi ne dites-vous *rien?* répète le jeune homme exaspéré de notre silence, les joues en feu et les yeux étincelants. Parlez donc, ou je me sauve. Je l'arrête à temps, et j'essaie d'articuler quelque chose : — Ne vous fâchez pas, m'écriai-je en le saisissant par le bras... mais votre nouvelle m'a coupé la respiration... C'est si soudain... *si peu naturel...*

— Si peu *naturel?* redit-il aigrement. La seule idée que j'ai trouvé le défaut de la cuirasse l'exaspère visiblement. — Pourquoi est-ce *si peu naturel,* je vous prie? Si cela ne nous paraît pas trop soudain, à elle ou à moi, pourquoi les autres en seraient-ils surpris?

— Mais... mais... êtes-vous bien sûr d'avoir compris? dis-je en me représentant encôre cette figure désespérée, inondée de lârmes, qui gisait sur le tapis, — Lénore est une étrange fille ; elle parle souvent sans bien savoir ce qu'elle dit.

— Merci! répond-il en me saluant froidement, bien que son regard soit enflammé. Vous êtes franche, sinon polie! Je comprends. Il faut, sans doute, qu'une femme ait l'esprit dérangé pour consentir à m'épouser?

— Pauvre chère Lénore! dit Sylvia, parlant pour la première fois. Elle n'aura pas été longtemps à se consoler. J'en suis bien charmée! Quel don! Si elle pouvait m'en donner la recette! Et elle soupire.

—Jémima! dit Scrope, remettant fraternellement sa main sur mon épaule, j'ai un besoin insensé de vos bons souhaits! Ils seront un peu tardifs, peut-être assez mélancoliques, mais, tels quels, accordez-les-moi. Si, dit-il d'un ton de reproche, vous m'appreniez que vous allez vous marier, je ne mettrais pas tant de mauvaise volonté à vous en faire compliment.

— Vous pouvez bien vous en vanter sans vous compromettre, répliquai-je sèchement... je vous souhaite tout le bonheur possible, mais, en aurez-vous? c'est une question.

— Mais... mais... le croyez-vous? me demande-t-il d'un air anxieux.

— Ma parole, je n'en sais rien. Lénore est si fantasque! Je vais aller le lui demander.

Là-dessus, j'y vais.

. . . .

Je retrouve Lénore dans sa chambre, se promenant d'un air pensif.

— Grand Dieu! Lénore, est-ce vrai?

Elle me regarde froidement et me dit ce seul mot : Après?

Je lève les yeux au plafond, sans parler.

— Cela veut dire que tu sais la nouvelle? Il l'a probablement annoncée à toute la maison?

— Et... et... quelle est ta raison?

— Ma raison ? répète-t-elle avec un rire amer. Tu fais, vraiment, des questions étonnantes. C'est bien évident. C'est que je suis *amoureuse*, passionnément amoureuse!

Je ne réponds rien.

— Seras-tu plus favorable à mon second choix? dit-elle ironiquement.

— Infiniment plus, mais c'est trop prompt...

Elle se tait.

— Le premier, dis-je, n'apportait à la communauté qu'une vilaine figure et un mauvais caractère... Celui-ci...

— Oui! le joli nez fin, les petites boucles blondes, mises en papillotes tous les soirs, les belles petites dents de perle...

— Fi! m'écriai-je, tu t'amuses à décrire une poupée; tu as un goût pervers pour la laideur et l'indifférence. — Puis, peinée et découragée, je fais mine de m'en aller.

— Reste là, me dit-elle, en mettant sa main sur la mienne, regarde-moi, et tu verras bien si je ne suis pas sérieuse... Aie pitié de moi... Je parle sérieusement... Dis-moi si, cette fois, tu m'approuves.

— Je n'en sais rien.

— N'est-ce pas que j'ai fait un bien meilleur choix?... dis-le moi? Je crois que je n'aimais pas tant l'autre... réellement. C'était une affaire d'imagination...

Elle me regarde dans les yeux pour y lire ma pensée; elle est anxieuse, agitée, sa main est brûlante.

— Tu vois, Jémima, que tout est pour le mieux? j'en suis bien convaincue moi-même, et je le serai davantage tous les jours, ajoute-t-elle; et ses yeux implorent une réponse que je n'ai pas le courage de lui donner. A la fin, elle reprend avec brusquerie : — Ce sera bientôt! Ce sera tout de suite.

— Pauvre garçon, dis-je, il fera bien de s'assurer de toi, tant que le vent souffle, car tu es une vraie girouette.

— Mais l'idée n'est pas de lui, elle est de moi... de moi seule, entends-tu!

— Grand Dieu ! dis-je, reprenant mon exclamation favorite.

— Oui ! bientôt... et nous aurons une très belle noce, très belle ! Je déteste la mode de se faufiler dans une église, avec seulement le prêtre et le bedeau, comme si on rougissait de soi-même. Nous aurons tous les voisins, un grand repas, un grand bal !

Je prends l'air mécontent. Quant à elle, ses .yeux brillent comme des diamants aux lumières ; la rougeur éclatante de la fièvre colore ses joues.

— Et tu le feras mettre dans les journaux, dit-elle en riant. Dans *tous !* tu n'en oublieras pas. Un beau paragraphe très long, très louangeur. Tu comprends bien, dans *tous*.

— A quoi penses-tu là ? dis-je en commençant à soupçonner la vérité. Quel bien cela nous ferait-il d'occuper deux colonnes du *Times* ?

— Quel bien ? aucun, mais c'est amusant... et puis... l'on est bien aise que les amis... les amis éloignés... sachent ce qui vous arrive.

La lumière qui commence à m'éclairer m'est si désagréable que je ne pousse pas plus loin mes questions. C'est Lénore qui recommence.

— Si... si, en ce moment il pouvait me voir, il penserait bien que je ne le pleure guère... la description de mon mariage dans les journaux, sitôt, un si brillant mariage !.. Je suis bien contente que ce soit un beau mariage !.. Ne pourra-t-il pas juger alors, — et elle rit avec ironie — du tort irréparable que m'a fait son abandon ?

— Est-il possible? m'écriai-je horriblement choquée. Tu ne te maries que pour lui faire quelque peine! Et encore, crois-tu que quand il verrait la plus belle description de ta noce dans tous les journaux, crois-tu que cela dût seulement lui gâter son dîner? Non! il en aura un peu de dépit, et voilà tout; tandis que toi, pauvre chère âme, où en seras-tu?

Elle avait appuyé sa tête sur mes genoux. Elle la relève avec colère en s'écriant :

— Je ne veux pas de ta pitié, entends-tu bien! Je suis une personne très heureuse, très digne d'envie.

Son irritation ne m'arrête pas et je continue :

— Tu finiras par aimer ton mari, je n'en doute pas, surtout un mari beau, bon, loyal, épris de toi; mais, jusqu'au moment où tu l'aimeras, ce sera un purgatoire pour toi et pour lui!

— Peuh! répond-elle avec un rire méprisant, je sais ce que c'est que le purgatoire. On s'y fait! Je n'en suis pas devenue folle et j'y ai passé.

— Si tu l'épouses tout de suite, tu le détesteras davantage. Il faut une immense somme d'amour pour supporter la douce et mortelle monotonie d'une lune de miel. Prends le temps de respirer. Attends six mois.

Elle lève les épaules. Au dur sourire de défi qui est sur ses lèvres, je vois que c'est comme si j'avais jeté mes paroles au vent d'hiver qui mord et siffle au dehors.

— Jémima, reprend-elle tranquillement, je te l'ai déjà dit, tu ne feras pas fortune en prêchant. Tes sentiments sont excellents, mais soporifiques. Tu vois, je bâille déjà. N'essaie pas de me dissuader. Laisse-moi me marier en paix. Crois-tu que je puisse continuer la vie que je mène au milieu de vous? Tu ne sais pas qu'à chaque instant, je serais prête à *crier*, si je ne craignais de passer pour folle! Lui, du moins, il m'emmènera au loin, dans des lieux nouveaux, loin de toutes ces terribles choses du passé... il m'emmènera là où il n'y aura plus ni enfants... ni Sylvia... ni Jémima... ni moi-même! Oui! — riant avec effort — je veux laisser ce *moi* dans le passé... Je veux être heureuse! je le veux! ne m'en empêche pas! s'écrie-t-elle d'une voix suppliante.

XIV

NARRATION

Le voisinage a été informé que Lénore avait changé de fiancé, et, après tout, tant de gens s'étaient mis en tête que Scrope était le vrai fiancé, que le changement fait peu d'effet. Toutes les sympathies lui sont acquises. Il monte à cheval, conduit supérieurement; il est beau comme un beau portrait; il a toutes ses terres, sa vieille abbaye dans le comté même, et Paul inconnu, laid, taciturne, ne mérite pas un regret. On a annoncé que l'engagement était rompu, d'un commun accord, comme le disent toujours les parents de la demoiselle, quand bien même le jeune homme proteste. Les présents qui avaient été renvoyés aux amis, ont reparu de nouveau. D'après le principe « qu'il sera donné à celui qui a », les cadeaux offerts à la riche mistress Scrope sont beaucoup plus beaux que ceux de la pauvre mistress Le Mesurier. Les Webster ont ajouté à leur belle théière un pot à crème et un sucrier. Lénore fait cette seule réflexion :

— Tâchez, dit-elle avec un rire amer, qu'ils ne m'envoient pas de nouvelles félicitations. Les anciennes resserviront.

Lénore est agitée, presse les préparatifs, s'occupe avec une ardeur fébrile de son trousseau, et ne laisse à personne le temps de se reconnaître. De son côté, Sylvia veut que la fête soit « au-dessus de toute critique ». La maison, de la cave au grenier, sera comble. Les parents de Scrope sont tous arrivés : mère, fille non mariée, fille mariée et son mari, oncles, cousins célibataires ; mais quand il est question de danser, la veille du mariage, au son d'un orchestre, Lénore s'écrie : — Non ! pas d'orchestre ! ces affreux violons et leurs grincements me fendraient la tête. On aura un piano et je promets d'y jouer, s'il le faut, jusqu'au jour du jugement dernier.

Ce soir-là, elle est d'une pâleur mortelle, mais ses yeux surpassent en éclat l'étoile qui brille sur la tête grise de mistress Scrope, la douairière.

— Que je suis contente que vous ne soyez pas une fiancée *éplorée!* lui dit la sœur aînée de Scrope, la sémillante mistress Lascelles, en regardant avec un mélange d'admiration et de curiosité la pâle et inquiète beauté de sa future belle-sœur. Je ne pourrais en dire autant. J'ai pleuré pendant trois jours avant mon mariage et plus de quinze jours après, ajoute-t-elle avec un rire insouciant, et quand nous sommes arrivés en Bretagne, à Saint-Malo, je faisais semblant de n'être pas

avec Régy, qui avait eu le mal de mer pendant toute la
traversée.

A ce seul nom de Bretagne, Lénore tressaille et se met
à parler vite et en riant : — Est-ce que l'on doit pleurer ? dit-elle. Si c'est indispensable, j'essayerai, mais je
crains de n'y pas réussir. Je ne pleure *jamais*.

Lénore se met au piano. Scrope, qui s'en aperçoit, au
moment où, radieux de bonheur et de beauté, il allait
ouvrir le bal, s'avance vivement vers elle. — A quoi
songez-vous de vous asseoir là? vient-il lui dire. Jémima
va jouer, comme toujours. Elle le préfère ; n'est-ce pas,
Jémima?

Jémima sourit, un peu forcément. On a beau savoir
que sa mission en ce monde est de jouer pour faire danser les autres, il semble un peu dur qu'ils s'attendent à
ce que vous montriez beaucoup de joie de ce rôle unique.

— Allez-vous-en ! dit Lénore avec humeur. Je veux
rester là. Allez-vous-en ! je déteste la danse!

— Depuis quand? reprend-il avec incrédulité. Il n'y
a pas si longtemps que vous m'avez dit que vous n'aimiez rien de plus au monde.

— Ne m'importunez pas, répond-elle sèchement en
cherchant un cahier de musique; allez-vous-en ! vous
dis-je.

Le bal est animé. Lénore joue comme dans un rêve.
Elle a choisi un air que des musiciens jouaient l'été
dernier à Dinan. Tandis que la mélodie vive et gaie résonne à ses oreilles, la chambre, les danseurs, les lumières, tout disparaît pour elle. Elle est encore sur la

place Duguesclin. Comme il fait sombre! Les lanternes de l'hôtel brillent rouges et faibles... les sabots claquent en passant... Ces vertes fleurs de tilleuls se balancent sur nos fronts!...

Elle est éveillée, comme en sursaut, par une voix suppliante.

— Un seul tour de valse!... un seul, j'ai dansé avec tout ce qui peut prétendre au poids, à l'âge, à la laideur. Donnez-moi ma récompense.

C'est Scrope qui la supplie. Elle n'a pas la force de discuter, elle cède donc, mais, au bout de deux ou trois tours de valse, elle s'arrête et refuse de continuer. Ils vont dans la serre où la solitude, la fraîcheur, les douces lumières, les parfums des plus belles fleurs devraient la ranimer, mais sa disposition est si irritable, ses discours si incohérents, ses réflexions si amères que Scrope, désespéré, ne peut supporter davantage ces étranges caprices. — Pourquoi, lui dit-il, me brisez-vous le cœur?

— Vraiment? — répond-elle, en levant vers lui ses yeux ardents et qui n'ont point de larmes.— J'ai bien brisé le mien... et vous le savez... Pourquoi ne briserais-je pas le vôtre? Pourquoi ne souffririez-vous pas à votre tour? Quant à moi, je souffre... je souffre constamment... nuit et jour. Je suis bien aise que d'autres soient misérables. Qu'ai-je fait pour avoir le monopole de la souffrance?

Puis, après un moment, le voyant là, debout devant elle, et comme pétrifié, elle reprend avec un sourire douloureux, et en écartant ses cheveux de son front : — Ah!

je suis mieux maintenant... je... je... plaisantais seulement. Ne faites attention à rien de ce que je dis, j'extra-
vague parfois, je crois que j'ai été un peu surexcitée tous
ces jours-ci. Allez-vous-en ! je me remettrai plus vite en
restant seule.

Il s'éloigne lentement, un poids de plomb sur le cœur.
Il va trouver Jémima qui est au piano : — Allez voir Lénore, lui dit-il à voix basse ; elle est dans la serre ; je ne
la crois pas très bien ; elle est un peu nerveuse et n'a
pas voulu que je restasse près d'elle.

Jémima sort en toute hâte.

XV

JOURNAL DE JÉMIMA

Dans la serre, pas de Lénore. Instinctivement, je gagne une porte de sortie et en l'ouvrant, à travers la neige qui tombe à gros flocons, j'aperçois ma sœur, marchant avec agitation sur la terrasse, la tête baissée et les mains jointes. Me glissant doucement dehors sur la pointe de mes souliers de satin blanc et ramenant délicatement la queue de ma robe sur ma tête, je rejoins Lénore en la grondant de son imprudence et je la ramène dans la chaude atmosphère de la serre. Là, je la regarde. Quelques flocons de neige restent attachés à ses cheveux et à sa robe légère, ou coulent en gouttes sur ses épaules frissonnantes.

— Cela ne mouille pas beaucoup, dit-elle avec un sourire qui m'implore. Vois ! on n'a qu'à souffler dessus... Comme ils sont blancs ! Ils feront paraître sales les perce-neiges que les enfants viendront jeter devant moi demain matin.

— Tu es folle! dis-je, en épongeant, avec mon beau
mouchoir de dentelle, cette neige fondue. Pourquoi es-tu
sortie?

— J'avais trop chaud, dit-elle avec une sorte d'égarement. J'étouffais! Ces fleurs m'enivrent. Odieuses jonquilles! Est-ce que les fleurs sentent toujours aussi fort?
C'est comme celles de cet affreux bouquet que Charlie
m'a apporté pour le bal.

— Ma chère enfant, tu as la fièvre... Tout cela vient
des nerfs. Les nerfs sont très ennuyeux si l'on n'y prend
pas garde, et tu ne veilles pas assez sur les tiens. Tu
ne te reposes pas, tu t'agites trop, et je suis sûre que tu
ne dors pas.

— Non! répond-elle, fiévreusement; dès que je sens
que je vais m'endormir, je saute à bas du lit et je me
promène au froid pour me réveiller. Le sommeil, c'est
mon ennemi. Dès que je m'endors, je suis en Bretagne
avec lui! comme nous... comme nous y étions ensemble!

— A ta place, je voudrais m'éveiller de ce rêve pour
sentir que la réalité vaut bien mieux; mais, rêve ou non,
il faut que tu dormes cette nuit, et nous te donnerons
du laudanum en conséquence. Si tu ne dors pas, tu seras
demain jaune comme un citron, et le blanc, le matin,
ne sied pas, même aux plus beaux teints. Ne m'as-tu pas
dit que tu voulais être très belle?

— Oui! dit-elle avec une certaine exaltation, oui! je
veux l'être, tu as raison; il faut que je sois belle; je le
veux, et on réussit à ce qu'on veut fortement! Mon voile
sera baissé, on ne me verra guère, mais n'importe; on

dira dans les journaux que j'étais belle et que je parais-
sais parfaitement heureuse... On le dit toujours... n'est-
ce pas?

— *Heureuse!* je ne me souviens pas de l'avoir jamais
vu... répliquai-je avec humeur. On regarde comme
accordé le bonheur d'une jeune mariée.

— Tu auras soin, je te l'ai déjà dit, je crois, que tous
les journaux contiennent l'annonce de mon mariage, car
on regarde toujours à ces annonces.

— Les femmes, oui ; les hommes, pas toujours.

— Quelle bêtise! dit-elle impoliment. Oui, ils les lisent,
ou du moins y jettent un coup d'œil. J'ai vu Charlie...

— Qui parle de Charlie? s'écrie le jeune homme, ap-
paraissant, à son nom, de derrière un massif de fleurs.
Jémima, comment est-elle? comment êtes-vous maintenant, ma bien-aimée? Et, sans plus de souci de ma présence que si j'étais un de ces beaux camélias muets, il la
prend dans ses bras.

Elle le repousse d'abord puis d'un second mouvement se rapproche de lui. — *Comment je suis?* répète-
t-elle ; il faut que vous sachiez, avant tout, que je déteste
que l'on me fasse cette question et je dois vous avertir,
ajoute-t-elle en s'efforçant de sourire, que je vous trace-
rai une liste de prohibitions, qui sera longue.

— Donnez-la moi, s'écrie vivement le jeune homme,
s'accrochant à cette paille. Je fais involontairement des
maladresses, mais je vous réponds de me corriger. Étant
toujours avec vous, je parviendrai à connaître votre caractère. N'est-ce pas, Jémima?

— Je n'en sais rien, répliquai-je avec un sourire sec ; il y a dans ce caractère bien des détours inattendus.

— Jémima a raison, dit Lénore gravement, en détachant doucement les bras qui l'enserrent. Vous avez fait un pauvre marché et vous vous êtes plu à vous tromper vous-même. Tous ceux avec qui j'ai vécu peuvent, avec raison, vous dire du mal de moi.

— Je n'en suis pas certain, dit-il d'un air de défi tandis que ses yeux se reposent avec une tendresse infinie sur ce visage calme et froid.

— Il n'est pas encore trop tard, reprend-elle à demi-voix d'un ton assez ferme. Vous avez encore dix heures de grâce.

— Dix heures ! s'écrie le jeune homme, l'attirant encore sur son cœur, malgré sa résistance. Lénore ! Lénore, plus le temps s'approche et plus vous semblez me re-pousser. Allez-vous m'échapper au dernier moment ? mais non ! vous ne le pourriez pas, il est trop tard !

— A quoi pensez-vous donc ? demande-t-elle avec un rire nerveux. Pourquoi vous repousserais-je ? Si je le faisais, qu'adviendrait-il de mes belles robes et de mon manteau de loutre ? Croyez-vous que j'aurais le courage de renvoyer la théière des Webster une seconde fois ?

Il la regarde en la tenant toujours embrassée, mais sans rien dire.

— Vous *me plaisez*, continue-t-elle, je me moque de ceux qui diront que cela n'est pas. Je suis fière de vous... je... je... *vous aime*. N'est-ce pas, Jémima, que je te le dis souvent ?

— Tu me dis bien des choses différentes en même temps, répliquai-je doctoralement, et moi je ne t'en dirai qu'une : si tu ne vas pas à l'instant te coucher, tu seras demain jaune comme un citron.

XVI

S'il est un fait à jamais déplorable pour toute la race
femelle, c'est que les mariages aient lieu le matin. Les
visages un peu mûrs auxquels le grand soleil effronté
donne la teinte du parchemin ou celle des lettres d'amour
écrites il y a vingt ans, auraient encore un certain éclat
aux bougies. Les lis et les roses même de la jeunesse, en
cela peu semblables à leurs prototypes, montrent leurs
petites taches quand le jour les éclaire de son grand
flambeau révélateur. Le tulle et la tarlatane perdent
leur prestige devant ce jour brutal. Cependant la nature
semble avoir aussi revêtu sa robe nuptiale aujourd'hui ;
tout est blanc, parfaitement blanc ! Hier au soir les
grilles de fer avaient encore une arcade de lierre, mais
ce matin, on dirait que les fées ont emporté la sombre
verdure et l'ont remplacée par des arches de joyaux
resplendissants. J'imagine que c'est sous des arches bril-

16

lant d'un tel éclat que le peuple fidèle doit se rendre dans la cité de Dieu !

Il règne dans la maison toute l'agitation tumultueuse d'un mariage. Chacun a revêtu ou est en train de revêtir ses plus beaux habits. Les femmes de chambre se font magnifiques et les valets de pied ont des livrées neuves. Le couvert du grand déjeuner est déjà dressé dans la salle à manger. J'y pousse une reconnaissance et j'admire la table splendide où s'étalent les trésors de l'été et de l'automne. Je me fais montrer le menu pour avoir un premier aperçu de ce que je pourrai choisir. De là, je vais dans les chambres des dames chez qui je puis me permettre de pénétrer. Les douze demoiselles d'honneur sont déjà parées de leurs robes blanches et de leurs douze chapeaux de tulle tous ornés d'un rouge-gorge empaillé, délicat tribut de la saison. Me voilà maintenant dans la chambre de la mariée, où je trouve Sylvia, ayant usurpé la *psyché*, afin d'y admirer sa robe de velours violet garnie de cygne.

— Comme on se trouve extraordinaire *en couleur!* s'écrie-t-elle avec une sorte de complaisance, cependant. Le violet était autrefois ma couleur favorite sous toutes les nuances. Je me souviens du dernier bal où je suis allée avec ce pauvre Tom... j'entendais des messieurs se dire entre eux : « Quelle est donc cette charmante femme en lilas?... »

— Et qui était cette femme? demandai-je avec intérêt.

— Qui? répond-elle en rougissant. Quelle stupide question! C'était moi, bien entendu.

— Le lilas sied à tout le monde, même à moi, dis-je
en regardant ma belle robe qui est de cette couleur...
On a bien raison de l'appeler la couleur des femmes qui
n'ont plus de prétentions.

Je me détourne après avoir lancé ce trait de Parthe.
La chambre est encombrée de malles qui débordent de
belles lingeries et portent sur leurs côtés les lettres L. S,
peintes en blanc sur noir. Lénore est assise devant son
miroir, mais ne s'y regarde pas. Ses yeux sont baissés
et ses sourcils froncés. Malgré une robe de Worth, garnie
du superbe point d'Alençon, donnée par mistress Scrope,
ma sœur n'est pas *en beauté*. Elle est pâle comme une
morte, ses lèvres sont blanches et toute sa personne
dénote une froide insensibilité.

— Laisse-moi placer ta couronne, lui dis-je, nous
aurons plus de temps pour l'arranger? Veux-tu me
répondre?

Rien! Elle ne bouge pas.

J'élève la voix : — Lénore! es-tu morte? es-tu muette
ou cataleptique? Pourquoi ne veux-tu pas me parler?

— A quoi bon? me dit-elle à la fin, avec une sorte
d'irritation, en levant vers moi ses yeux appesantis. Que
dirais-je? Je n'ai plus qu'une heure à moi, — et elle
regarde la pendule en frémissant, — il me semble que je
puis la passer comme il me convient.

J'ôte la guirlande de son carton; je l'admire; rien ne
tire Lénore de sa torpeur. Sylvia sort au bruit de la première voiture dont nous entendons glisser les roues sur
la neige. Je deviens tout absorbée dans ma conception

artistique au moment où je jette un flot de dentelle,
légère et précieuse sur la tête impassible de Lénore e^t
que j'insinue délicatement les fleurs nuptiales dans ses
cheveux.

Les voitures se succèdent sans interruption et je laisse
ma tâche un moment pour courir à la fenêtre.

— Voilà les Webster! dis-je en riant, et la vieille mistress Webster a une robe pareille à celle de Sylvia; le
même cygne sur le corsage et sur la tunique! Pauvre
chère Sylvia, elle en mourra de dépit!

Je cesse de parler, riant toujours malicieusement,
lorsque je sens une main qui se pose sur mon épaule; je
me retourne, mais aussitôt que j'ai jeté un regard sur
son visage, c'en est fini de ma gaieté et je pousse un cri
de terreur.

— Ouvre vite! dit-elle d'une voix inarticulée. Je... je...
j'étouffe!

— Grand Dieu! m'écriai-je, tu ne vas pas t'évanouir?
Attends! attends! que j'approche une chaise.

— Vite! vite! dit-elle en perdant connaissance. Ouvre-
la toute grande!

Après avoir lutté obstinément contre la fenêtre dont
les gonds sont rouillés, je suis parvenue à l'ouvrir, mais
trop tard. De tout son poids son corps est retombé dans
mes bras; je parviens à la coucher sur le tapis, je cours
à la sonnette, et j'appelle dans le corridor. La femme de
chambre de Sylvia est la première qui vient à mes cris;
nous essayons de tous les moyens désagréables qui semblent nécessaires pour rappeler les gens évanouis à cette

vie qu'ils semblent si pressés de quitter; mais tous nos efforts sont inutiles.

Sylvia, que j'ai fait appeler, entre sans savoir ce qui est arrivé : — Que me veux-tu ? dit-elle avec assez d'humeur. Ne m'envoie plus de ces messages mystérieux, je suis trop nerveuse; puis, tout à coup, elle aperçoit le corps inanimé de Lénore. — Grand Dieu! s'écrie-t-elle, qu'a-t-elle fait?

— Elle est seulement évanouie, lui dis-je brièvement.

— Tu ne crois pas qu'elle soit... ?

Mistress Prodgers a une forte aversion pour prononcer ce mot si court, qui, dans son expression presque brutale, renferme la destinée de l'humanité.

— Quelle bêtise! m'écriai-je en colère, et je replace le flacon sous le nez de Lénore toujours inanimée; j'écoute si son cœur bat. Elle ira bien tout à l'heure, dis-je un peu plus rassurée. Nous ne sommes pas habituées à ces sortes d'accidents... Je n'en ai pas été trop effrayée, — ce qui n'est pas absolument véridique.

Au bout d'un moment, je reprends la parole : — Le mariage doit être remis; il est onze hemres et demie, et elle ne revient pas encore à elle.

— Mais les invités? s'écrie ma sœur; mais l'évêque qui est déjà arrivé? et le déjeuner! Et ce dernier point lui représente l'événement sous un jour encore plus terrible.

J'étouffe un soupir : — Ce n'est pas la peine d'en parler, dis-je avec une philosophie forcée. Le mieux à faire, c'est de congédier les invités Il est inutile de les garder.

Et Charlie! Pauvre garçon! Quel cruel désappointement pour lui!

— Quant à cela, répond Sylvia, je ne crois pas qu'un retard d'un jour puisse le tuer. Les hommes, quelquefois, ne sont pas fâchés d'un petit répit dans ces circonstances. Je suis sûre que personne n'est plus brisé que moi aujourd'hui; et, si je pouvais suivre mon inclination, je resterais là, pour pleurer à mon aise.

— Ne la suis pas, alors, répliquai-je brusquement, ou du moins, congédie tes hôtes auparavant, et ensuite, tu pourras pleurer tant que tu voudras.

Nous parvenons à replacer Lénore sur son lit. Les heures se passent, le docteur est arrivé; Sylvia a réendossé sa robe noire et son immense collier; la dernière voiture est partie avec ses roues pleines de neige, et Lénore, toujours aussi pâle, nous regarde languissamment, l'un après l'autre. Nous ne sommes plus que trois dans sa chambre : le vieux docteur à qui, depuis notre enfance, nous avons eu l'habitude d'exhiber notre langue et notre pouls; moi, qui ne compte pas, et un pauvre jeune homme dans un bel habit bleu, dont le beau visage est bouleversé, et qui vient de passer plus de trois heures en pressant et baisant une main blanche et inerte, qui, autrement, ne lui eût pas été abandonnée avec une complaisance si passive. Dès que Lénore ouvre les yeux, il se remet joyeusement sur ses pieds et se penche vers elle. Avec un mouvement de répulsion, presque insensible, elle se détourne pour s'adresser à moi d'une voix faible.

— Je... suis à la maison?

— *A la maison?* Certainement.

— Je... ne suis pas... *mariée?*

— Non, pas encore.

— Tant mieux!

Puis elle retombe sans connaissance. Ces alternatives durent jusqu'à minuit. Alors, elle s'endort d'un sommeil[1] paisible et naturel.

— Allez changer d'habit, dis-je tout bas à Charlie. Otez aussi votre pauvre bouquet.

Il enlève cette fleur de gardénia jaunie et flétrie, puis me dit, l'air un peu embarrassé :

— Elle n'était pas bien hier au soir, n'est-ce pas? C'est pourquoi elle tenait de si étranges discours?... et, la première fois qu'elle a repris connaissance, croyez-vous qu'elle eût conscience de ce qu'elle disait?... Elle ne le pensait pas, sûrement?

Je sais que je mens, mais je réponds :

— Oh! non; elle ne le pensait pas.

— Il m'a semblé, Jémima, qu'elle se détournait de moi? Est-ce parce que je suis dans sa chambre de jeune fille? Peut-être que je ne devrais pas y rester.

— Tout cela, ce sont des idées que vous vous faites, répliquai-je vivement, mais sans conviction. Elle n'était pas revenue à elle encore et le docteur Riley n'en est nullement étonné; elle n'a ni dormi, ni mangé depuis quinze jours...

— Jémima, dit-il brusquement, je veux le savoir... qui lui a enlevé le sommeil et l'appétit? Est-ce moi?

Je garde un silence stupide.

— Ne me répondez pas, s'écrie-t-il en changeant de ton subitement. J'avais tort! je vous faisais une question inutile. C'est toute cette agitation qui l'a mise en cet état, et le froid l'a achevée... Avec un peu de tranquillité, elle se remettra bien vite... Pensez-vous, Jémima, que... demain, on puisse tout terminer?

Je secoue la tête négativement.

— Après-demain, alors?

Je n'ai pas l'espoir de pouvoir répondre *oui*, ni le courage de répondre *non*. Je me contente de dire : — Nous verrons.

XVII

NARRATION

Les jours suivants amènent un repos complet. Lénore, étendue dans son lit, ses beaux cheveux lui formant comme une auréole (non celle d'une sainte martyre), ne demande rien, ne désire rien, et ne se révolte que contre les doses trop répétées de bouillon et d'eau-de-vie.

Enfin, un matin, Jémima entre joyeuse dans sa chambre, en lui annonçant que le docteur lui permet de se lever, mais cette communication ne lui cause aucun plaisir, et jamais il n'y eut toilette plus lente que celle de cette convalescente, d'une part, à cause de sa faiblesse, de l'autre, à cause de sa mauvaise volonté évidente à reprendre la tâche journalière de ce monde. On l'établit devant le bon feu du boudoir de Sylvia, dans un excellent fauteuil, avec un écran entre la flamme et son visage, entourée de romans et de boîtes à ouvrage, un petit chien à ses pieds, tout enfin ce qui constitue le bonheur d'une femme raisonnable. Il y a encore une addition sans laquelle beaucoup de femmes raisonnables croient leur bonheur incomplet, un amant, et... il n'est pas bien loin.

Il entre doucement, en retenant sa respiration, parce qu'elle s'est tournée au bruit de son pas, en appuyant sa joue sur le fauteuil et il croit qu'elle dort.

— N'entrez pas en vous faufilant, dit-elle, sur la pointe du pied. Rien ne m'agace davantage.

Il s'excuse doucement, puis, tout retombe dans le silence.

Fatigué, à la fin, de rester sans parler, le dos appuyé à la cheminée, il lui adresse cette question d'une voix tendre et timide : — Êtes-vous mieux ?

— Oui, je suis mieux, à ce qu'on prétend, mais pas encore bien, et, de longtemps... je ne serai capable de rien faire.

— Riley dit que le changement d'air vous ferait du bien, ajoute-t-il en rougissant comme un coupable.

— Riley ne sait ce qu'il dit, répond-elle en rougissant aussi.

— Lénore ! reprend-il en se jetant à genoux près d'elle, pourquoi n'irions-nous pas tranquillement demain à l'église ensemble, avec votre châle et votre chapeau ordinaires, — Scrope ignore que, pour le moment, on ne porte pas de châle, — sans autre témoin que l'assistant pour répondre « Amen ».

— Qu'est-ce qui presse ? demande-t-elle, tapant du pied le garde-feu avec impatience. Vous parlez comme si nous étions deux vieillards, ayant chacun un pied dans la

tombe. Supposé que nous attendions encore une année,
il nous en resterait encore au moins cinquante pour
bâiller en face l'un de l'autre.

— Même quand nous serions sûrs des cinquante, réplique-t-il doucement, j'aimerais bien encore à y ajouter
cette année-là. Peut-on être heureux trop longtemps?

— Aimez-vous les femmes malades? lui dit-elle tout
à coup, un peu adoucie, en apparence, par son accent
affectueux. — Au fond, je crois que je suis bien malade,
et que vous seriez forcé de me soigner.

Il va se confondre en protestations, mais elle l'interrompt. — Savez-vous aussi que Jémima disait, avec raison, que c'était *indécent* de se marier si vite.

— Que signifie cette préface? s'écrie-t-il vivement.

— Ne vous fâchez pas, reprend-elle d'un ton suppliant
et en lui tendant une main sur laquelle brillent les diamants qu'il lui a donnés. Vous savez que vous avez toujours égard à mes enfantillages, et c'est pourquoi vous
me plaisez.

Il affecte de ne pas voir la main qu'elle lui tend et lui
dit simplement : — Continuez.

— Eh bien ! dit-elle en hésitant, je suis toujours décidée à vous épouser, mais... pas tout de suite... peut-être
dans un an... dans six mois... — et elle baisse les yeux
pour ne pas voir l'effet de ses paroles. Ne recevant pas
de réponse, elle finit par s'écrier, avec impatience :

— N'avez-vous donc pas de langue ? Pourquoi vous
taisez-vous ?

— *Dans un an!* répète-t-il en tournant vers elle son vi-

sage, pâle comme la mort. Cela signifie *jamais!* Merci
pour me congédier avec tant d'égards. Croyez-vous que
je ne l'aie pas soupçonnée depuis quinze jours ? Mais je
priais Dieu de me laisser dans mon aveuglement! Ainsi..
vous vous êtes jouée de moi! — dit-il avec l'accent du
reproche, si l'on peut appeler cela *tromper*, car c'é-
tait bien peu habile... Vous étiez capable de mieux faire..
mais au nom de Dieu! pourquoi ne m'avoir pas laissé
en repos?

Le laisser en repos! la même question, dans les mêmes
termes, que Paul lui avait adressée !

— Je n'avais pas l'intention de revenir, après les compliments que j'avais reçus de vous à ce bal. Pourquoi
me rappeler?

Elle ne répond rien.

— Vous est-il jamais arrivé, continue-t-il en lui prenant
ses deux poignets minces, vous est-il arrivé de faire le
calcul difficile des faussetés que vous m'avez dites depuis
un mois ?

— Arrêtez! s'écrie-t-elle en se dégageant de cette
étreinte qui est plutôt celle d'un geôlier que d'un amant.
Arrêtez-vous! vous êtes très dur pour moi; à peine puis-je
croire que c'est vous qui me parlez, mais vous dites la
vérité. Oui, je vous ai dit beaucoup de mensonges, mais
je me mentais à moi-même. J'espérais toujours que ces
mensonges finiraient par devenir érités... Vous ne
me croyez pas? Eh bien, je prends Dieu à témoin que
depuis ce jour, dans la bibliothèque, où je me suis pro-
posée à vous, j'ai désiré de toutes les forces de mon âme

de... de... vous aimer, comme vous vouliez être aimé...
je me suis répété cent et cent fois tout ce que vous valez... j'ai essayé, — sa figure se contracte de honte et d'angoisse, — j'ai essayé d'arracher de mon cœur tout l'a-
mour que j'avais eu pour... la personne qui l'avait possédé, et de vous le donner...

— Eh bien ?

— Souvent, quand j'étais loin de vous, je croyais avoir
réussi, mais, quand vous m'approchiez, quand vous me
touchiez, bon, beau, aimable comme vous l'êtes...

Elle s'arrête court.

— Allez toujours, lui dit-il d'une voix altérée, ne vous
laissez pas arrêter par la crainte de me froisser .. cela ne
vous ressemblerait guère... *Bon, beau, aimable comme
vous l'êtes ?* répète-t-il ironiquement.

— C'était trop tôt !... trop tôt ! s'écrie-t-elle douloureu-
sement tandis que de grosses larmes coulent sur ses
joues brûlantes, puis elle ajoute avec un sourire pénible : — Charlie ! pourquoi désirez-vous tant épouser
une femme *abandonnée ?*... j'espérais oublier assez vite,
mais c'était au-dessus de mes forces — Vous-même, si je
vous rejetais aujourd'hui pour toujours, pourriez-vous
m'oublier en une minute?

— Je *ferais* mon possible, dit-il avec un pâle sourire ;
ou, pour mieux parler, je *ferai* mon possible !

—Oh ! Charlie ! Charlie ! me connaissant comme vous
me connaissez, comment pourriez-vous désirer m'é-
pouser ?

— Comment ? répète-t-il avec un rire sourd et bas, bien

17

différent de son joyeux rire juvénile. Ne savez-vous pas
que, quand un homme meurt de faim, il accepte un
morceau partagé? Quand j'ai cru à une chance possible, me serais-je pardonné de la laisser échapper?... Je
comprenais que votre âme, peut-être, ne m'appartiendrait
pas, que j'aurais à peine votre corps, mais j'étais si ab-
surdement fou de vous que si vous aviez été simplement
amicale, j'aurais été l'homme le plus heureux de la terre.

Elle ne répond rien. Il reprend après un moment de
silence, et avec une sorte d'exaltation :

— Savez-vous ce qui m'a soutenu tout ce mois? ce qui
m'a fait supporter des regards qui blessaient et des mots
qui déchiraient? Je vais vous le dire. — Écoutez, et riez,
si cela vous amuse, mais c'est la vérité. Je savais... —
il avait posé ses mains sur ses épaules pour la bien
voir en face, il les retire et lui en encadre le visage, — je
savais que, si une fois vous étiez ma femme, je parvien-
drais à me faire aimer de vous. Vous auriez eu beau me
contrarier, me repousser, j'y serais parvenu... Lénore!
je le crois encore.

— Vraiment? dit-elle, hélas! j'en doute.

— Dites-moi, reprend le jeune homme assez enhardi
par sa douceur pour oser la prendre encore dans ses bras,
comme si elle était à lui, — dites-moi... cela ne me fera
aucun bien de l'entendre, ce sera plutôt un supplice,
mais enfin, répondez-moi, si vous m'aviez rencontré
d'abord, avant lui, croyez-vous que vous auriez pu m'aimer un peu? Tâchez de dire oui, Lénore, je vous en supplie!

— Comment puis-je le savoir ? répond-elle froidement, sans le repousser. Il me semble seulement que si je ne l'avais pas rencontré, je serais restée comme toujours, sans m'attacher à personne. Je ne suis pas très susceptible de prendre une passion subite...

— C'est pourtant subitement que vous êtes devenue éprise de lui, interrompt Scrope assez rudement.

— Vous avez raison, — j'avais tort de me vanter.

— Qui a pu, au monde, vous entraîner cette fois ?

— Je n'en sais rien. Le désir de vaincre, peut-être ; le désir de plaire à celui qui me dédaignait, qui me jugeait sévèrement ; la contradiction, que sais-je ? — Puis s'arrêtant brusquement : — Qu'importe comment cela a commencé ? N'est-ce pas assez que ce soit *fini*?

Aux derniers mots, sa voix s'affaiblit et s'éteint dans un soupir, ses bras à lui se relâchent et il reprend avec une nuance légère de mépris dans la voix :

— Si c'est là le chemin pour arriver à votre cœur, il n'est pas étonnant que j'aie échoué! J'aime mieux, Lénore, bien que j'aie été fou d'amour, j'aime mieux encore renoncer à votre affection.

— Vous avez raison, répond-elle froidement. Vous êtes d'accord avec lui. C'est parce qu'il ne faisait pas de cas de mon amour, qu'il l'a si facilement rejeté !

Les minutes s'écoulent, ces minutes qui ne s'attardent pas plus au brillant carillon des noces qu'au glas funèbre de la mort. Les deux jeunes gens restent en face l'un de l'autre, abîmés dans leurs pensées, tellement qu'il serait difficile de dire lequel des deux porte le fardeau le plus

pesant. Scrope est le premier à rompre ce silence acca-
blant.

— Lénore, dit-il avec amertume, est-ce parce que vous
avez quelque espoir de son retour que vous m'avez repoussé tout à coup?

— A quoi pensez-vous, dit-elle, agitée par un frémissement qui parcourt tout son corps comme s'il eût touché
une plaie vive. — Non! non! je n'ai plus la moindre espérance.

— Alors, reprend-il, revenez à moi ; je jure que je parviendrai à vous le faire oublier... il me semble déjà que
vous me haïssez moins... Ma bien-aimée, avez-vous donc
donné tant d'amour à celui qui l'a repoussé, qu'il ne
vous en reste pas pour moi une parcelle? Dites *oui!* Je
vous en supplie encore, reprend-il avec une passion plus
véhémente que jamais et en la serrant de nouveau dans
ses bras. Je vous garderai ainsi, jusqu'à ce que vous
m'ayez dit ce *oui!* je ne veux pas qu'un autre mot sorte
de vos lèvres.

— Que voulez-vous de moi? répond-elle en cherchant
à se dégager, ne vous ai-je pas dit que je voulais vous
épouser. N'en parlons plus.

— Mais penserez-vous toujours de même? reprend-il
avec défiance. Voilà la question. Vous consentez à m'é-
pouser? alors pourquoi pas dès à présent, sans ces délais
inutiles?

Elle s'éloigne de lui et va à la fenêtre regarder tristement ce monde lugubre tout blanc de neige et ces petits glaçons aigus qui pendent des branches dépouillées.

— Parlez! dit-il et sa voix est devenue plus dure et plus impérieuse. J'attends, j'attendrai jusqu'à ce que vous ayez répondu à ma question. Voulez-vous que ce soit *demain?*

Elle est toute tremblante. Ses larmes coulent, sans qu'elle les essuie, sur ses joues pâles.

— Pas *demain!* répond-elle en tressaillant. Laissez-moi me reconnaître. Je ne me sens pas bien, je vous jure que je ne me sens pas bien.

— Lénore! voulez-vous m'épouser *demain?* reprend-il avec une tranquillité froide et contrainte.

— Non! non! pas si tôt. Donnez-moi six mois pour m'accoutumer à cette idée, j'aurai changé: je serai meilleure. C'est long, six mois! les choses qui sont arrivées il y a six mois me paraissent déjà si loin!

— Je vois ce que c'est, dit-il avec une certaine hauteur. Vous comptez trop sur ma patience, mais vous vous trompez. Je vous épouserai *à présent,* ou *jamais!*

— Voulez-vous donc, s'écrie-t-elle, — et ses joues viennent de s'animer d'un vif incarnat — voulez-vous donc une femme qui redoute votre approche? qui voudrait s'enfuir rien qu'au bruit de votre pas? En vérité! vous avez un goût bien étrange! Ne serait-il pas de mon intérêt de vous épouser, de vous aimer, d'être riche, heureuse, au lieu de souffrir et de haïr tout le monde? Laissez-moi donc le temps de me guérir; je ne vous demande que d'avoir encore un peu de patience.

Mais il lui répond seulement: — *à présent* ou *jamais!*

— Eh bien, s'il en est ainsi, *jamais!* répond-elle avec

vehémence; vous l'avez dit vous-même. C'est vous qu
refusez; ce n'est pas moi ! c'est *votre* œuvre et non la
mienne.

— Très bien, répond-il d'une voix âpre en se détournant pour qu'elle ne voie pas sur ses beaux traits le
ravage produit par la douleur, vous avez raison. Ce ne
sera jamais.

Après quelques moments de silence, il la regarde encore pour la dernière fois. Il est pâle; dans ses yeux
il y a un mélange de désespoir et d'indignation. —
Lénore, reprend-il enfin, vous vous faites dire des
choses cruelles... Vous causez le malheur de tout ce qui
vous approche. Vous me faites maudire six mois de ma
vie, mais l'épreuve a été assez longue et je vais maintenant m'efforcer de vous oublier... avec le temps... On ne
porte pas un deuil éternel pour la meilleure des femmes,
qui vous aimait et que l'on a perdue... comment vous
regretterais-je éternellement, vous qui m'avez accablé de
sarcasmes, d'insultes indignes d'une femme qui se res-
pecte? Adieu! Lénore! oui... adieu! mais... avant que je
vous quitte pour jamais, donnez-moi un franc baiser!
Hélas! je ne puis, maintenant, que vous en demander un
seul! Et, tout en parlant, il s'est baissé et, presque malgré elle, il a posé ses lèvres sur les siennes; il s'éloigne
rapidement... et... la voilà délivrée de tous ses amoureux !

TROISIÈME PARTIE

LA NUIT

I

NARRATION

Après la journée de la vie, brillante et courte, vient la longue nuit de la mort. Déjà l'ombre s'étend, le crépuscule va nous envelopper. Encore quelques pas avec moi, ô lecteur qui m'avez patiemment suivi jusqu'à présent. Je ne vous garderai pas longtemps, mais je vous entraîne maintenant dans la haute et froide vallée de l'Engadine, au commencement de ce beau mois de juin, comme l'année dernière au début de mon récit.

JOURNAL DE JÉMIMA

Nous sommes descendues, toutes courbaturées, de

notre poudreux véhicule, où nous avons passé une chaude journée.

Demain, nous atteindrons notre destination, Pontresina. En attendant, nous voilà au milieu des montagnes, des torrents, des sapins du joli village de Bergunz. Nous y avons fait un mauvais dîner qui nous met en méchante humeur. Sylvia se perche sur une haute chaise dure et s'y trouve fort incommodément. Lénore, qui me paraît ce soir si grande, si mince, si amaigrie, s'appuie sur le balcon en regardant la rue, et moi, je feuillette le livre des voyageurs. Au milieu des tristes plaisanteries, des vers boiteux, des recommandations de toutes sortes, j'y trouve un éloge pompeux du modeste hôtel où nous sommes. Je voudrais engager mes sœurs à y faire une halte plus longue, mais Sylvia ne paraît pas de mon avis.

Je me rapproche du balcon où se penche Lénore. Les yeux, du moins, ont là de quoi se rassasier. Le ciel, ce soir, est d'une teinte de perle, sur laquelle se découpent les grands pics violets des montagnes dont la base est couverte de sapins, armée immense, qui monte sur leurs flancs assez haut pour les enserrer comme une ceinture d'un vert sombre et résistant. Le torrent qui descend d'un de ces sommets y trace un long sillon semblable aux traces que formerait un déluge de larmes; la soirée est toute brillante des fleurs des champs, toute rafraîchie de l'abondance des eaux. Au-dessous de nous est la petite rue du village avec ses maisons basses aux toits épais, ses petites fenêtres à châssis de plomb, au bord des-

quelles se penchent des touffes de gros œillets éclatants.
Un peu plus loin, la fontaine rustique, qui coule incessamment par des tuyaux d'arbres creusés, est le ren-
dez-vous du village. De là montent, un peu adoucis à
nos oreilles, les sons de cet étrange patois en langue
romane qui se mêlent au tintement des clochettes lorsqu'un
grand troupeau de belles vaches grises passe lentement
pour aller boire à la fontaine où s'abaissent leurs cous
luisants. Peut-être ne faudrait-il pas regarder à l'intérieur
ces ménages de paysans, mais, vus du dehors, par cette
radieuse soirée, il semble que l'on aperçoive un coin de
l'antique et innocente Arcadie.

— Il doit être arrivé quelque autre voyageur, dis-je à
Lénore en lui montrant une voiture poudreuse rangée
derrière notre vieux berlingot.

— C'est un homme, dit nonchalamment Lénore, si un
porte-manteau est l'indice d'un être du sexe masculin.

— Autre indice, ce porte-manteau est tout neuf et son
possesseur, par conséquent, est nouvellement marié, ou
va l'être.

— J'ai voulu voir les initiales, reprend-elle, mais elles
sont cachées par la boîte à chapeau.

— Tâchons, dis-je, que Kolb s'en informe, parce qu'à
son bagage, je jurerais qu'il est Anglais.

Je ne me trompais pas. C'est un Anglais, nom inconnu,
venant de Saint-Moritz et retournant chez lui. Il était
sorti pour se promener, cinq minutes avant notre arrivée. Voilà tout ce que nous pouvons en savoir.

— Est-ce que vous allez rester là toute la soirée?

17.

demande Lénore en bâillant. Pour moi, je n'y tiens plus
et je vais faire une exploration.

— Oh! ne sors pas! lui criai-je vivement. Tu sais que
la rosée du soir te fait toujours tousser...

— M'as-tu jamais vue céder à une observation? me
répond-elle avec un geste pétulant. Je ne m'étonnerais
pas de rencontrer l'ami inconnu au porte-manteau, et il
n'est pas dit que je ne vais pas à sa recherche. Au
revoir!

II

NARRATION

Après tout, elle a mis un châle sur sa tête et ses épaules et elle traverse, sans s'arrêter, les rues de ce village oisif, bavard, plein de rires, pour gagner au plus vite le torrent qui l'attirait. Un grand rocher s'élève hardiment en face d'elle sur le ciel assombri, le torrent roule et bondit en blanchissant dans sa course folle, et elle est seule. La lune ne montre pas encore sa large face qui apparaîtra tout à l'heure en montant derrière les montagnes. Dans l'obscurité et la solitude, Lénore est prise d'un étrange transport. Elle se jette à genoux sur une pierre lavée par la fine poussière humide et elle s'écrie à haute voix :

— Chère petite rivière, veux-tu noyer mes souvenirs? Veux-tu me faire oublier Paul?

Ce n'est pas que Lénore pense constamment à Paul. Il lui est possible, maintenant, de se distraire pendant un jour entier, mais un son, un mot, le lui représentent tout à coup, et, ce soir, elle l'associe à tout ce qu'elle voit. O Dieu! s'il était là, un bras passé autour de sa taille, et sa tête, à elle, reposant sur son épaule! tous deux jouissant dans une muette extase, de ces harmonies sauvages et du fracas, sans trêve ni repos, que fait le torrent à leurs pieds; foulant le trèfle jauni; voyant s'agiter au-dessus de leurs têtes les panaches légers des mélèzes... S'ils étaient là, seuls avec la rivière, les montagnes et Dieu!... Elle croit sentir son bras, elle lève les yeux pour rencontrer ses yeux, mais, ici, le rêve s'évanouit... il n'y a pas un bon regard qui réponde au sien... Paul n'est pas là!

Elle se relève vite et marche rapidement. La gorge se rétrécit, il n'y a place que pour elle et pour le cours désordonné du torrent. Elle se sent oppressée; il lui semble qu'elle voudrait arrêter les eaux bondissantes, mais que la rivière lui répond : « Je ne puis; j'ai un message pressé pour la grande mer, là-bas! » Lénore avance toujours, au hasard, jusqu'à ce qu'elle arrive à un pont léger en planches qui résonne sous ses pieds. Là, elle s'arrête, se penche sur la rampe et essaie vainement de fixer les petits flots d'écume. La soirée est à la fois sombre et éclairée; sombre parce que le soleil a entièrement disparu; éclairée parce que la lune monte, monte toujours. Déjà le front des montagnes est baigné de ses froides ondes et bientôt elle trempe légèrement dans l'eau ses pieds nacrés. Est-ce la même qui sommeille dans cette lumière argentée ou qui rejaillit avec une sorte de colère contre les parois humides des rochers? Si l'on avait quelqu'un, un être chéri, à qui montrer toutes ces aimables choses!

Le sentier, après le pont, tourne brusquement au pied de la montagne et on le perd de vue. Lénore est encore appuyée sur la barrière rustique, et suit toujours des yeux les petites bulles d'écume éclairées d'un rayon d'argent, lorsqu'elle entend le pas de quelqu'un qui marche dans le sentier tournant. Il se fait tard. Ce lieu est absolument désert. Son premier mouvement est de courir pour regagner le village; son second mouvement est de rester. Pourquoi s'enfuir? N'est-ce pas, probablement, quelque honnête et grossier montagnard retournant dormir sous le toit épais de son chalet? Il restera interdit à la vue de son beau manteau rouge et lui souhaitera le bonsoir dans le patois roman, sans qu'elle sache lui répondre. Elle reste donc. Les pas se rapprochent; son cœur bat un peu plus vite que de coutume; ses yeux sont fixés vers l'endroit où doit apparaître celui dont on entend la marche lente et irrégulière. Il approche et déjà le voilà hors de l'ombre produite par le rocher. Ce n'est pas un paysan. C'est... assurément, c'est un Anglais! C'est *Paul!* O Dieu du ciel! non! cela ne peut pas être! Tant d'hommes s'habillent de même! Il y a une telle ressemblance entre les hommes d'une même classe, vus de loin!... Il se rapproche encore d'un ou deux pas, s'arrête et lève la tête. La lune tombe en pleine lumière sur ce visage honnête et intelligent sans être beau ou remarquablement distingué. Elle voit briller son regard tranquille. Il est négligemment habillé, sans cravate; son cou

puissant et musculeux est découvert et ses mains sont
enfouies dans les poches de cette vieille jaquette de chasse
de Dinan. Pensez-vous qu'elle s'évanouisse, ou se jette à
l'eau, ou pleure ou rie nerveusement, ou appelle au secours? Non! elle reste immobile, sa petite main cram-
ponnée à la rampe du pont, les battements de son cœur
couvrant la voix du torrent, et elle attend que le ciel
s'ouvre devant elle. La mort l'aurait-elle amenée jusqu'à
lui en voyant sa peine amère? Est-elle déjà dans le monde
des bienheureux? Paul est si distrait en regardant la
lune, qu'il est près d'elle, son pied sur la planche du
pont, avant de l'avoir aperçue. Alors, il tressaille de tout
son corps en s'écriant :

— Lénore!!!

Elle n'aurait pu s'écrier à son tour : *Paul!* lui eussiez-
vous offert tous les trésors du monde. Il se baisse vers
elle jusqu'à ce que sa tête soit au niveau de la sienne,
plonge son regard dans le sien, touche son manteau rouge
pour se bien convaincre que l'apparition est une réalité.
Oui! ce n'est pas un fantôme; c'est bien une vraie Lénore, mais plus pâle qu'il ne l'a jamais vue, avec cette
expression sérieuse qui naît d'une émotion profonde mêlée à un profond étonnement, peinte dans ses yeux tendres et largement ouverts.

— Grand Dieu! qui aurait pensé vous retrouver ici!

Il serait difficile de dire si Paul est content ou malheureux de retrouver ainsi, au bout du monde, l'objet
de son ancien amour.

— Lénore!... Est-ce bien Lénore? dit-il en examinant

de plus près encore cette pâle et tremblante figure. Au nom du ciel! qui vous a amenée ici?

N'est-ce pas stupide de ne pouvoir répondre, de rester ainsi muette, la tête basse, comme un enfant timide? Mais elle semble avoir perdu la faculté d'articuler un seul mot.

— Vous ne voulez pas me parler? continue-t-il avec agitation, se méprenant sur la cause de son silence. Vous ne voulez pas me donner votre main?

Elle lui tend la main. Ne la sent-il pas trembler dans la sienne?

— Vous... vous... n'êtes pas seule ici? dit-il en regardant involontairement au doigt de sa main gauche. Vous êtes avec... avec...

— Non! je ne suis pas seule, répond-elle avec lenteur, et comme si elle n'était pas sûre des paroles qu'elle prononce. Jémima et Sylvia...

— Jémima! répète-t-il avec une intention secrète et un sourire mélancolique, ce nom, réminiscence du passé.

Tous deux restent silencieux un moment. On n'entend plus que deux voix, celle du torrent qui résonne en frappant le pied du rocher et le tronc muet des sapins, et la voix joyeuse et stridente des cigales. Si cet état pouvait durer toujours! Ils sont là, ensemble, sur ce pont étroit, sur ce ruisseau qui coule comme une bande d'argent. Les mélèzes agitent, avec un doux frémissement, leurs petits panaches verts, les cigales toujours éveillées disent leurs gaies chansons, et ils se regardent tranquillement l'un et l'autre! Hélas! qui a jamais pu

dire à une minute heureuse de sa vie ce que Josué a dit
au soleil : « Tu t'arrêteras ici ? » Non! la minute heureuse est poussée en avant par toutes celles qui se succèdent sans rémission!

— Combien de fois me suis-je demandé, si je vous ren-
contrerais jamais ? reprend Paul avec un profond soupir,
car, après tout, le monde n'est pas si grand, et je pouvais bien me demander où et comment? Certes, c'est ici
le dernier endroit que j'aurais imaginé et, cependant, il
n'y a pas cinq minutes que je pensais à vous.

— Vraiment ? dit-elle avec douceur, tandis que ses
yeux, en rencontrant les siens, brillent à travers ses
larmes, comme de belles fleurs trempées de rosée.

— Vous m'avez pardonné ? dit-il, prenant anxieuse-
ment son autre main pour les serrer toutes deux dans
une amicale étreinte. Nous sommes amis, n'est-ce pas?
La paix est faite ?

Elle n'a plus ses mains pour cacher son visage. Elle
ne peut plus lui dissimuler comment, du bord de ses
paupières, tombent de grosses larmes qui roulent sur
son beau manteau écarlate. Dans la tendre expression
de son visage en pleurs, il n'y a, certes, nulle colère.

— Ne pleurez pas, lui dit-il, surpris et malheureux
comme un homme l'est toujours quand il voit une femme
fondre en larmes. Je ne vais pas, ajoute-t-il avec un sourire embarrassé, je ne vais pas vous gronder cette fois.
Vous savez comme je vous faisais des leçons! Combien
de fois, depuis lors, n'ai-je pas regretté d'avoir été trop
prompt à vous sermonner !... A peine encore puis-je croire

que *c'est vous*, reprend-il après une pause et interrompant
de nouveau le duo du ruisseau et de la cigale. Qu'avez-
vous fait pour être si changée? Assurément, vous n'êtes
plus la même. Vous n'étiez plus en âge de grandir. On
ne grandit pas à dix-neuf ans, mais... mais, sûrement
vous êtes plus mince que vous n'étiez. Avez-vous été malade ? Le seriez-vous encore?

— Pas beaucoup, répond-elle légèrement. Une autre que
moi n'y eût pas fait attention, mais vous savez que je
me suis toujours occupée de moi-même, et je n'ai pas une
forte constitution, à ce qu'on dit.

Il ne lui fait pas d'autre question.

— Pour moi, reprend-elle avec un rire nerveux, je
suis bien aise de n'être pas plus forte, car à quoi sert
la force, sinon à souffrir davantage et à amener une
mort plus difficile quand le moment en est venu?

— Je suppose que vous aurez été menacée encore de la
rupture d'un vaisseau ? dit-il en voulant faire une allusion plaisante à ce qu'elle lui avait raconté autrefois...
Mon Dieu! se peut-il qu'il n'y ait qu'un an de
cela ?

— Seulement un an, répète-t-elle machinalement. Mais
c'est si long, un an!

— Vous êtes bien pâle, dit-il en continuant à l'observer.
Je ne me souviens de vous avoir vue aussi pâle qu'une
seule fois, cette nuit où je vous ai fait chavirer dans la
Rance. Comme vous étiez mouillée ! Comme l'eau cou-
lait de vos longs cheveux ! Je ne croyais pas que l'on pût
avoir de si longs cheveux. Je vous vois encore.

Ses yeux gris semblent si bons, si pensifs, tandis qu'il voyage dans ce doux passé !

— Vous me voyez encore ? dit-elle d'une voix presque éteinte.

— Tout cela a été un malentendu, reprend-il en soupirant, une erreur ; mais une bien agréable erreur tant qu'elle a duré.

Ses larmes l'empêchent de répondre.

— Lénore ! dit-il après un nouveau silence et en montrant une plus grande agitation, je veux vous dire une chose. Je me suis demandé, bien souvent, si j'aurais jamais occasion de vous la dire. Quelquefois je l'ai désiré, quelquefois non. Quoi qu'il en soit, il importe peu que vous pensiez de moi du bien ou du mal, et je ne crois pas que ce que j'ai à vous dire change votre opinion, quant à ma sagesse ou à mon humilité. Vous rappelez-vous votre dernière lettre ?

Elle n'est plus pâle. Aucune rose d'été n'a de plus vives couleurs, et, comme autrefois, on voit, à la clarté de la lune, briller dans ses yeux un éclair de colère. Va-t-il lui reprocher ces pauvres avances, si outrageusement repoussées ?

— Je n'y ai pas cru, continue-t-il vivement. J'étais irrité et comme fou de vos cruelles paroles. Lénore, pourquoi avez-vous quelquefois la langue tranchante comme l'acier ? J'ai donc cru que ce n'était de votre part qu'une coupable manœuvre pour me ramener à vous, et me faire, encore une fois, tourner la tête. Je détesterais d'être le jouet d'une femme...

— Eh bien?

— Vous vous rappelez ma réponse? J'espère que vous l'aurez brûlée. Je n'en suis pas fier, dit-il en rougissant sous son teint bronzé. Eh bien, quand je l'eus envoyée, je relus votre lettre, et, à force de l'étudier ligne par ligne, je vins à penser qu'il pouvait s'y trouver quelque soupçon de vérité. Lénore, vous aviez écrit bien habilement et je ne sais comment vous aviez pu faire pour cacher cette vérité. Je commençai à penser à ce cher... cher temps passé ! — Il s'arrête et sa voix tremble un peu. — Je pensai encore... vous vous moquerez de moi de m'être souvenu de toutes ces niaiseries dans un pareil moment, mais je pensai à la vieille robe bleue et à Huelgoat.

Elle se détourne et s'appuie sur la rampe du pont. Sans qu'il la voie, sans que personne la voie, ses larmes brûlantes tombent et s'absorbent dans l'eau glacée.

— Je me souviens de tout ce que vous disiez alors, continue-t-il avec un triste sourire accordé au passé plus qu'au présent. Vous aviez une si jolie manière de dire la moindre chose !... oui : — passant sa main sur son front et changeant de ton subitement — la fin de tout ceci, c'est que j'avais résolu de vous demander de... de nous embrasser et de rester amis !... Je pense que l'on peut aussi bien s'entendre de cette manière toute simple que de toute autre. J'avais même, un jour, j'avais pris une plume neuve et je m'étais mis carrément à vous écrire.

Il dit cela avec un rire un peu forcé, car le rire est

rarement naturel quand c'est de soi-même qu'on rit.

— Pourquoi ne l'avez vous pas fait ? s'écrie-t-elle, presque en gémissant.

— *Pourquoi je ne l'ai pas fait ?* répète-t-il en la regardant avec une surprise véritable. Je m'étonne que vous me le demandiez ? Pourquoi ? mais, parce qu'au même moment, moins d'une semaine après que vous eussiez *composé* cette lettre pathétique, j'ai appris que vous étiez fiancée à Scrope. J'ai vu combien votre accent de vérité méritait confiance... Il y a toujours un bon côté aux choses, et je me suis applaudi de n'avoir pas écrit.

— Mais je ne suis pas fiancée maintenant, s'écrie-t-elle avec vivacité. A peine puis-je croire que je l'aie été.... Les gens exagèrent tout. C'était plutôt une comédie qu'une chose sérieuse.

— *Une comédie !* dit-il d'un ton froid et méprisant. Le jour du mariage était fixé; vous étiez tout habillée; tout était fini si vous ne fussiez pas tombée malade soudainement.

— Oui ! répond-elle comme en délire, Dieu merci ! j'ai été malade, bien malade ! C'est ce qui m'a sauvée ! Dieu merci !

— *Sauvée ?* reprend-il avec une surprise toujours croissante. Que voulez-vous dire ? Ce n'est que remis, sans doute ? Cela se fera un jour ?

— Jamais! jamais! s'écrie-t-elle avec une véhémence extrême. Jamais il n'y eut là rien de sérieux de ma part, je crois que... que j'avais perdu l'esprit.

— Alors, vous n'avez pas d'engagement avec Scrope? demande-t-il en manifestant l'étonnement le plus profond.

— Non ! ne me parlez pas d'une chose si horrible.

— Ni à personne autre ?

— *A personne ?* répond-elle d'un air méprisant. Puis-je jamais être la fiancée de personne?

Maintenant que tout est éclairci entre eux, maintenant que tous les nuages, tous les malentendus sont dissipés, maintenant qu'ils sont seuls, dans la nuit, il semble qu'il va la presser sur son cœur; sa tête reposera encore sur son épaule, avec un bonheur plein de confiance. Il se détourne à demi, en proférant une imprécation et en disant entre ses dents : — Dieu ! tout ce que l'on peut inventer de mensonges ! Puis il reprend, mais avec une sorte de contrainte :

— Je puis vous assurer que, ce jour-là, je ne vous ai bénis ni l'un ni l'autre. Ce ne fut, pourtant, que l'affaire d'un moment. Quand une chose est juste et raisonnable on cesse bientôt de se révolter contre elle, et après m'être révolté, je suis devenu si sage que je l'accepte parfaitement, dit-il en riant nerveusement.

— Vous l'acceptez ? dit-elle, et son gosier serré ne produit que des sons inarticulés.

— Peut-être... peut-être retournerez-vous à lui, maintenant... avec le temps... vous savez le temps amène des choses... que l'on n'eût jamais imaginées... vous... vous ne pourriez mieux faire.

Une peine cuisante transperce le cœur de Lénore.

— Vous êtes bien bon, dit-elle, et la flamme de ses yeux brûlants sèche ses larmes ; mais, je ne vois pas, en vérité, pourquoi vous vous occupez de ce sujet?

— En effet, répond-il presque humblement, j'ai tort et je vous demande pardon de m'en mêler, mais vous venez de me promettre que nous étions encore amis, et des amis peuvent prendre intérêt à ce qui les touche réciproquement; ne le croyez-vous pas ?

Elle ne répond rien. Elle écoute la cigale. La maigre chanson lui semble avoir pris tout à coup un éclat effrayant.

— Avant que nous nous séparions, Lénore, s'écrie Paul en saisissant vivement ses petites mains, permettez-moi de vous parler... oui... je dois vous parler de... mon avenir à moi.

— Eh bien ?

Ses yeux secs et ardents interrogent les siens avec une expression de crainte indéfinissable.

— Ma famille, continue-t-il en parlant très-vite, vient de passer deux mois à Saint-Moritz. J'y étais avec elle, et maintenant je me rends chez moi pour arranger mes affaires. Je vais... peut-être le savez-vous déjà ? je vais me marier.

Quand on reçoit un coup mortel, quelquefois, dit-on, on ne ressent pas une vive douleur sur le moment. On est comme *saisi*. Lénore éprouve d'abord cette sensation. Ses esprits sont, en quelque sorte, étonnés. Cela ne dure pas bien longtemps. Il lui reste, toutefois, cet instinct féminin qui domine la plus extrême angoisse et porte à

recouvrir comme d'un manteau décent la terrible blessure apparente. Il s'était à peine écoulé une seconde
avant qu'elle ne parlât, que déjà un bon esprit, un bon
génie qui s'était insinué dans son corps tremblant et
glacé, prenait la voix de Lénore pour dire, avec un faible sourire :

— A votre cousine ?

— Oui, à ma cousine.

Suit une pause d'une durée si imperceptible qu'on ne
l'eût pas remarquée dans une conversation ordinaire, une
pause pendant laquelle Lénore livre un combat intérieur pour retrouver, avec la voix, le pouvoir de rire,
de lancer un mot indifférent ou poli. Généralement celui
qui, dans ces combats à mort, lutte si énergiquement,
de tout son cœur et de toute son âme, avec convenance
et dignité, remporte la victoire, mais il faudrait bien des
baumes pour panser ses blessures ! Lénore triomphe péniblement et pour cacher son visage elle se penche encore
sur la rampe du pont où, cinq minutes auparavant, elle
se penchait pour cacher d'heureuses larmes.

— A la femme idéale ? dit-elle avec un rire sec. A la
femme qui a des yeux de perdrix morte, un peu triste,
mais si aimante ? Vous voyez si je me souviens bien de
tout.

Paul ne répond rien. Lui aussi se penche sur la rampe
du pont. Il n'a pas l'apparence d'un heureux fiancé et
ses yeux restent fixés avec distraction sur une pointe de
rocher, grise et brillante, que l'eau du torrent recouvre
incessamment.

— Je l'avais prédit, reprend Lénore. Vous en souvenez-vous ?

— Il n'y en avait alors nulle apparence, répond-il d'un air mécontent. La pensée n'en était venue à personne et, à moi, elle ne me serait jamais venue si...

Il s'interrompt. Elle ne parle pas, mais elle secoue la tête. Il lui semble qu'elle a enterré sa douleur qui ne se relèvera de son tombeau qu'après le départ de Paul. A présent, son calme n'est que de la torpeur.

— Pourquoi secouez-vous la tête ? lui demande-t-il brusquement. Est-ce pour dire que vous ne me croyez pas ? Quel intérêt aurais-je à vous tromper, maintenant que rien ne peut nous rapprocher ?... Quand l'avez-vous prédit ou prévu ? Est-ce à Huelgoat ? Était-ce lors de notre visite au tombeau de Chateaubriand ? C'eût été voir de bien loin ! Non ! Lénore, vous ne pourrez le nier... Devant Dieu, je jure que j'ai été plus épris de vous que je ne pouvais l'être d'aucune autre femme... Seulement je m'efforçais de le cacher... mais je vous ai aimée... parfaitement aimée ! et sa voix s'élève en disant ces derniers mots jusqu'à l'accent de la passion.

— Vous m'aimiez ! reprend-elle, et une étincelle d'animation éclaire son visage et brille dans ses tristes yeux. Je le croyais bien, mais tout le monde disait le contraire.

— Eh bien ! maintenant, je ne suis plus épris de personne, dit-il vivement en rejetant de son front ses cheveux, par un mouvement brusque et saccadé. Mes affections sont modérées... L'autre manière avait un grand

charme, mais l'état actuel est plus sain. Cela est très
préférable ainsi... nous n'étions pas faits l'un pour l'autre...
nous nous serions rendus malheureux.

— Oui! malheureux... très malheureux ! répète-t-elle
machinalement.

— Alors vous êtes bien de mon avis ? ajoute-t-il avec
empressement, comme s'il était satisfait de trouver qu'elle
l'approuve. Je le pensais, et c'est surtout pour *vous*
qu'il vaut mieux que les choses soient ainsi.

— Beaucoup mieux, redit-elle encore avec un sourire
forcé. Comme vous le dites, nous n'avons jamais été d'accord, et c'était charmant... Votre cousine ne serait pas de
mon avis ? Mais... tout est pour le mieux... pour *moi*
surtout.

Ils se taisent un moment.

— Vous souvient-il de ce jour, à Saint-Malo, reprend-
il, quand...

Elle l'interrompt.

— Je ne me souviens de rien ! dit-elle toute frémissante. J'ai la plus mauvaise mémoire du monde... mais,
reprend-elle avec une sorte d'excitation nerveuse, ne
parlons que de vous, c'est plus intéressant... Quand
cela aura-t-il lieu ? Dites-moi le jour exactement. Je veux
penser à vous, ce jour-là... boire à votre santé... et... —
avec un rire convulsif — je dois, sans doute, vous envoyer un présent ?

— N'en faites rien, pour l'amour de Dieu ! s'écrie-t-il
à moins que ce ne soit l'oubli!

— Avec *elle*, vous ne vous querellerez jamais, je suppose ? dit-elle, trouvant dans l'intensité de sa douleur la force de parler d'une manière contenue et même de sourire.

Paul rougit : — C'est une bonne fille, dit-il d'un ton piqué. Je vivrai en paix avec elle... c'est quelque chose. Avant de vous rencontrer, je croyais que c'était tout.

— Vous ne m'avez pas répondu... je veux savoir le jour.

— Bientôt. — Le plus tôt sera le mieux, dit-il avec agitation.

— Je penserai à vous... — dit-elle en maîtrisant sa voix et lui tendant une main tremblante... Oui ! je penserai à vous... c'est-à-dire — avec un rire saccadé — si je ne l'oublie pas.

— Non ! répond-il en pressant fortement ces doigts minces et glacés — ne pensez plus à moi, ni alors, ni *jamais*. Faisons le serment de ne plus penser l'un à l'autre... mais, encore une fois, et pour la dernière, laissez-moi vous regarder... Je voudrais ne pas oublier ce visage si beau, le plus beau que j'aie jamais rencontré... — Il la contemple un moment avec un regard douloureux — et... maintenant, adieu. Adieu, mes beaux yeux, mes belles lèvres qui jamais ne m'ont laissé un instant de repos, tant que vous avez été à moi. Adieu ! adieu ! Hélas ! que ne puis-je, ô mon Dieu ! que ne puis-je !..

Il ne peut continuer, mais, pour elle, ces paroles follement tendres ont apporté quelque adoucissement à sa propre douleur ; elles ont ramené quelque vivacité dans ses yeux qui se remplissent de larmes en se fixant à leur tour sur ce visage sombre et altéré.

— Nous ne devons plus désirer qu'une chose, reprend-il enfin. C'est de ne plus jamais nous rencontrer... mais pouvons-nous l'espérer? Habitant l'Angleterre, vous et moi, le hasard peut encore nous rapprocher.

— Oh! non! dit-elle, pas de longtemps du moins. Nous allons rester à Pontresina tout l'été.

— Qu'allez-vous faire là? J'espère que ce n'est pas pour votre santé? demande-t-il en la regardant avec quelque inquiétude.

— En partie. Je veux faire provision de forces pour m'amuser beaucoup, l'hiver prochain...

Elle s'arrête, frappée elle-même par le contraste entre ses paroles et la noire tristesse qui dévore son âme.

— Vous voulez vous amuser? dit-il d'une voix plus rude; mais, à quoi bon me le dire?

La lune a atteint son zénith. Rien n'échappe plus à son regard. Chaque touffe de mélèze, chaque flocon d'écume, chaque brin d'herbe est baigné de sa pâle lumière.

— Je m'en vais! dit Paul tout à coup. Qu'ai-je à faire ici? J'y resterais toute la nuit, tout le jour, que rien ne serait changé. Cet affreux ruisseau continuerait à mugir et nous serions là, torturant nos cœurs, désirant des choses impossibles qui, si nous les avions, ne nous satisferaient pas.

— Oui! répond-elle, et sa jolie voix douce est presque aussi âpre que celle de Paul. Oui! allez. Qui vous retient?

Il est d'une affreuse pâleur. Il tremble d'émotion.

—Dois-je vous laisser ici, toute seule, dans cet endroit désert? Toute seule, comme je vous y ai rencontrée?

Elle lui répond comme un écho: — Oui! toute seule.

— Vous n'avez pas peur?

Elle se met à rire, bien que les muscles de son visage soient raidis.

— De quoi aurais-je peur?

Leurs mains sont entrelacées et leurs regards attachés l'un à l'autre.

— Voici la troisième fois que nous nous disons *adieu!* reprend-il d'une voix indistincte. La dernière fois, c'était bien pénible, mais pour ma part, je l'aimais mieux, et, la première fois... Lénore! vous souvient-il de la première fois, sur le bateau, à Saint-Malo?...

— Je ne me souviens de rien, dit-elle avec une douloureuse impatience, tandis que le sang afflue à ses joues; faut-il vous répéter si souvent que c'est un mot que je déteste? Je l'ai effacé à jamais de mon dictionnaire. Je regarde toujours en avant, maintenant, et — continue-t-elle avec agitation — sûrement il doit se trouver quelque chose d'agréable *ailleurs* ... je ne sais où... ailleurs!

— Peut-être! dit-il tristement, mais une chose dont je suis sûr, Lénore... et vous aussi... c'est qu'il ne s'y trouvera jamais rien d'aussi agréable que ce que nous avons laissé derrière nous!

Ce furent leurs dernières paroles.

III

Nous avons quitté Bergunz pour gagner Pontreśina, toujours dans la terre affamée de l'Engadine, aux poulets noirs et au vin nauséabond. L'endroit n'est qu'un amas de maisons blanchies à la chaux. Si je tenais en main les rênes du monde, je voudrais condamner celui qui a inventé le blanc de chaux à une peine plus affreuse encore que celle que j'aurais infligée aux démons jumeaux qui nous ont apporté la poudre à canon et l'électricité. Au pied d'un sévère rocher, le grand village se blottit humblement, tandis qu'autour de lui s'assemble un conclave silencieux et solennel de grandes montagnes dont les pics neigeux s'élancent vers le ciel. Non loin de là, étincelle un glacier vert et gris. Nous sommes logées au petit hôtel de la Croix blanche, depuis environ une semaine, et nous y avons déjà énormément bâillé. La saison est à peine commencée, pour les Anglais du moins; il a plu abondamment; il a même neigé un

18.

peu; il n'y a pas ici de livres et nous avons épuisé tous nos romans. Pour changer, nous montons au salon commun, placé tout en haut de la maison, et de là, nous nous penchons au balcon pour voir le départ d'une noce bruyante qui a passé la journée dans l'hôtel. Ils s'entassent dans de vieilles voitures, chaque jeune lourdaud de paysan entourant de son bras, avec une orgueilleuse candeur, la taille épaisse de sa belle, et les voilà partis. Sylvia heurte à l'intérieur de la chambre en grognant et en frissonnant.

— Ne reste pas à la fenêtre, dis-je à Lénore. Il fait humide. Tu ne guériras pas en te soignant si mal.

— A quoi bon guérir? dit-elle d'une voix plaintive. J'aime mieux être malade, c'est une occupation.

Je la regarde avec une pitié profonde. Depuis Bergunz, elle a encore maigri. Je l'enveloppe dans un châle chaud et je reviens m'asseoir à ses côtés, regardant distraitement la vue. La pluie a cessé, mais les nuages couvrent encore le sommet des montagnes. Le balcon où nous sommes domine les maisons vis-à-vis de notre hôtel. Là, tout est sans mouvement et sans intérêt. Sylvia, en tournant les feuillets d'un herbier des Alpes, fait de tristes réflexions. — Je trouve, dit-elle, que Kolb a mal agi en nous indiquant cet endroit, et en me disant, très positivement, que l'on pouvait toujours y porter des robes de demi-saison!

Nous sommes trop accablées nous-mêmes pour nous indigner des faux renseignements donnés par Kolb. Sylvia reprend avec un soupir: — Je voudrais que les Webster fussent ici! Ils parlaient de voyager cet été sur le continent. Je vais leur écrire de venir.

— Dis-leur de ne pas apporter de robes de demi-saison, ajoute Lénore ironiquement.

Quelques instants d'un morne silence. Sylvia a fini son herbier et vient se mettre à côté de nous. Un nuage qui flottait au pied de la montagne a fini par s'évaporer. Je voudrais pouvoir en faire autant... Tout à coup... non! pas tout à coup, mais par degrés, un bruit de roues et de grelots dans le lointain frappe notre oreille. Un véhicule quelconque s'approche au petit trot.

— Serait-ce pour ici? dis-je avec un rayon d'espoir.

— Il n'y a pas de chance probable, répond languissamment Lénore.

— Ils vont aller à la Couronne ; c'est là que tout le monde va. C'est Kolb qui nous a empêchés d'y aller, dit Sylvia.

La voiture se rapproche. Nous la voyons. Quatre chevaux, une pile de bagages. Pendant un instant, nous ne respirons pas. Nous nous penchons sur le balcon autant que possible. Oui!... non!... oui! en bas, juste au-dessous de nous, elle fait halte !

— Nous sommes trop haut, m'écriai-je, nous verrons mieux de chez nous ! — Aussitôt, nous nous précipitons dans l'escalier de toute notre vitesse et nous courons occuper toutes les trois notre unique fenêtre. M. Enderlin, l'aubergiste, descend les marches ; madame Enderlin fait la révérence. Marie et Menga courent pour prendre les paquets.

La première occupante sort de la voiture. Nous suppo-
sons que c'est la femme de chambre; après elle, les
jambes d'un homme et un chapeau mou; ensuite, une
petite dame ronde et élégante. Placées au-dessus d'eux,
nous ne pouvons voir les visages.

— Ils ont l'air *bien*, dit Sylvia. Si ce sont des gens
comme il faut, et Kolb pourra s'en informer, nous pourrons faire la partie d'aller ensemble au Pic Languard.

— Il y a encore quelqu'un! m'écriai-je vivement. Un
pied féminin, rond et bien chaussé, se pose lentement
sur le marchepied de la voiture, et, de là, à terre. La
figure majestueuse à qui appartient ce pied lève la tête
pour regarder l'enseigne de l'auberge.

— Grand Dieu! s'écrie Lénore énergiquement. Tu n'as
pas vu? Tu ne les reconnais pas?

— Pas du tout.

— Comment? mais c'est la vieille mistress Scrope, la
mère de Charlie !

— Impossible! s'écrie Sylvia, en tendant le cou pour
tâcher de les apercevoir encore. Tu trouves toujours des
ressemblances où il n'y en a pas. Tu n'as vu que leurs
dos.

— Comme si je ne pouvais pas reconnaître le dos de
ma belle-mère au milieu de cent autres, dit Lénore
avec un rire sardonique. Je ne m'en rapporte pas, d'ailleurs, seulement au dos. J'ai vu la figure, et c'est celle
de mon ex-belle-mère.

— Alors je suppose que les autres sont les Lascelles,
dis-je avec la fâcheuse conviction que Lénore ne se

trompe pas. Maintenant que j'y pense, je crois avoir reconnu la grosse flèche d'or qu'elle porte dans ses cheveux.

Pendant un moment de silence, nous nous regardons toutes les trois d'un air consterné.

— J'aurais bien préféré qu'ils allassent à la Couronne, reprend Lénore sèchement, mais bientôt elle est saisie d'un fou rire qui n'est pourtant pas de la gaieté.

— Je déclare que je ne comprends pas pourquoi tu ris, dit Sylvia avec dépit. C'est un grand bonheur que de pouvoir s'amuser si facilement. Pour moi, je n'y trouve rien de risible. Ces choses-là n'arrivent qu'à moi! Se brouiller avec des gens comme il faut, dont on aurait désiré la société...

— Écoutez, dis-je, les voilà qui montent!

— Nous allons les rencontrer sans cesse sur l'escalier, reprend Sylvia d'une voix lamentable, — que faudra-t-il faire? Faudra-t-il s'arrêter et leur tendre la main, ou faudra-t-il les saluer légèrement et passer?

— Il faudra, répond Lénore, s'arrêter et prendre la main de l'homme et seulement saluer les femmes. Les hommes sont toujours bons.

— Pour toi, dit-elle toujours d'un ton larmoyant, ton cas est bien simple ; ils te feront mauvaise mine, et ils n'auront pas tort.

— Assurément, répond Lénore d'un ton calme, mais en rougissant. — C'est tout naturel.

— Eh bien, et toi, que feras-tu? Comment le prendras-tu?

— Moi ! dit-elle avec un rire sec. Ils me feront mauvaise mine, et je tâcherai de le prendre comme si cela me faisait plaisir.

.   .   .   .

On annonce le dîner. Sylvia déclare qu'elle est toute tremblante, et qu'elle aime mieux entrer dans la salle sans Lénore, mais son émotion ne l'a pas empêchée de faire quelque toilette. Par un fâcheux hasard nous sommes placées près des nouveaux arrivés. Comme nous nous en rapprochons, il devient évident que le fait de notre présence leur a déjà été révélé. Quand nous nous asseyons, ils nous saluent froidement, il est vrai, mais, enfin, ils nous saluent les premiers. M. Lascelles même se lève et nous donne une vigoureuse poignée de mains en disant:

— Comment êtes-vous ? Il fait diablement froid, n'est-ce pas ? Depuis combien de temps êtes-vous ici ?

Lénore entre quelque temps après. Je cherche à voir l'impression qu'elle va produire sur eux. Il y a, sur ses traits altérés, plus de douceur que de colère, mais combien elle doit paraître changée à ceux qui l'ont vue, il y a six mois, brillante de beauté et de fraîcheur ! En la voyant aujourd'hui, comment conserverait-on du ressentiment contre la pauvre enfant abattue, malade, brisée ? Elle se glisse à sa place, près de mistress Lascelles, avec les yeux obstinément baissés et les joues couvertes d'une rougeur gênante. La curiosité, chez les deux dames, l'emporte sur la dignité et elles lui jettent un coup d'œil furtif. Je les vois tressaillir. Hélas ! le changement

est trop frappant pour échapper aux regards les plus
indifférents ou les plus hostiles. Par une impulsion involontaire toutes deux la saluent, un salut sans cordialité
mais poli.

—Il fait diablement froid! dit M. Lascelles, se tournant
gracieusement vers Sylvia, comme un homme heureusement ignorant des petits brouilles des femmes, et en
frottant ses mains. La dernière fois que nous nous
sommes vus, il faisait aussi diablement froid. Nous avons
été presque engloutis sous la neige, en retournant à
Londres. Vous vous en souvenez, Blanche ?

A cette heureuse allusion à notre dernière heureuse
rencontre, nous rougissons toutes en même temps.

— Fait-il toujours aussi froid ici ? me demande
mistress Lascelles, entamant la conversation avec moi,
contrairement à sa première intention.

— Je ne saurais vous dire... nous n'y sommes pas depuis
longtemps, répliquai-je d'une manière un peu raide. On
dit que c'est un climat sain.

— Ce n'est pas trop froid pour vous? reprend mistress
Lascelles, s'adressant cette fois à Lénore, avec une expression compatissante dans la voix.

— Pour moi ? répond-elle en tressaillant et paraissant
surprise. Pour tout le monde, en général. Nous gelons...
toutes. On dit que c'est un climat excellent pour les phthi-
siques, mais je ne crois pas, ajoute-t-elle avec un rire
nerveux, que ce soit bien nécessaire à aucun de nous.

Ils la regardent avec une expression de pitié involontaire sur leurs visages florissants de santé!

— Enfin ! nous en voilà délivrées, s'écrie Sylvia, quand nous avons regagné notre retraite après le dîner. Rien n'est plus énervant que ces petits tiraillements de société. Avez-vous vu comme j'ai bien entretenu le mari ? Je crois que, s'il le pouvait, il ne nous quitterait pas un moment; mais on ne le lui permettra pas, sans doute.

— Comme c'est avantageux d'être maigre ! dit Lénore en riant un peu amèrement. Si j'avais eu bonne mine, ils m'auraient tourné le dos. Il y a quelque chose de touchant à n'avoir plus qu'une patte d'oiseau, continue-t-elle en regardant pensivement, mais aussi avec dérision, sa main qu'elle ouvre et ferme pour en faire ressortir les os et les muscles.

— Finis donc ! lui dis-je impérieusement.

— S'ils pouvaient entendre, reprend-elle, la manière dont je tousse la nuit, je suis sûre qu'ils m'embrasseraient, reprend-elle sans m'écouter.

— Comme la sœur de Charlie lui ressemble, dit Sylvia. Ils ont tous très *bon genre*, mais Blanche Lascelles deviendra immense. C'est une ressemblance en laid, mais elle me le rappelait si bien que j'ai eu sur le bout de la langue de lui demander de ses nouvelles.

— Je suis bien aise que ce soit resté sur le bout de ta langue.

— Je voudrais tant qu'il fût ici ! — continue Sylvia en bâillant. La vie, et surtout la vie de voyage, est trop triste sans un homme.

— Le désires-tu aussi, Lénore ? lui demandai-je en allant du côté où elle était étendue dans l'unique fauteuil de la chambre.

— Est-ce que je sais ? dit-elle du ton de l'impatience. Je désire cent choses en un jour que je ne voudrais plus le lendemain. Quant à présent, je ne le désire pas. Jémima, reprend-elle en me regardant attentivement, dans combien de temps crois-tu que je serai tout à fait bien ?

— Ma chère enfant, je ne suis pas prophète, dis-je tristement.

— Évidemment, ils me trouvaient très changée? me demande-t-elle en consultant mon visage avec le faible espoir que je vais la contredire.

— Je l'ignore, dis-je d'une manière évasive. Ils ne m'en ont pas fait la confidence.

— Mais ils le pensent, répète-t-elle encore doucement. Qui était-ce donc ?... Madame Du Barry, je crois ? qui disait qu'elle aimerait mieux être morte que d'être laide. Ah ! — avec un tressaillement — l'un et l'autre sont très désagréables !

IV

Enfin, c'est l'été, et il fait même trop chaud pour des robes de demi-saison!

— Je trouve Kolb par trop tyrannique, dit Sylvia mécontente. Qu'ai-je affaire de la cascade ou du glacier de Mortiratsch? Quand vous avez vu un glacier, vous les avez vus tous, et quoique personne ne soit plus que moi amateur de la nature, cependant, il y a bien d'autres choses dans le monde. J'aurais beaucoup préféré rester aujourd'hui à la maison et savoir quels étaient les plans des Scrope.

Sylvia se plaignait ainsi tandis que nous nous faisions ballotter pour gagner le glacier en question, traversant Pontresina et des champs où les fleurs semblent s'être tout à coup montrées pour répondre à l'appel du soleil. Nous quittons la route poudreuse et nous prenons un sentier qui conduit au glacier à travers des bois de mélèzes poussant, çà et là, parmi les gros blocs de roches

moussues qui jonchent le sol. C'est là que nous aban-
donnons la voiture. Sylvia continue à se plaindre tandis
que nous errons autour de ces roches : — C'est bien,
dit-elle, le divertissement le plus triste qu'on puisse
chercher! Si, du moins, nous avions un homme avec
nous! Ce n'est pas que je tienne à leur société, mais ils
donnent à ces parties une sorte d'animation.

— Déjeunons ici, dis-je en rentrant dans la vie pratique. Cela remontera notre courage et nous mangerons
aussi bien seules que s'il y avait là un régiment.

Nous nous asseyons sur l'herbe courte. Les belles vaches cendrées font entendre vigoureusement leurs clochettes en broutant près de nous. Kolb étend à terre un
mackintosh pour nous asseoir et déballe notre mauvais
bœuf fumé et nos œufs durs, tandis qu'une bouteille de
Château-Margaux, profondément enfoncée dans des touffes
de violettes jaunes, rafraîchit sous le roc. La Bernina,
qui sort du glacier en grondant, court près de nous sur
son large lit de pierres qu'elle ravine, et là n'est encore
qu'un torrent d'un blanc sale. Nous nous étendons pour
faire une sorte de sieste, sur des lits de gentianes plus
bleues que des yeux de femmes, plus foncées que les plus
beaux saphirs. Sylvia pense un moment à les faire co-
pier pour une coiffure, puis renonce à cette idée en se
rappelant que le bleu foncé n'est pas une bonne couleur
aux lumières.

Après quelque repos, nous gagnons le glacier, et at-
teignant enfin la cascade, nous avons acquis le droit de
nous reposer encore sur l'herbe sèche et chaude, rare,

mais très moelleuse à cet endroit. Nous écoutons longtemps le bruit formidable de la magnifique chute d'eau
qui tombe d'abord comme une masse d'une blancheur
de neige et glisse ensuite doucement sur le dos poli des
rochers. Se divisant bientôt en une série de petites vagues blanches comme du lait, l'eau ressaute en vapeur
brillante ou en flocons de mousse et va former un
grand bassin que le soleil fait briller comme un miroir
étincelant où se reflètent les sombres formes des sapins. Une sorte de somnolence s'empare de nous en
écoutant le grondement formidable de la cascade. Sylvia
même a cessé de se plaindre et nous de l'écouter. Nous
demeurons si longtemps couchées au milieu des gentianes, la tête sur la main, que le soleil, qui a marché vers
son chaud déclin, ne brille plus que dans une gloire
adoucie sur ce ciel d'un bleu de turquoise. J'ignore
combien de temps j'ai regardé ce léger arc-en-ciel que
la cascade semble tenir prisonnier, mais je cesse peu à
peu de voir les tendres couleurs du prisme et d'écouter
le tonnerre de la chute et le vent qui soupire dans les
sapins. Je dors. Tout à coup, je suis tirée de mon assou-
pissement par une exclamation de Lénore : — Pourquoi
ce cri? dis-je en m'éveillant en sursaut, et en frottant
mes yeux. Tu m'as fait peur! CHARLIE!!!

Est-ce que je rêve? non! La voix de la cascade retentit à mon oreille et je puis sentir la forte odeur des
sapins. C'est la Providence qui a exaucé la prière de
Sylvia. Il est là, à trois pas de nous, au milieu des ge-
névriers, bien en chair et en os, et revêtu de ce costume

d'été large et confortable adopté par les Anglais. Il est
là dans tout l'éclat robuste d'une mâle jeunesse. Lénore,
debout, le regarde en face. Ils ne se touchent pas la
main; ils ne se parlent pas; seulement ils se regardent
longuement. Je suppose qu'un certain embarras, causé
par le souvenir de leur dernière entrevue, enchaîne la
langue de Lénore, mais lui, pourquoi ce regard empreint d'un étonnement douloureux?

— Comme vous me regardez! lui dit-elle enfin avec
un peu d'âpreté dans sa voix tremblante. Ai-je quelque
chose d'extraordinaire? Savez-vous qu'il n'est pas très
poli de fixer ainsi les gens?

— Je vous demande pardon, dit-il en tressaillant,
je... je... n'y pensais pas... Il y a si longtemps que je
ne vous ai rencontrée que...

J'ai vaincu mon sommeil illicite et, en me relevant, je
lui tends une main qu'il secoue de cette manière fami-
lière, fraternelle, à laquelle *je devrais* être accoutumée.
En voyant mon air de surprise, il me dit : — *Ils* ne vous
avaient donc pas prévenues de mon arrivée.

— Nullement, répliquai-je! Nous n'avons pas des rapports bien tendres avec eux, et ils n'ont pas jugé à propos de nous donner une nouvelle qui nous eût causé
trop de joie.

— En effet, dit Sylvia, bien que ce ne soit pas mon
habitude de faire des avances, surtout aux hommes que
cela rend trop présomptueux, je vous dirai que pour
connaître le prix d'un ami, il faut venir dans l'Engadine.

— Alors, vous êtes bien aise de me voir? dit-il en lui

tendant aussi la main avec un joyeux sourire. La question semble adressée à Sylvia, mais ses yeux interrogent Lénore. — Franchement? sans compliment? Il me serait permis d'en douter.

— Nous ne répondrons pas à cette question, dit Sylvia avec un geste coquet.

— Et vous? demande-t-il à Lénore en se baissant vers elle et comme malgré lui.

Elle s'était de nouveau assise et, appuyée sur son coude, elle effeuillait distraitement un brin de daphné. La rougeur qui avait apparu à ses joues est complétement effacée.

— Moi?... répond-elle en tressaillant. — Assurément... Pourquoi pas?

Elle a levé vers lui ses yeux, et voudrait leur donner une expression affectueuse, mais ils conservent celle d'une langueur que rien ne peut vaincre.

— Que lui avez-vous fait? me dit-il en me prenant un peu à part sous le prétexte de regarder la cascade du haut du pont en planches qui la traverse. — Ils m'ont bien dit qu'elle était si changée que je ne la reconnaîtrais pas. Moi! *ne pas la reconnaître!* J'ai pensé qu'ils ne me le disaient que pour m'empêcher de la revoir et c'est pourquoi je suis venu. Mais, grand Dieu! comme elle est changée, en si peu de temps... en cinq mois!

Je ne lui réponds rien; j'ai la gorge trop serrée. Il faut bien aimer quelqu'un et j'aime Lénore. Il prend mon silence pour de la froideur.

— Vous l'avez mal soignée, continue-t-il durement.

Vous ne l'avez pas assez surveillée. Vous êtes son aînée et vous auriez dû la soigner comme une mère.

Il s'arrête brusquement. Celle dont il parle est près de nous.

— Vous parliez de moi? dit-elle avec un faible sourire. Oui! vous avez l'air de deux coupables. Que disiez-vous? Non! ne le répétez pas, ce ne doit pas être intéressant. Et elle s'éloigne lentement.

— Vous n'êtes pas plus sage qu'autrefois, je le vois bien, lui dis-je en dévorant mes larmes et en essayant de sourire quand nous sommes seuls de nouveau.

— Vous vous trompez, me répond-il vivement. Je suis parfaitement guéri... et, quand une fois on est guéri d'un tel mal, on n'y retombe plus. Je ne serais pas revenu si je n'en avais été certain.

Je secoue la tête avec incrédulité.

— Vous devriez bien voir, reprend-il, que je ne tremble pas en touchant sa main, que je ne rougis pas comme autrefois quand elle me parle.

Je me tais.

— M'entendez-vous? dit-il avec impatience.

— Oui! je vous entends bien, lui répliquai-je sèchement.

V

NARRATION

Ils sont assis tous deux, l'amant et la femme aimée, dans le cimetière de la petite église, à mi-côte, sur la montagne. Ils ont quitté, avec Jémima, la salle à manger trop bruyante. Lénore a fait cette promenade montée sur le gros poney de l'hôtel, que l'on attache près du porche de l'église ; le soir descend, Jémima s'éloigne discrètement et tous deux demeurent en tête-à-tête.

— Lénore, dit Scrope, en cueillant distraitement un « ne m'oubliez pas » qui croît sur une des tombes, pensez-vous que ce soit mal de mentir ?

— Cela dépend, dit-elle en riant faiblement ; je crois que la vérité est une vertu surfaite.

— C'est que j'ai dit hier un affreux mensonge.

— Vraiment ? répond-elle avec indifférence.

Il attend un peu, espérant être aidé par une question ; puis il continue :

— J'ai... j'ai dit à Jémima que j'étais complétement guéri.

— Non ! cela n'était pas tout à fait vrai, réplique-t-elle tranquillement.

— En êtes-vous bien aise... ou fâchée?

La réponse se fait attendre. — J'en suis bien aise, dit-elle enfin. Autrefois, quand je me portais bien, il me suffisait de m'occuper de moi-même, mais maintenant que je suis si faible, si souffrante, si *patraque*, c'est le seul mot qui exprime un état aussi maussade... eh ! bien, j'aime à avoir près de moi un être bon et patient, qui a l'air triste quand je suis hors d'haleine ou que je souffre... Prenez intérêt à moi, dit-elle en lui tendant la main... un peu d'intérêt... beaucoup même, mais *pas trop* pourtant... C'est absurde de trop tenir à quelqu'un... On est triste quand ça manque.

Il prend la main qui lui est si franchement offerte, mais il n'ose ni la presser trop tendrement, ni la baiser, de peur qu'elle ne lui soit retirée avec impatience : — Vous rappelez-vous, dit-il, le jour où nous nous sommes quittés ?

— Oui ! répond-elle, avec un rire un peu embarrassé. C'était tragique ! Après m'avoir injuriée en bon anglais, vous êtes tombé à mes genoux et, dans ce mouvement, vous avez donné un si fameux coup au nez du carlin, que, depuis lors, il en est resté déformé.

— Il y a de cela près de six mois, dit-il. Si je vous avais prise au mot...

— Je suis charmée que vous ne l'ayez pas fait, répond-elle en l'interrompant.

19.

— Pourquoi en êtes-vous si charmée ? lui demande-t-il tristement.

— Parce que j'aime à recevoir et à ne rien donner. C'est ma manière et je veux la garder jusqu'au bout... Je sais, ajoute-t-elle, que je vous fais de la peine, mais je n'en ai pas de remords. Le chagrin ne tue pas... vous le voyez bien puisque j'ai tant souffert et que je n'en suis pas morte !

— Dieu merci! non, dit-il en pressant sa petite main glacée.

— Vous n'avez jamais été très malheureux, vous, reprend-elle. Vos yeux sont restés clairs et bleus comme s'ils avaient souri tout le jour et dormi toute la nuit ; vous n'êtes pas maigre.

Il ne se défend pas et pourrait cependant répondre qu'un cœur triste se cache souvent sous les apparences de la santé ! Ils se taisent et l'on n'entend d'autre son que le vent qui murmure dans les sapins et frémit doucement dans les herbes des champs.

— Pourquoi donc êtes-vous si fidèle ? lui demande-t-elle avec un peu d'impatience. Cela n'a pas de bon sens, c'est une fidélité stupide ; celle d'un chien, non d'un homme !

— Vous avez raison, reprend-il avec une vive rougeur au visage. Je pense aussi que c'est stupide.

— Prenez donc du goût pour une autre personne, pour une de mes sœurs, par exemple ; pas Sylvia... je ne vous le conseillerais pas, mais Jémima. Elle en serait si heureuse ! Elle n'est pas trop vieille, vingt-neuf ans ! Elle n'est pas bien belle, mais moi non plus. Il est vrai que quand je me porterai mieux, je puis redevenir assez belle, n'est-ce pas?

Il ne répond rien et paraît occupé à déchiffrer une inscription romane sur un pilier près de lui.

— Pourquoi ne me répondez-vous pas? dites-moi *oui* ou *non*, au moins.

— Ma chère amie, répond-il d'une voix tremblante, à mes yeux, vous n'avez rien perdu.

Elle le regarde encore avec une expression inquiète :

— Vous me dites cela trop faiblement, trop maladroitement. Sans doute, vous n'osez pas parler autrement.

Ses yeux errent encore vers les montagnes où s'étend une vapeur lumineuse qui semble le vêtement doré du Dieu qui a élevé ces magnifiques remparts. Serait-elle plus belle encore la Jérusalem céleste qui élève derrière ces images ses murailles de jaspe et ses portes de perle?

Après un assez long silence, Scrope reprend en tremblant : — Croyez-vous que ce soit aussi impossible qu'il y a six mois?

— Tout aussi impossible, répond-elle brièvement.

— Et c'est *lui*, toujours, qui est l'obstacle? dit-i amèrement.

— Oui! répond-elle d'une voix douce, *lui*, toujours *lui!* et elle ajoute avec un vague sourire : — Vous voyez que d'autres que vous peuvent être stupidement fidèles. Ce n'est pas vous qui pourriez me blâmer.

— S'il le savait! s'écrie le jeune homme, avec une sorte de colère. Si quelqu'un le lui disait, pourrait-il conserver du ressentiment? C'est contre mon intérêt de vous le dire, mais il ne pourrait vous en vouloir plus longtemps !

— Il ne m'en veut plus.

— Comment le savez-vous? Vous a-t-il écrit?

— Non.

— Comment le savez-vous, alors ?

— Je l'ai vu, dit-elle simplement.

Pendant qu'elle parle, la physionomie de Charlie exprime la consternation : — Quand ?... où ?... ces mots s'échappent involontairement de ses lèvres.

— Nous avons eu une longue conversation, — dit-elle avec un sourire tendre et triste — sur un pont, au clair de lune, à Bergunz... C'était romantique, n'est-ce pas? Le clair de lune rend toujours sentimental... je crois que nous l'étions un peu.

— Je suppose qu'il reviendra encore ici? dit Scrope d'une voix sourde.

— Peut-être, répond-elle avec un petit rire presque malicieux. Qui sait? En faisant son voyage de noce !

— *Son voyage de noces ?*

— Oui! reprend-elle en cessant de regarder ce visage agité pour reposer ses yeux sur la tranquille placidité du soir qui s'étend sur le paysage, c'est *contrariant*, n'est-ce pas? mais, il va se marier.

— Qui vous l'a dit ?

— Lui-même.

— Et vous? comment avez-vous pris cette nouvelle ?

— J'ai dit « Ah ! vraiment ? » Je crois même que j'ai ri, mais je n'en suis pas sûre.

— Et alors ?

— Alors... non ! pas tout à fait alors, — reprenant sa respiration péniblement, — un peu après... il est parti.

— Et vous ?

— Oh! moi, je suis tombée sur le gazon... Comme la rivière roulait avec bruit!... je l'entends encore... la nuit... comme si elle roulait sur ma tête.

— Et vous êtes restée là toute la nuit ? *Vous !* dans l'humidité! — Son accent de reproche est plein de sollicitude.

— Non! pas toute la nuit; la moitié environ, je crois... je l'ai un peu oublié... j'étais si fatiguée!... Elles ont pris de l'inquiétude... Elles sont venues à ma recherche.

— Eh bien ?

— Elles m'ont grondée!... m'ont demandé ce qui m'était arrivé. Je leur ai dit que j'avais vu un revenant. C'en était bien un, en effet. Sylvia en a été très frappée, — poursuit Lénore, s'animant par degrés et prête à rire de la question de Sylvia. — Elle a voulu savoir de quelle nature était ce revenant, si c'était un homme ou une femme... Elle affirme que l'on voit aussi quelquefois des ombres de chiens... elle voulait savoir s'il portait sa tête sous son bras... Je lui ai répondu que non et... et... je crois que c'est tout.

Il y a sur le glacier un reflet brillant, qui semble un rayon dérobé au soleil et recélé dans le sein de la montagne. Les ombres du soir couvrent déjà la vallée, mais les sommets sont éclairés par cette lueur étrange. Tel apparut le visage de Moïse quand il sortit de son sublime entretien avec Dieu. Après une muette contemplation :

— Charlie, dit tout à coup Lénore, changeant brusquement de sujet, ne trouvez-vous pas qu'à Pontresina les morts sont mieux logés que les vivants? N'aimeriez-vous pas mieux ceci que la Croix blanche?

— En ce moment, oui, répond-il; j'y suis avec vous et je respire le parfum des fleurs.

— Venez avec moi, que je vous montre une chose. Voilà juste l'endroit où j'aimerais à reposer, supposé que je fusse très vieille ou que j'eusse une maladie mortelle... Ne détournez donc pas la tête... C'est bête d'être si sensible. Vous êtes pire que Jémima. L'un de vous me montrerait la place où il veut avoir son tombeau, que je l'écouterais avec attention et avec une ferme tranquillité.

— Je n'en doute pas, répond-il amèrement.

— Regardez, dit-elle en lui montrant un coin de terre où l'herbe est fraîche et les fleurs abondantes — avez-vous jamais vu un endroit plus fleuri? Garanti du soleil par ce pan de mur et tout couvert de plantains roses! Si l'on entend quelque chose dans le tombeau, j'aimerais à écouter le vent qui agite les longues herbes durant les nuits d'été.

Pas de réponse.

— Je ne voudrais pas avoir de larmes dorées sur ma croix, ajoute-t-elle.

Il se baisse, arrache une touffe de ces plantains et la jette avec un geste de colère.

— Pourquoi cet air fâché ? lui dit-elle. Enfant ! croyez-vous que-si je me sentais si près de mourir, j'en parlerais avec cette légèreté ? Que je viendrais vous marquer la place de mon tombeau ? Bien au contraire ! répond-elle en frissonnant, je ferais tout pour éloigner ce sujet.

VI

Nous rentrons de notre excursion au glacier du Rosegg, sans Lénore, qui n'est plus en état de faire ces courses avec nous. Nous voilà de retour et dans notre petit salon, une pièce assez gaie d'où nous avons la vue sur la rue étroite aux blanches maisons, et, au delà, sur les montagnes brillantes de neige.

La porte s'ouvre et Lénore entre dans la chambre au moment où Sylvia en sortait : — Est-elle partie? vraiment partie? demande-t-elle de l'air le plus troublé. — Je ne sais pas pourquoi je fais cette question, je n'ai rien de particulier à te dire, ajoute-t-elle en jetant autour d'elle un regard inquiet, — j'ai... j'ai écouté aux portes, tout à l'heure. On dit que l'on entend toujours dire du mal de soi, quand on écoute. Ce n'est pas ici le cas cependant, car je n'ai rien entendu qui me concerne... rien !

— Écouter aux portes ! Cela ne te ressemble guère ! Enfin, qu'y a-t-il ?

— Tout à l'heure, donc, je passais devant la porte des
Scrope, reprend-elle avec agitation. Elle était restée
entr'ouverte... Pourquoi les gens ne ferment-ils pas
leurs portes? Ils causaient... l'homme .. le mari... tu
sais comme il a la voix douce... il disait avec ce son de
voix plus fort que le mugissement d'un bœuf : « Elle
n'a pas longtemps à vivre. » De qui parlaient-ils? Dis?

— Ma chère enfant, répliquai-je avec impatience,
pourquoi es-tu curieuse de le savoir? A quoi bon deviner des énigmes? Ils parlaient probablement de quelqu'un de leurs amis que nous ne connaissons pas.

— Et alors la femme a fait « Chut! chut! » continue
Lénore en me regardant. Pourquoi? Si c'était d'un de
leurs amis, il ne pouvait les entendre... et il a dit « elle »
et non pas « il » : « Elle n'a pas longtemps à vivre! »
Pauvre créature! qui que ce soit, j'en ai pitié, et toi,
Jémima?

— Moi aussi, certainement, dis-je en me rapprochant
de la fenêtre.

— Pourtant, n'est-ce pas absurde de s'intéresser à
quelqu'un qu'on ne connaît pas?... mais pourquoi a-t-il
fait : « chut! » reprend-elle avec insistance.

Je ne réponds rien.

— Jémima, dit-elle, en me suivant à la fenêtre, regarde-moi donc, je déteste que l'on ne m'écoute pas
quand je parle... Je vais te faire rire. Tu ris souvent de
mes idées, et je conviens qu'elles sont, parfois, assez ridicules, mais sais-tu ce que j'ai pensé? J'ai pensé que,
peut-être... ils parlaient... de moi!

Je quitte la fenêtre et j'essaie de prendre un air indifférent pour dire: — Quelle folie!

— Tu n'en ris pas! s'écrie-t-elle d'un ton d'alarme. Est-ce que cela te paraît... vrai?

— Pas du tout, lui dis-je avec impatience. Il ne faut pas que tu t'imagines des choses aussi absurdes.

— Mais... s'ils parlaient de moi, reprend-elle avec un rire contraint et plein d'angoisses, ils sont seuls à le penser, n'est-ce pas?... Quelle est la maladie dont ils veulent me tuer?... c'est peut-être la phthisie? — Elle frémit, et elle se promène avec agitation dans notre petite chambre.

— Dis-moi? reprend-elle de nouveau et m'interrogeant du regard comme si elle voulait lire au fond de ma pensée. — Dis-moi? quelle est ton opinion? que crois-tu? que voulaient-ils dire?

— Je n'en sais rien. Je ne les ai pas entendus.

— Tâte comme mon cœur bat!

— Tu deviens aussi folle que Sylvia, lui dis-je en essayant de parler gaiement. Elle me fait toujours sentir les battements de son cœur. Si vous vous montez les nerfs, je décampe.

— Ainsi, tu crois que je peux me rassurer, reprend-elle d'un ton plus léger et en me prenant les mains dans ses mains brûlantes.

— Mais, certainement!

— Eh bien, si tu le crois si fermement, tu peux me le *jurer*.

— A quoi bon les serments? dis-je avec un certain malaise. Une affirmation doit te suffire.

— Tu ne veux pas le jurer? s'écrie-t-elle, vivement effrayée. Pourquoi pas? Jémima! je n'aime pas ta figure! tu m'évites; tes lèvres tremblent; tu es prête à pleurer. Je sais que je suis bien souffrante; je n'ai de repos ni jour ni nuit... mais enfin, cela veut-il dire qu'il n'y a plus d'espoir? que je suis... O mon Dieu! je n'ose dire le mot!

— Je ne crois rien de la sorte, dis-je très vivement inquiète en voyant son émotion. Charlie, venez donc à notre secours! Elle est si impressionnable, si déraisonnable!

La porte s'ouvrait à ce moment et M. Scrope s'y présentait en hésitant. Il entre vite à mon appel.

Pour la première fois de sa vie, elle court à lui de son propre mouvement et se jette dans ses bras. — Charlie, s'écrie-t-elle hors d'elle-même, vous êtes le seul être au monde qui soyez bon pour moi! Ils sont tous si cruels! Ils disent des choses si effrayantes! Cet homme, ce Lascelles, dit que je n'ai pas longtemps à vivre, et Jémima est de son avis!

— Jémima est folle! dit-il, très injustement et en me regardant avec colère.

— *Pas longtemps.* Ce sont ses propres paroles, répète-t-elle d'un air égaré.

— Butor! idiot! s'écrie Scrope, de plus en plus irrité. Ma bien-aimée! fait-il en la pressant contre son cœur comme si Dieu, ou son envoyé, l'ange de la Mort ne pouvait l'en arracher, — vous vivrez plus longtemps que lui, que moi, que Jémima, que nous tous.

— Je veux vivre, oui! je veux vivre! répète-telle avec
une anxiété extrême. Je veux vivre de longues années!
On est plus heureux dans la vieillesse que dans la jeunesse... mais pourtant la jeunesse est une bonne chose
aussi... ce n'est pas tout plaisir, mais je ne m'en plains
pas. — Elle tremble de tous ses membres. — Ne me laissez pas partir, Charlie. Retenez-moi! Vous êtes la seule
personne à qui il importe beaucoup que je vive ou que
je meure. Promettez-moi que je ne... Oh! ce mot terrible!... Promettez-le moi.

— Je vous le promets, ma chérie! dit-il tendrement.

— Vous hésitez? reprend-elle en s'arrachant de ses
bras afin de le regarder en face avec une angoisse inexprimable. Vous êtes comme Jémima... je crois que vous
me trompez... C'est trop mal! Je le vois... il n'y a pas de
faussetés dont vous ne soyez capable pour me rassurer...
Il est pourtant bien dur que moi, qui suis la plus jeune,
je parte la première. J'étais belle et je jouissais tant de
la vie! Il y a des gens qui ne vivent qu'à moitié, mais
moi, jusqu'au jour où j'ai été à Dinan, j'ai vécu toute
ma vie! Après, j'ai été bien misérable, mais ce n'est rien
à comparer à ce que je suis maintenant. Oh! comme je
voudrais retourner en arrière. Alors, du moins, *je vivais*...
dit-elle toute frémissante, — je ne faisais pitié à personne.
Vivre!... tout est là. J'ai dit souvent que je voudrais être
morte, mais je ne savais ce que je disais... Non!... non!
Il ne peut pas avoir la cruauté de me prendre au mot!
Non! *Il* ne le peut pas!

Sa voix s'éteint dans un sanglot déchirant.

— Bon Dieu! qu'est-il arrivé, dit Sylvia en ouvrant la porte, et cette voix indifférente nous frappe en ce moment comme une note des plus fausses. Pourquoi avez-vous tous des mines si longues?

Personne ne prend la peine de lui répondre.

VII

Lénore a été très malade. Durant la nuit qui a suivi cette dangereuse conversation, une violente quinte de toux a amené ce que nous redoutions, la rupture d'un vaisseau dans la poitrine. Nous étions seules, sans secours immédiat, sans expérience, quand l'accident est arrivé! Dans mon désespoir, je me tourne vers la seule personne qui peut nous être de quelque secours et je vais pour frapper à sa porte. Avant même que je n'eusse frappé, Charlie est devant moi, les vêtements en désordre comme s'il s'était couché tout habillé.

— J'ai cru entendre votre pas, me dit-il. Serait-elle...? O mon Dieu!

Je lui raconte le terrible accident. Au premier moment, son désespoir semble plus grand encore que le mien, mais la nécessité d'agir est plus impérieuse que tout et elle le force à reprendre ses esprits.

— Il doit y avoir un docteur à Saint-Moritz, parmi un

si grand nombre de voyageurs. Je vais faire seller un
cheval et courir le chercher.

— Mais, jusqu'à votre retour, que pourrons-nous faire
pour la soulager? J'ignore absolument quels sont les
soins à lui donner.

— Je vais vous envoyer ma mère, dit-il en hâte.

En moins de vingt minutes il est parti; toute la maison est sur pied; mistress Scrope est accourue vers nous
avec tout le dévouement d'un bon cœur et dans un déshabillé qui n'a rien de correct. Elle a apporté quelque
calme à notre désolation et remet un peu de bon ordre
là où il n'y avait que trouble et désespoir. Nous faisons
ce qui est en notre pouvoir, bien peu de chose, hélas!
et nous attendons, nous attendons, en calculant, dans
une morne tranquillité, le temps qu'il faut à notre messager pour aller à Saint-Moritz et pour en revenir, écoutant et croyant toujours entendre le bruit des pas de
son cheval. Sylvia a disparu. Aurait-elle eu le triste
courage d'aller se recoucher? Comme nous sommes assises à la pâle clarté de l'aube naissante, la porte s'ouvre doucement et elle reparaît. Elle a été faire une toilette élégante, s'enveloppant d'un peignoir brodé et plaçant un nœud jaune dans ses cheveux noirs. Toute passion dominante est plus forte que la mort, ou le spectacle de la mort!

— Puis-je être utile à quelque chose? dit-elle en
entrant.

Je lui fais signe de se taire et je lui indique qu'on ne
peut être trois garde-malade dans cette petite chambre.

Elle disparaît. Il fait complétement jour avant l'arrivée
du docteur. C'est un petit homme de pauvre mine, quelque chétif apothicaire, auquel en Angleterre nous vou-
drions à peine confier le soin d'un chien malade, mais
avec quelle confiance, avec quelle inquiétude et quelle
espérance nous écoutons son arrêt!

Il nous rassure un peu. Ce n'est pas, après tout, un
accident des plus graves, mais il recommande les soins,
le silence, la bonne nourriture, la tranquillité la plus
absolue. Combien nous aurons de peine à suivre ses
prescriptions! La bonne nourriture! et le village est presque sans ressources! La tranquillité! et dès le lendemain
une fête annuelle amène un bruit et un mouvement dans
les rues qui monte jusqu'à nous!

Le temps est devenu très chaud. Lénore est couchée
sur le côté, dormant mal à son aise, et, par moments,
gémissant. Je me tiens près d'elle, pour baigner ses
mains brûlantes, et, à chaque nouvelle clameur qui
vient du dehors et nous arrive par la porte entr'ouverte
afin d'avoir un peu d'air, je fais un mouvement d'exaspération. Un bruit plus rapproché vient accroître mon
tourment. J'entends un pas lourd sur l'escalier et bientôt
dans le corridor sur lequel donnent nos portes. Je vais
voir, et, à ma grande horreur, je découvre un joueur
d'orgue italien, son instrument sur le dos. Il allait tourner la manivelle, quand j'aperçois Charlie qui s'élance
hors de sa chambre et l'arrête avec des gestes furieux.
Le pauvre homme est très surpris: — « Je venais, dit-il,
jouer pour la signora. »

. . . .

Un mois s'est écoulé. Lénore est encore debout, du
moins couchée sur le sofa du salon et habillée. Elle
parle et, même, elle rit quelquefois. Elle demande à voir
Scrope. Je vais le chercher, mais, avant d'entrer, il me
retient un moment pour me dire très vite : — Dites moi ?
Quelle figure dois-je prendre ? — Je lui demande, presque
en riant, s'il a, par hasard, pris des leçons de Sylvia, mais
il me répond avec impatience : — Vous savez bien ce que
je veux dire. Faut-il que j'aie l'air content, rassuré ?... —
Ses yeux sont si pénétrants que j'aurais de la peine à la
tromper. —Dites-moi, Mima, comment mon visage pourra-t-il mentir, si j'essaie de paraître tranquille? Ai-je encore
plus de raisons de m'inquiéter que je ne le fais? A quoi
faut-il s'attendre ? dites-le moi.

— Elle est très mal! lui dis-je tristement. — Puis,
après une courte pause : — Mon pauvre garçon, ne nous
berçons pas de fausses espérances. C'est le commencement de la fin. Le docteur me l'a dit.

VIII

NARRATION

— Vous paraissez beaucoup mieux !

Il s'est répété mentalement cette courte phrase en lui donnant l'intonation d'une joyeuse surprise, mais, quand il vient à la prononcer, il échoue complétement.

— Plus de mensonges, lui répond-elle avec un sourire languissant et en le regardant avec une sorte de compassion. Vous m'en avez fait beaucoup l'autre jour, mais je ne crois pas qu'ils vous soient reprochés dans l'autre monde... seulement, pour votre salut... n'en faites pas davantage.

— Je ne vous ai dit que ce que je pensais, reprend-il très vite, mais il se trouble en voyant ses grands yeux fixés sur les siens.

— J'ai fini, maintenant, de pleurer sur moi-même, dit-elle avec un faible sourire. J'en ai eu tout le temps durant ces nuits sans fin. J'étais bien plus affligée pour moi que je ne l'ai jamais été pour d'autres, mais... je commence à m'y accoutumer. Je ne veux pas me révolter et pleurer plus longtemps... A quoi cela servirait-il ?

Qu'est devenu ce sourire contraint qu'il avait essayé de donner à sa physionomie? Charlie s'est emparé de l'une de ses mains pâles, qu'elle lui abandonne, indifférente à ce qu'il la tienne ou non. Il y pose sa joue brunie pour mieux cacher son visage.

— Les dieux m'ont tuée dans leurs jeux, comme les enfants cruels tuent les mouches pour s'amuser, dit-elle en répétant ces paroles du roi Lear.

— Vous ne devez pas parler, reprend-il. Jémima me l'a dit.

— Qu'importe ! répond-elle légèrement. J'aurais beau me taire, cela ne me guérirait pas. Pensez-vous que si j'en avais le plus petit espoir, je voulusse seulement ouvrir les lèvres? Mais, à quoi bon garder cette étincelle de vie comme un bout de bougie sur un brûle-tout pour le faire durer une minute de plus?

Ils se taisent pendant quelques instants.

— Vous pleurez ? lui dit-elle bientôt en retrouvant un peu de sa pétulance d'autrefois qui fait un contraste si pénible avec sa voix altérée et presque éteinte. — Je déteste voir pleurer un homme. Cela n'est pas naturel et c'est indigne de lui.

— Riez de moi si vous voulez, lui répond-il en rentrant ses larmes. Nous savons que vous vous moquez toujours.

— Allez-vous me gronder ? dit-elle plaintivement. — C'est ce qui arrive tôt ou tard avec moi.

— Vraiment ? dit-il, et sans rien ajouter de plus il se penche pour baiser ses doigts.

— N'ayez donc pas l'air si désolé. — Elle le regarde avec un peu de mécontentement. — Vous m'attristez davantage. J'ai essayé de me persuader que ce qui arrivait à tout le monde ne pouvait être un si grand malheur... mais vous... votre figure... Vous m'ôtez tout courage.

— Je vais tâcher de me corriger, répond-il humblement et tendrement.

— Après tout, ce ne sera pas un si grand événement, dit-elle avec un rire amer. C'est moi qui en ai le plus de chagrin, et vous, peut-être. Jémima croit qu'elle en sera très triste, mais il est facile de voir qu'elle n'en mourra pas... Elle vivra de longues années pour parler de *la pauvre Lénore !*

Il ne se hasarde pas à lui répondre.

— Comme vous êtes fort ! reprend-elle, et d'un regard d'envie elle parcourt toute sa personne... Si vous ne faites pas de folies... quelle longue existence d'action, de plaisirs de toutes sortes, d'agréables choses vous est encore promise ! O mon Dieu ! pourquoi êtes-vous si heureux ? Pourquoi aurez-vous à jouir de la vie pendant tant d'années... et moi !...

— Mon cher amour, lui répond-il avec un accent douloureux, croyez-vous qu'en ce moment, je sois bien fier et bien heureux de ma force ?

— Oui ! vous l'êtes, lui dit-elle, et vous avez raison. Quand on a la santé, on a tout. On peut vaincre tous les autres chagrins, mais celui-là !...

Il secoue la tête négativement.

Déjà plusieurs fois, elle a été interrompue par des quintes de toux, mais elle est décidée à continuer.

— Dans cinquante ans, vous serez encore là, entouré d'enfants et de petits-enfants...

— Jamais! lui répond-il en se levant brusquement. Je n'aurai jamais d'enfants. Si vous me quittez, Lénore, je n'aurai jamais de femme!

— Peuh! dit-elle dédaigneusement. Dans cinq ans d'ici vous serez un respectable père de famille; — dans trois ans, deux ans peut-être, et quand vous reparlerez de vos conquêtes, il vous faudra chercher pour vous rappeler la couleur de mes yeux ou pour deviner laquelle de ces boucles de cheveux, sèches et passées, qui sont dans votre portefeuille, vient de moi.

— Du moins, vous êtes restée conséquente avec vous-même, s'écrie-t-il d'une voix irritée et la figure contractée par une douleur amère. Le travail de toute votre vie a été de faire de la peine aux autres. Vous n'avez pas changé. Vous pouvez encore briser un cœur.

— Pourquoi pas? dit-elle. On a bien brisé le mien! Jusqu'au jour où nous avons été à Dinan, jamais je n'avais été contrariée et je disais bien que la première contradiction serait ma mort... Je l'ai bien dit à Paul, dès les premiers moments... et je n'en étais pourtant pas très certaine, mais c'est devenu une vérité.

— Pas encore! pas encore! s'écrie-t-il d'un accent passionné.

— Ce n'est pas que je meure *d'amour*, reprend-elle en

20.

relevant la tête et en parlant avec plus d'énergie qu'auparavant. — Ne le croyez pas et ne le laissez pas dire.
Cela n'arrive que dans les romans, et c'est parce que j'étais
déjà, au fond, très *attaquée* que je suis déjà si malade.
Autrement, j'aurais pu changer, être détruite avant
l'âge, mais j'aurais *vécu*, croyez-le bien.

— Vivez donc! s'écrie-t-il encore, se jetant à genoux
près du sofa et la regardant avec des yeux pleins d'une
folle ardeur. — Il n'y a pas de raisons pour ne pas vivre,
oui, pendant bien des années encore... Ce climat est trop
rude pour vous. Dès que vous serez un peu mieux, laissez-
moi vous conduire sous un ciel plus doux, en Italie, dans
le midi de la France. Laissez-moi vous emmener, Lénore,
emmener *ma femme*.

— *Votre femme!* dit-elle avec un sourire tout triste et
cependant un peu ému, je pensais avoir entendu la fin de
cette vieille histoire.

— Non! réplique-t-il emporté par la passion, tant
que je serai près de vous, vous n'en entendrez pas la fin...

— Vraiment? vous voudriez m'épouser? dit-elle en
fixant sur lui de grands yeux pensifs. Oui, vous êtes
vrai, je le sais, mais vous ne pouvez le désirer que
comme une pénitence. On se fatigue d'une femme toujours malade... Il y a des occupations plus agréables
pour un homme jeune et beau que de porter des oreillers ou des fioles de médicaments.

— Les goûts diffèrent, dit-il en souriant. Cela me
plairait.

— On peut encore m'aimer, comme on aime un être

misérable quand on a bon cœur, reprend-elle... Mais
non de la manière que j'entends être aimée.

— C'est bien aussi la manière dont je vous aime, lui
répond-il nettement.

— Pourquoi me tenter? s'écrie-t-elle avec impatience,
écartant nerveusement ses épais cheveux de ses tempes.
Nous parlons de tout cela, comme si je devais vivre, et
je ne *vivrai pas!*

— Taisez-vous! lui dit-il, profondément peiné. Puis,
ils restent un instant silencieux, mais il reprend d'une
voix entrecoupée et le visage contracté : — Lénore,
même quand il en serait ainsi, quand Dieu voudrait absolument nous séparer, vous pourriez... même pour un
temps très court après une attente si pénible... vous
pourriez être à moi... m'appartenir... porter mon nom!

— Si je dois mourir, réplique-t-elle péniblement, qu'importe le nom qui sera gravé sur ma tombe. Reposerais-
je plus tranquille quand vous porteriez un crêpe et le
grand deuil pour moi?

— Chut! lui répète-t-il encore tout bas.

— Il est contre votre intérêt de désirer que je gué-
risse.... Vous me plaisez.... tant que je suis en cet
état; j'aime à sentir votre main fraîche serrer la mienne;
j'aime à vous donner des commissions... vous êtes
si empressé ! J'aime à voir votre belle figure paraître à la porte... Si vous n'aviez pas été ici, j'aurais
senti qu'il me manquait quelqu'un pour pleurer sur
moi... Mais j'ai l'idée que si je guérissais, je serais avec
vous comme je l'étais quand nous nous sommes engagés

l'un à l'autre... Ne prenez donc pas l'air si malheureux !... il est bien certain que mon affection pour vous ne sera jamais mise à une pareille épreuve... Seulement, ne me parlez plus de vous épouser... Je vous aime comme un enfant aime sa bonne, mais non comme une femme aime son mari !

Pauvre Scrope ! son dernier château est parti en fumée. Par ces paroles froidement amicales elle a réduit à néant l'édifice idéal de son vain rêve !

— J'avais tort, dit-il, après un assez long silence... je ne pensais qu'à moi !

On entend au dehors les pas joyeux des habitants de l'hôtel courant sur l'escalier pour se préparer à quelque agréable excursion. Des voix fortes et heureuses s'appellent et se répondent. Lénore est étendue, les yeux fermés, épuisée par sa conversation, et, cependant, c'est elle qui la reprend.

— Combien de temps me donne-t-on encore ? Si vous êtes vraiment mon ami, vous me le direz... Non ?... eh bien ! alors je resterai dans l'ignorance... Avant de vous en aller, ajoute-t-elle après une pause, j'ai encore une chose à vous demander ; cela vous fera de la peine, mais ce ne sera pas inattendu, n'est-ce pas ? Vous allez frissonner, comme vous l'avez déjà fait deux ou trois fois aujourd'hui, et pourtant, il faut que je vous parle !...

— Qu'avez-vous à me dire ? demande-t-il indistinctement.

— Quand... tout sera fini, reprend-elle lentement mais avec calme, ne me laissez pas emporter en Angleterre.

Je désire reposer ici... dans ce petit cimetière de la montagne, où, un dimanche soir, nous nous sommes assis tous deux... Vous m'écoutez ?... vous me le promettez?

— Oui ! dit-il d'une voix tremblante.

— Que c'était beau ! dit-elle, les yeux fermés et souriant comme dans un rêve, je vois ces grands sapins, étendant leurs branches aiguës sur ce ciel d'un bleu pâle ! Maintenant que je vais quitter ce monde, je voudrais qu'il fût plus laid... Peut-être aurait-on moins de peine à s'en aller. O mon Dieu ! — elle ouvre les yeux et joint ses mains avec une expression de tristesse mortelle, — j'aime tant ce monde !... comme il est. D'autres lui trouvent des défauts, moi je ne lui en trouve pas. Je l'aime !... je l'aime !... pourquoi ne puis-je y rester encore un peu !

.   .   .   .

— Enterrez-moi près de ce petit mur à l'ouest, sous ce gazon rempli de silènes et de plantains roses !

IX

Il s'est encore écoulé un autre mois et nous sommes ici, nous ne savons pas pour combien de temps. Ce que nous savons, hélas ! c'est qu'une de nous y sera laissée ! Nous osions à peine, d'abord, nous le dire à nous-mêmes ; puis, après un temps, chacun se l'est dit tout bas, dans son triste cœur, et enfin nous le disons tout haut entre nous.

L'été que nous avions trouvé d'abord dans sa première et fraîche jeunesse a pris la chaude gravité de la maturité d'août. Nous avons vu passer beaucoup de générations de fleurs. Nous les avons vues croître, s'épanouir et mourir doucement. Notre mort, à nous, est une compagne cruelle. Peut-être que si elle nous tendait une main amie nous irions plus volontiers où elle nous conduit. Lénore l'a envisagée longtemps, mais elle frissonne encore au bruit de ses pas qui se rapprochent. Lénore est parmi ceux qui *savent*. Il y en a qui sont plongés

tout à coup sous le flot qui les emporte et sans avoir
perdu la vue du rivage, mais Lénore sait tout. Je crois
que nous n'aurions pas eu le triste courage de le lui révéler. C'est, selon moi, à Dieu lui-même, qui appelle les
âmes, qu'il appartient de dire ce secret, sans l'intervention
d'aucune voix humaine disant rudement « tu vas mourir ! » mais, nous le savons, c'est par accident que Lénore l'a appris. Par moments, elle l'oublie encore ; par
moments, le puissant esprit de la jeunesse réapparaît,
mais ces belles illusions ne brillent qu'un instant ; elles
s'évanouissent comme la fraîche rosée s'évapore, au matin, de l'herbe fraîche.

Il fait une journée chaude et lourde. L'air vif de la
montagne ne nous parvient pas aujourd'hui, et nous
étouffons. Toute la nature serait silencieuse sans les
sourds grondements d'un tonnerre lointain. Sylvia est
dans sa chambre, pleurant sur un roman de Tauchnitz
obligeamment prêté par mistress Scrope. Lénore est
étendue sur le sofa que nous avons converti en une sorte
de lit et tiré près de la fenêtre pour respirer ce qui peut
arriver du souffle de la brise voyageuse. Lénore respire toujours difficilement, mais plus encore aujourd'hui.
Je l'évente machinalement en regardant ce visage pâle,
abattu, où se peint la souffrance et qui pourrait aussi
bien être celui d'une autre si on le compare à la beauté
passée, quand ses yeux s'ouvrent et qu'elle me dit :

— Tu m'éventes mal, irrégulièrement et par saccades.
Tu ne m'éventes pas si bien que Charlie ; — va le chercher.

— Mais, ma chère, quand il est là, vous causez trop.

— Je veux causer, dit-elle, avec un reste de cette volonté opiniâtre d'autrefois, qui fait mal à voir. J'ai quelque chose à lui dire... une faveur à lui demander.

— Une faveur ?

— Oui ! mais ce n'est pas ton affaire... va le chercher.

J'obéis. Je le trouve assis dans sa chambre, les mains plongées dans ses cheveux brillants, et les yeux, rouges à force de veiller et de pleurer, distraitement fixés sur ce calme cruel des montagnes magnifiques et souriantes : — Elle m'envoie vous chercher, lui dis-je en entrant sans bruit — elle a une *faveur* à vous demander... Qu'est-ce que cela peut être?

Il se lève précipitamment, mais je l'arrête. — Baignez vos yeux et essayez de sourire. — Pauvre enfant! elle aime... à nous voir gais.

X

NARRATION

— Comme vous avez été longtemps, dit-elle en respirant avec peine. Éventez-moi, fort et régulièrement.

Après un instant : — Levez-moi, dit-elle en lui tendant les bras. — J'étouffe dans cette position.

Il la lève avec une précaution délicate. Sa tête mourante tombe dans un abandon fraternel sur son épaule.

— Cher garçon ! dit-elle faiblement. Cher bon frère !... je m'en vais très vite, Charlie.

— Oui, ma bien-aimée.

— Vous serez libre avant la fin de la saison.

— Ne dites pas cela, mon amie. Taisez-vous.

— Feriez-vous quelque chose pour m'obliger ?

— Tout ce qui sera possible, ma chérie.

— Mais... supposé que ce soit impossible ?

— Je le ferai encore.

— C'est bien ! dit-elle avec un long et profond soupir de soulagement.

Il se fait encore un silence pendant lequel on n'entend toujours que le roulement du tonnerre au sein brûlant des montagnes.

— Vous savez toute l'ancienne histoire, à propos de Paul? dit-elle enfin avec un peu d'animation dans sa voix faible et creuse.

— Oui, je la sais.

— Vous savez pourquoi, tous les jours, je vous empruntais la feuille d'annonces du *Times?*

— Je... je l'avais deviné.

— J'ai regardé soigneusement tous les jours à la liste des mariages, dit-elle, mais je n'y ai jamais vu le sien.

— Ni moi non plus.

Elle est interrompue par une toux déchirante.

— Vous me direz le reste demain, lui dit-il en se penchant vers elle.

Elle sourit faiblement.

— C'est bon à dire pour vous, qui êtes riche en *demains*. Moi, je ne sais si j'aurai un demain.

Il continue à l'éventer, essayant d'amener un peu d'air à ses lèvres brûlantes et entr'ouvertes.

— Il disait que ce serait... bientôt... murmure-t-elle, mais — après une pause, — puisque ce n'est pas encore, ce ne sera... peut-être... jamais!

— Peut-être.

— Très probablement, c'est rompu... — et un éclair de joie brille sur son visage, — je ne vous l'ai jamais dit, mais, entre nous... je crois... qu'il ne le désirait pas beaucoup. Ce doit être... rompu.

— Sans doute.

Elle a pris sa main qu'elle caresse avec une sorte de complaisance.

— Bon Charlie! si patient! Quels voyages vous ferez quand je n'y serai plus!

Pas de réponse.

— Je voudrais vous en proposer un, continue-t-elle, plus long, plus désagréable que tous les autres. Voudriez-vous l'entreprendre?

— Mettez-moi à l'épreuve, ma bien-aimée.

— Il y a au moins un avantage à être mourante, dit-elle gravement. Tant que je me portais bien, je n'aurais pu lui demander de venir près de moi... toutes les avances devaient être faites par lui... mais, maintenant... maintenant, je puis envoyer chercher qui me plaît, sans que personne y trouve à redire, n'est-ce pas?

— Personne, répond-il d'une voix ferme, tandis que sur sa figure se peint le chagrin de voir que, jusqu'au dernier moment, il n'occupera jamais que la seconde place dans sa pensée. Elle le regarde attentivement et ses grands yeux, si grands aujourd'hui, lisent au fond de son âme comme dans un livre ouvert.

— Cela vous blesse? je le vois bien... mais, vous avez compris,... je désire qu'il vienne.

Il rassemble ses forces pour lui dire doucement et amicalement:

— Vous désirez que j'écrive ou que j'envoie un télégramme?

— Ni l'un ni l'autre... Ce n'eût pas été une commission

bien difficile... aller à la poste et en revenir, — je pourrais en charger même Sylvia. Écoutez... ne le faites pas,
si cela vous déplaît... je ne vous force pas... je veux
seulement m'assurer si vous iriez... *le chercher*.

Il fait un mouvement qui montre à quel point il est peiné.

— Vous quitter, ma chérie ?

— Me quitter, répond-elle sèchement. En restant,
quel bien me feriez-vous ? Me rendriez- vous le souffle et
le sommeil ?

Il se lève et s'approche de la fenêtre. Le soir descend
et le tonnerre a cessé. Il regarde, sans les voir, ces grandes montagnes violettes quand le soleil les éclaire et
grises après son coucher; ces montagnes qui se jouent
avec les ouragans et que les nuages embrassent dans
leurs bras blancs et humides; il suit la course des torrents qui labourent leurs flancs; il regarde ces sapins
droits et sombres que l'hiver ne dépouille pas et auxquels le prodigue printemps, qui étend partout son manteau de gentianes et d'herbes fleuries, n'apporte aucune
beauté nouvelle. Toutes ces choses ne lui disent plus
rien. Alors il revient près de la couche de Lénore :

— J'irai ! dit-il simplement.

— Vous pensez qu'il ne reviendra pas ? lui demande-
t-elle avec inquiétude. Je le vois à votre figure, mais
moi je sais qu'il reviendra. Si vous l'aviez vu à Bergunz,
vous penseriez comme moi... il reviendra !

— Sans doute, répond-il brièvement.

— Même s'il était marié, il viendrait, reprend-elle en souriant. Sa femme pourrait bien le laisser quelques jours et,

si elle hésitait, vous lui diriez que, dans l'état où je suis maintenant, il n'y a plus lieu d'être jalouse de moi.

Après un moment de silence : — Vous partirez demain matin de bonne heure, dit-elle avec une agitation fiévreuse. Je crains qu'il ne soit trop tard aujourd'hui. Vous savez son adresse? Vous y avez été?

— Oui.

— Et vous me le ramènerez?

— Oui.

Elle ferme les yeux en soupirant. On pourrait croire qu'elle dort, tant elle est tranquille, mais elle les rouvre au bout d'un moment.

— Vous vous demandez pourquoi je désire tant le revoir, dit-elle lentement, quand, de son côté, il ne le désire pas? Vous croyez que c'est de *l'amour?* Vous vous trompez. Quand on est aussi malade que je le suis, on n'a plus d'amour. Seulement, toute la nuit, son visage *m'obsède.* J'en suis fatiguée... jamais il ne me laisse en repos. Je me tourmente pour essayer de me rappeler chacun de ses traits. Il faut que je voie si je m'en souviens bien. Tel qu'il était pour moi dans ce monde, je veux l'emporter clair et distinct dans l'autre.

XI

Charlie est parti aujourd'hui, de grand matin. Je l'ai accompagné à sa voiture.

— Conservez-la moi jusqu'à mon retour, m'a-t-il dit en me serrant la main avec une force dont il ne se doutait pas. Si elle n'y était plus quand je reviendrai, je ne vous le pardonnerais jamais. Promettez-le moi.

— Comment puis-je vous le promettre? dis-je tristement. Je ne tiens pas la vie et la mort entre mes mains.

C'est Lénore qui soutient la lutte avec le peu de forces qui lui restent. Elle refuse de mourir. Depuis plus d'une semaine elle ne voulait prendre aucune nourriture; maintenant elle en demande; elle ne veut plus parler de peur de dépenser le peu de souffle qui lui reste. Tout le monde s'intéresse à elle. A chaque instant, nous rencontrons des figures inquiètes qui nous interrogent avec beaucoup de sympathie.

Selon nos calculs, Charlie devrait être de retour aujourd'hui. Lénore est encore avec nous, disputant sa vie, pied à pied, à la grande puissance maîtresse de toutes choses.

— Il va arriver, me dit-elle, parlant pour la première fois après de longues heures de silence. C'est le jour heureux. J'en ai le pressentiment.

J'ai tiré le modeste rideau, et la fenêtre, grande ouverte, nous laisse apercevoir les montagnes dans leur incomparable majesté.

— Je ne veux pas mourir aujourd'hui, reprend-elle en joignant ses faibles mains. J'ai encore un peu plus de vie que vous ne pensez. Ce serait trop cruel de m'en aller avant son arrivée... Il en serait si désappointé !

Je me retourne pour la regarder. Sa voix est plus forte, et l'excitation de son âme envoie à ses joues une dernière petite flamme.

— Soyons prêtes pour le recevoir, dit-elle avec un tendre sourire. — Otez toutes ces fioles de médecine ; tout ce qui rappelle la maladie... Arrangez bien la chambre... mettez-y beaucoup de fleurs.

Un peu plus tard, elle exprime le désir d'être habillée. Je crains que cela ne la fatigue, mais elle insiste :

— Je demanderai si peu de chose désormais, dit-elle avec un regard suppliant, que je puis bien avoir encore une volonté... — J'y consens donc, en pleurant. — Mettez-moi la vieille robe bleue... Vous la trouverez dans mes malles. C'est celle de mes robes que j'ai le plus aimée... Il ne remarquait pas la toilette, mais il aimait cette robe. La dernière fois que je l'ai vu, il m'en a parlé.

Alors avec bien des pauses, lentement, tristement,

comme si nous l'habillions déjà pour le tombeau, nous
lui mettons la vieille robe bleue. Hélas! elle est devenue trop large ! Malgré la faiblesse, malgré la souffrance, elle veut que je la coiffe, que je natte ses beaux
et longs cheveux, la seule chose qui lui reste.

— Arrange-les avec grand soin, me demande-t-elle. —
Pas de fausses boucles, il ne les aime pas ; mais pourtant, que ce soit séyant.

Séyant ! dans un tel moment, ô mon Dieu ! Je la regarde avec étonnement et l'idée me vient que l'on s'est
trompé en croyant qu'il ne lui restait plus qu'une étincelle de vie. Sa voix est, assurément, plus forte et il y a
un éclair d'animation réelle dans ses grands yeux creusés.
Vers le soir, elle devient très agitée et je l'entends murmurer en se parlant à elle-même : — Il faut qu'il se hâte!...
La route est longue et difficile... pourvu que les chevaux
aient le pied sûr !... mais ce sera pour la dernière fois.
Il faut qu'il se hâte !...

A mesure que le jour s'avance, notre anxiété s'accroît.
Elle parle peu. Ses lèvres ont à peine la force d'articuler,
mais avec des yeux inquiets et qui nous implorent, elle
nous supplie de la faire vivre. Je ne puis supporter ce
regard. Le jour est tombé et l'on apporte des lumières.

— Laisse-moi te lire un peu, lui dis-je d'une voix étran-
glée par l'émotion.

— Oui ! répond-elle, si tu veux... si cela te fait plaisir.

Mais elle n'écoute pas. Je m'assieds près d'elle, la Bible sur mes genoux... Je commence à ces paroles con-
solatrices qui ne viennent jamais mal à propos : « Venez

a moi, vous qui êtes trop chargés, » et elles ouvrent la source de mes larmes si prête à déborder.

— Écoutes-tu ? lui dis-je doucement, essayant de voir son visage à la faible lueur des bougies.

— Oui ! répond-elle avec agitation. Oui ! assurément j'écoute ! mais, lis plus bas. On ne peut entendre aucun bruit du dehors, quand tu lis si fort !

Je laisse le livre en soupirant, et je vais voir à la fenêtre, —voir la lune à son premier quartier et les étoiles voyageuses ; le ciel qui nous parle d'une paix inexprimable ; les immenses montagnes sombres, çà et là plaquées d'argent ; la rue étroite avec les lumières de l'hôtel se reflétant sur les petites maisons d'en face ; la petite croix blanche qui brille dans la nuit ; les passants solitaires, dans cette rue silencieuse ; j'écoute le torrent du glacier dont la voix solennelle résonne éternellement avec une harmonie simple et sauvage.

— Après tout, je dois m'en aller, dit-elle en gémissant. Je ne peux plus attendre ! je ne puis plus... O Paul ! Pourquoi n'êtes-vous pas venu plus tôt !

J'écoutais en me penchant à la fenêtre. — Rien que le bruit du torrent !... Il me semble pourtant qu'un autre son s'y mêle, si faible et si incertain qu'on le distingue à peine. Je l'entends cependant ; il augmente ; il se rapproche ! Je retourne vers le lit avec un poids immense de moins sur le cœur : — Il vient ! dis-je avec un sourire ; mais, déjà elle l'avait entendu. La voiture roule avec bruit et elle est tout près de l'hôtel. Je fais un mouvement pour aller au-devant des voyageurs, mais elle m'arrête court.

— Reste ici, dit-elle avec un geste de la main. N'y va pas ! Je veux avoir son premier regard.

Tout est silencieux durant deux longues minutes. Puis vient le bruit d'un pas montant vivement et légèrement l'escalier. Un seul pas. Il n'y en a qu'un *seul*. La porte s'ouvre et Charlie entre l'air hagard, les vêtements en désordre, et seul ! Elle ne le regarde pas. Ses yeux se dirigent avec une effrayante fixité vers la porte, derrière lui, mais personne ne le suit, et il ferme cette porte.

— Grand Dieu ! m'écriai-je en courant à lui, vous ne l'amenez pas ?

Il ne me répond rien, mais en m'écartant de la main il s'approche du sofa où elle est couchée, se met à genoux, la prend doucement dans ses bras et lui dit d'une voix sourde :

— Ma bien-aimée, je n'ai pas tenu ma promesse, mais ce n'est pas ma faute... Il n'est pas venu parce que je suis arrivé le jour... le jour même... de son mariage ! O mon amour ! Parlez-moi ! Dites que vous me pardonnez. Un seul mot ! parlez-moi... parlez-moi !...

Mais Lénore ne parlera plus jamais. Sa tête est retombée sur l'épaule de Charlie, ses belles nattes dénouées. Lénore a franchi le redoutable passage !

FIN

TABLE

Imprimerie générale de Châtillon-sur-Seine Jeanne Robert.

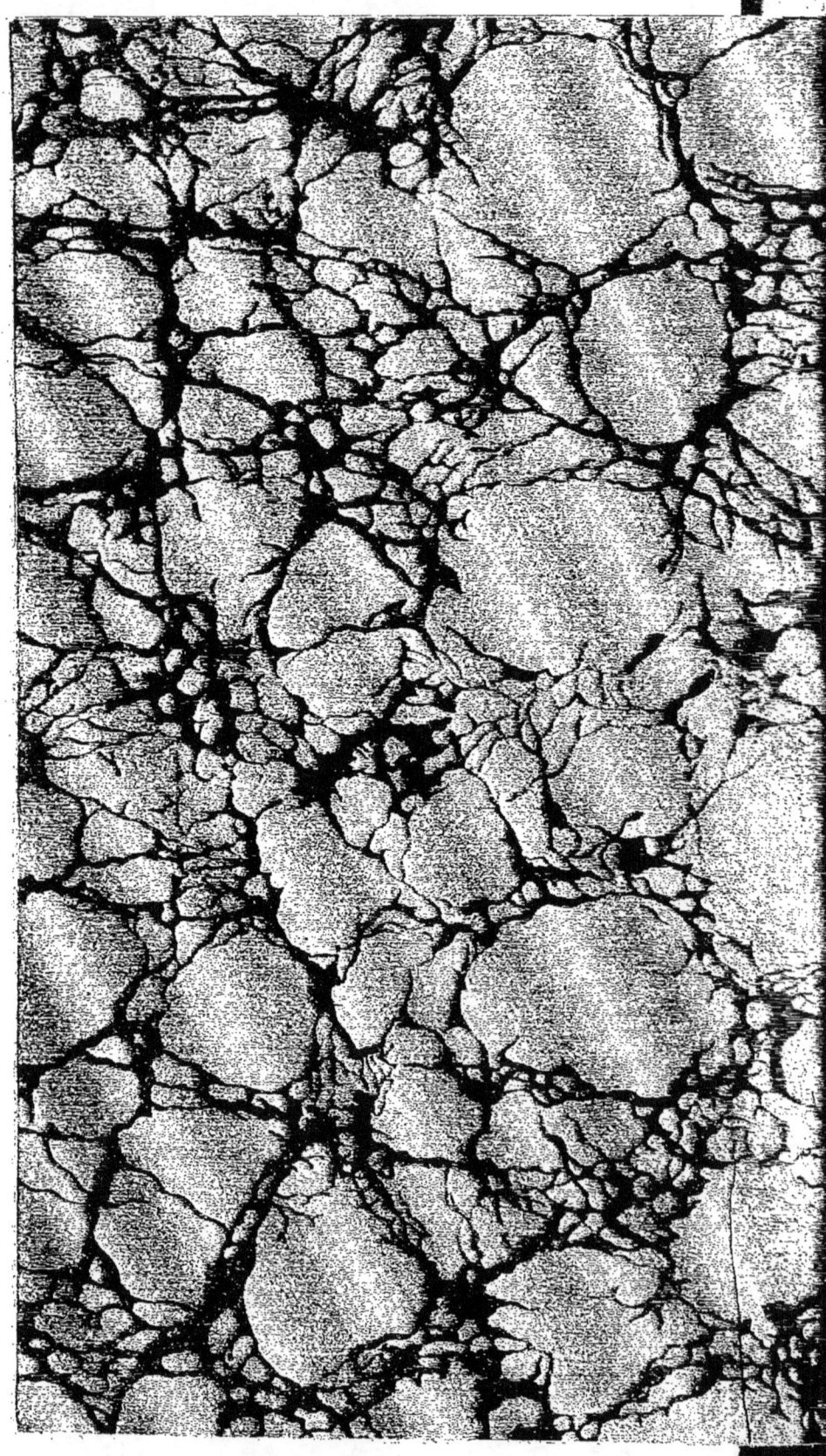

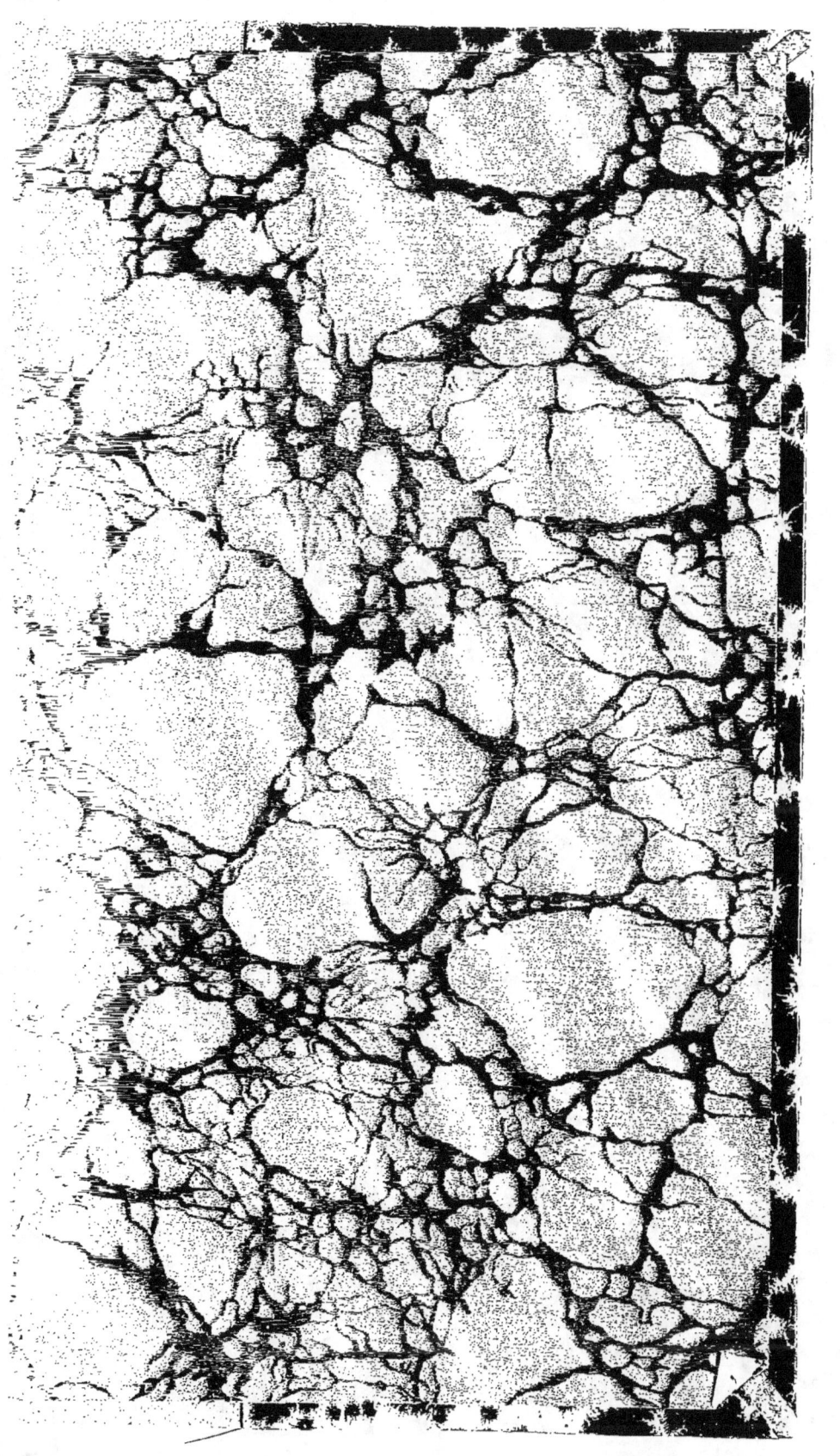

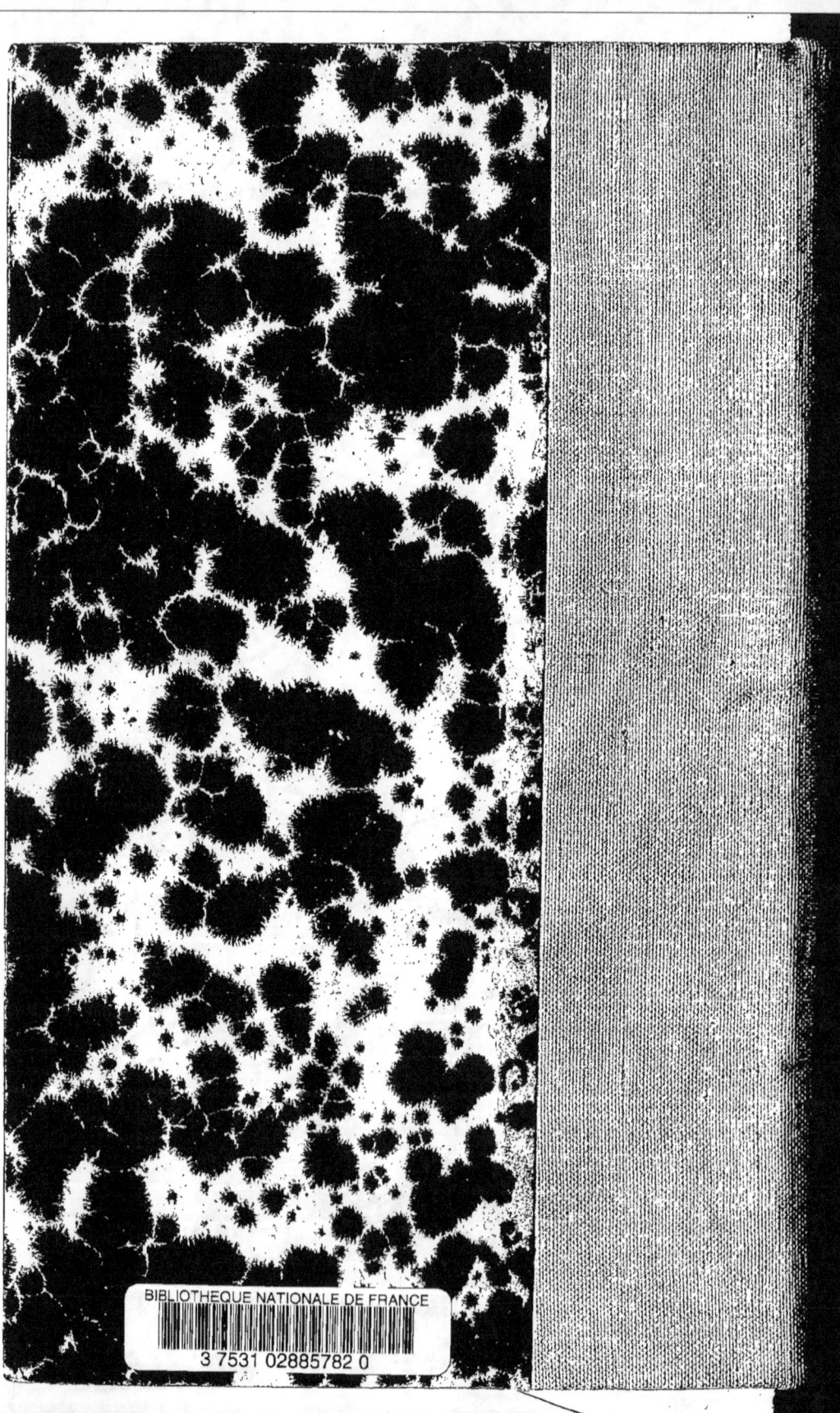

www.ingramcontent.com/pod-product-compliance
Lightning Source LLC
Chambersburg PA
CBHW050748030726
47505CB00002B/451